李叔同精品选

中国书籍文学馆 大师经典

李叔同 ◎ 著

中国书籍出版社
China Book Press

图书在版编目（CIP）数据

李叔同精品选 / 李叔同著 . —北京：中国书籍出版社，2014.3
（中国书籍文学馆·大师经典）
ISBN 978-7-5068-3922-8

Ⅰ . ①李… Ⅱ . ①李… Ⅲ . ①中国文学—现代文学—作品综合集 Ⅳ . ① I216.2

中国版本图书馆 CIP 数据核字（2013）第 306330 号

李叔同精品选

李叔同　著

图书策划	武　斌　崔付建
责任编辑	杨　莹
责任印制	孙马飞　张智勇
出版发行	中国书籍出版社
地　　址	北京市丰台区三路居路 97 号（邮编：100073）
电　　话	（010）52257143（总编室）　（010）52257153（发行部）
电子邮箱	chinabp@vip.sina.com
经　　销	全国新华书店
印　　刷	北京世纪雨田印刷有限公司
开　　本	710 毫米 ×960 毫米　1/16
字　　数	296 千字
印　　张	23
版　　次	2014 年 6 月第 1 版　2016 年 1 月第 2 次印刷
书　　号	ISBN 978-7-5068-3922-8
定　　价	39.80 元

版权所有　翻印必究

出版前言

我国现代文学是指用现代文学语言与文学形式，表达现代中国人思想、情感、心理的文学。是在20世纪初"五四"新文化运动的影响下，广泛接受外国文学影响而形成的新兴文学。其不仅用现代语言表现现代科学民主思想，而且在艺术形式和表现手法上都对传统文学进行了革新，建立了新的文学体裁，在叙述角度、抒情方式、描写手段以及结构组成等方面，都有新的创造。

我国现代文学的主流是人民的文学，集中表现为大大加强了文学与人民群众的结合，文学与进步社会思潮及民族解放、革命运动的自觉联系，构成了我国现代文学的基本历史特点与传统。此时的文学，以表现普通人民生活、改造民族性格和社会人生为根本任务。

在创作实践上，我国现代文学中出现了从未有过的彻底反封建的新主题和新人物，普通农民与下层人民，以及具有民主倾向的新式知识分子，成为了文学主人公，充分展示了批判封建旧道德、旧传统、旧制度以及表现下层人民不幸、改造国民性与争取个性解放等全新主题。也是通过这些内涵和元素，现代文学对推动历史进步起到了独特作用。

我们已经跨入21世纪，今天的历史状况和时代主题与现代文学的成长背景存在巨大差异，但文学表现人物、反映社会、推动进步的主旨并没有改变，在此背景下，我们非常有必要重温现代文学的经验，吸取其有益的因素，开创我们新世纪的文学春天。我们编选《中国书籍文学馆·大师经典》丛书，精选鲁迅、郁达夫、闻一多、徐志摩、朱自清、萧红、夏丏尊、邹韬奋、鲁彦、梁遇春、戴望舒、郑振铎、庐隐、许地山、石评梅、李叔同、朱湘、林徽因、苏曼殊、章衣萍等我国现代著名作家的文学作品，正是为了向今天的读者展示现代文学的成就，让当代文学在与现代文学的对话中开拓创新，生机盎然。因为这些著名作家都是我国现代文学的开拓者和各种文学形式的集大成者，他们的作品来源于他们生活的时代，包含了作家本人对社会、生活的体验与思考，影响着社会的发展进程，具有永恒的魅力。

中国书籍出版社

2014年1月

李叔同简介

李叔同（1880～1942），谱名文涛，幼名成蹊，学名广侯，字息霜，别号漱筒。出家后法名演音，号弘一，晚号晚晴老人，后被人尊称为弘一法师。他是我国著名的音乐、美术教育家，书法家，戏剧活动家，是我国话剧的开拓者之一，著名的佛教僧侣。

1885年，李叔同接受启蒙教育，开始学习《百孝图》、《返性篇》、《格言联璧》及文选等。1892年，他开始读《尔雅》、《说文》等，还学习训诂学。同时练习各朝书法，并以魏书为主。1894年，他开始读《左传》、《汉史精华录》等。

1899年，李叔同迁居上海，开始其辉煌的艺术生涯，出版了《李庐诗钟》、《李庐印谱》，并与著名画家任伯年等开设上海书画公会，每周出一张画报。1901年，他进入上海南洋公学读经济特科班。1904年，他在上海参加演出京剧《虫八腊庙》、《白水滩》等。1905年，他出版了《国学唱歌集》，他还填词作曲了《祖国歌》，同年秋去往日本。

1906年，李叔同进入东京上野美术学校学习西洋绘画及音乐，并编辑包括封面、绘画、文章全由他一人包办的《音乐小杂志》，还组织"春柳社"研究新剧演技。1907年，他曾演《茶花女》，并饰演女主角，成为我国话剧艺术的先驱。1910年，他毕业回国，任教于天津高等工业学堂和直隶模范工业学堂。

1912年，李叔同回到上海城东女校授国文和音乐课，并加入"南社"，任《太平洋报》主笔，与著名诗人柳亚子创办文美会，主编《文美杂志》。秋季，他到杭州任浙江两级师范学校音美教师。1915年，他应南京高等师范学校之聘,兼任该校国画音乐教授,往来于宁杭之间,并组织宁社。

1918年秋,李叔同入定慧寺拜师出家,改名渲音,号弦一。9月,他到灵隐寺受戒,从此专心研究佛学律学。1929年,他到厦门整顿闽南佛学院的教育。1939年,他著《南山律在家备览略篇》。1941年,他编著《律纱宗要随讲别录》。1942年10月13日晚8时,他圆寂于泉州不二祠养老院的晚晴室,享年62岁。

李叔同多才多艺,诗文、词曲、话剧、绘画、书法、篆刻无所不能。他是中国油画、广告画和木刻的先驱之一。他的绘画创作主要有《自画像》、《素描头像》、《裸女》以及《水彩》、《佛画》等。其中的《自画像》,画风细腻缜密,表情描写细致入微,类似清末融合中西的宫廷肖像画,有较高的写实能力。《素描头像》是木炭画,手法简练而泼辣。《裸女》受其师黑田清辉影响,造型准确,色彩鲜明丰富,有些接近于印象主义,近看似不经意,远看晶莹明澈。

书法是李叔同毕生的爱好,他青年时期致力于临碑。他的书法作品有《游艺》、《勇猛精进》等。他出家前的书体秀丽、挺健而潇洒。他出家后则渐变为超逸、淡冶。他晚年之作,愈加谨严、明净、平易、安详。李叔同的篆刻艺术,气息古厚,冲淡质朴,自辟蹊径,有《李庐印谱》、《晚清空印聚》。

李叔同还是我国现代版画艺术的最早创作者和倡导者。他广泛引进西方的美术派别和艺术思潮,组织西洋画研究会,其撰写的《西洋美术史》、《欧洲文学之概观》、《石膏模型用法》等著述,皆创下同时期国人研究之第一。

李叔同的诗词在我国近代文学史上同样占有一席之地。他年轻时,即以才华横溢引起文坛瞩目。客居上海时,他将以往所作诗词手录为《诗钟汇编初集》,在"城南文社"社友中传阅,后又结集《李庐诗钟》。出家前夕,他将1900至1907年间的20多首诗词自成书卷,其中就有《留别祖国并呈同学诸子》、《哀国民之心死》等不少值得称道的佳作，表现了他对国家命运和民生疾苦的深切关注。

弘一大师对佛学的贡献，主要体现在他对律宗的研究与弘扬上。他为振兴律学，不畏艰难，深入研修，潜心戒律，著书说法，实践躬行。他是我国近代佛教界倍受尊敬的律宗大师，也是国内外佛教界著名的高僧。

著名文学家林语堂曾说：李叔同是我们时代里最有才华的几位天才之一，也是最奇特的一个人，最遗世而独立的一个人。

著名作家张爱玲曾说：不要认为我是个高傲的人，我从来不是的，至少，在弘一法师寺院围墙外面转，我是如此的谦卑。

著名文学家、教育家夏丏尊曾说：综师一生，为翩翩之佳公子，为激昂之志士，为多才之艺人，为严肃之教育者，为戒律精严之头陀，而以倾心西极，吉祥善逝。

目 录

说佛讲禅

我在西湖出家的经过	2
改过实验谈	7
律学要略	11
青年佛徒应注意的四项	21
南闽十年之梦影	27
最后之□□	34
佛法十疑略释	37
佛法宗派大概	43
佛法学习初步	48
佛教之简易修持法	52
普劝净宗道侣 　兼持诵地藏经要旨	56
略述印光大师之盛德	60

为性常法师掩关笔示法则	63
佛法大意	65
授三归依大意	68
敬三宝	71
净土法门大意	74
净宗问辨	77
劝人听钟念佛文	81
万寿岩念佛堂开堂演词	83
药师如来法门略录	86
药师法门修持课仪略录	89
药师如来法门一斑	92
常随佛学	95
泉州开元慈儿院讲录	98
改习惯	102
放生与杀生之果报	105
普劝发心印造经像文	108
初发心者在家律要	120
人生之最后	121

目录

弘一大师最后一言　　126
劝念佛菩萨求生西方　　134

― 文艺杂谈 ―

艺术谈　　138
美术界杂俎　　152
释美术　　155
辛丑北征泪墨　　157
中国学堂课本之编撰　　162
行已有耻使于
　　四方不辱君命论　　167
乾始能以美利利天下论　　169
论语言之齐一　　171
春柳社演艺部专章　　175
广告丛谈　　178
呜呼！词章！　　186
图画修得法　　187
水彩画略论　　193
近世欧洲文学之概观　　198
石膏模型用法　　202

诗词曲赋

短诗（三十二）	206
赠语心楼主人二首	220
《滑稽列传》题词四绝	221
为沪学会撰《文野婚姻新戏》册既竟系之以诗	223
戏赠蔡小香四绝	225
遇风愁不成寐	226
题丁悚绘《黛玉葬花图》二首	227
孤山归寓成小诗书扇贻王海帆先生	228
《护生画集》配诗	230
东京十大名士追荐会即席赋诗	241
春游曲	242
和补园居士韵，又赠培香	243
《续护生画集》题词	245
短词（十首）	247

菩萨蛮・忆杨翠喜二首　251
金缕曲・别友好东渡　252
南南词・赠黄二南　253
玉连环影・题陈师曾为
　夏丏尊画《小梅花屋图》254

歌词

短曲（二十二）　256
我的国　267
哀祖国　268
朝阳（男声四部合唱）269
送别歌　270
秋　夜　271
梦　272
月　273
月　夜　274
落　花　275
天风（二部合唱）276
丰年（二部合唱）277

采莲（三部合唱）	278
归燕（四部合唱）	279
西湖（三部合唱）	280
晚钟（三部合唱）	281
清凉歌五首	282
三宝赞	284

— 书信 —

致毛子坚	286
致刘质平	288
致夏丏尊	298
致堵申甫	308
致李圣章	310
致蔡丏因	312
致朱苏典	324
致黄庆澜	326
致吕伯攸	328
致寄尘法师	329
致丰子恺	330
致性愿法师	342

文学精品选

说佛讲禅

李叔同精品选

我在西湖出家的经过

杭州这个地方实堪称为佛地,因为寺庙之多约有两千余所,可想见杭州佛法之盛了!

最近《越风》社要出关于《西湖》的增刊,由黄居士来函,要我做一篇《西湖与佛教之因缘》。我觉得这个题目的范围太广泛了,而且又无参考书在手,于短期间内是不能做成的;所以,现在就将我从前在西湖居住时,把那些值得追味的几件事情来说一说,也算是纪念我出家的经过。

我第一次到杭州是光绪二十八年(1902)七月(按:本篇所记的年月皆依旧历)。在杭州住了约一个月光景,但是并没有到寺院里去过。只记得有一次到涌金门外去吃过一回茶,同时也就把西湖的风景稍微看了一下。

第二次到杭州是民国元年的七月。这回到杭州倒住得很久,一直住了近十年,可以说是很久的了。我的住处在钱塘门内,离西湖很近,只两里路光景。在钱塘门外,靠西湖边有一所小茶馆名景春园。我常常一个人出门，独自到景春园的楼上去吃茶。

民国初年，西湖的情形完全与现在两样——那时候还有城墙及很多柳树，都是很好看的。除了春秋两季的香会之外，西湖边的人总是很少；而钱塘门外更是冷静了。

在景春园楼下，有许多的茶客，都是那些摇船抬轿的劳动者居多；而在楼上吃茶的就只有我一个人了。所以，我常常一个人在上面吃茶，同时还凭栏看着西湖的风景。

在茶馆的附近，就是那有名的大寺院——昭庆寺了。我吃茶之后，也常常顺便到那里去看一看。

民国二年夏天，我曾在西湖的广化寺里住了好几天。但是住的地方却不在出家人的范围之内，是在该寺的旁边，有一所叫做痘神祠的楼上。

痘神祠是广化寺专门为着要给那些在家的客人住的。我住在里面的时候，有时也曾到出家人所住的地方去看看，心里却感觉很有意思呢！

记得那时我亦常常坐船到湖心亭去吃茶。

曾有一次，学校里有一位名人来演讲，我和夏丏尊居士却出门躲避，到湖心亭上去吃茶呢！当时夏丏尊对我说："像我们这种人，出家做和尚倒是很好的。"我听到这句话，就觉得很有意思。这可以说是我后来出家的一个远因了。

到了民国五年的夏天，我因为看到日本杂志中有说及关于断食可以治疗各种疾病，当时我就起了一种好奇心，想来断食一下。因为我那时患有神经衰弱症，若实行断食后，或者可以痊愈亦未可知。要行断食时，须于寒冷的季候方宜。所以，我便预定十一月来作断食的时间。

至于断食的地点须先考虑一下，似觉总要有个很幽静的地方才好。当时我就和西泠印社的叶品三君来商量，结果他说在西湖附近的虎跑寺可作为断食的地点。我就问他："既要到虎跑寺去，总要有人来介绍才对。究竟要请谁呢？"他说："有一位丁辅之是虎跑的大护法，可以请他去说一说。"于是他便写信请丁辅之代为介绍了。

因为从前的虎跑不像现在这样热闹，而是游客很少，且十分冷静的地方啊。若用来作为我断食的地点，可以说是最相宜的了。

到了十一月，我还不曾亲自到过。于是我便托人到虎跑寺那边去走一趟，看看在哪一间房里住好。回来后，他说在方丈楼下的地方倒很幽静的。因为那边的房子很多，且平常时候都是关着，客人是不能走进去的；而在方丈楼上，则只有一位出家人住着，此外并没有什么人居住。

等到十一月底，我到了虎跑寺，就住在方丈楼下的那间屋子里。我住进去以后，常看见一位出家人在我的窗前经过（即是住在楼上的那一位）。我看到他却十分的欢喜呢！因此，就时常和他谈话；同时，他也拿佛经来给我看。

我以前从五岁时，即时常和出家人见面，时常看见出家人到我的家里念经及拜忏。于十二三岁时，也曾学了放焰口。可是并没有和有道德的出家人住在一起，同时，也不知道寺院中的内容是怎样的，以及出家人的生活又是如何。

这回到虎跑去住，看到他们那种生活，却很欢喜而且羡慕起来了。

我虽然只住了半个多月，但心里却十分地愉快，而且对于他们所吃的菜蔬，更是欢喜吃。及回到学校以后，我就请用人依照他们那样的菜煮来吃。

这一次我到虎跑寺去断食，可以说是我出家的近因了。到了民国六年的下半年，我就发心吃素了。

在冬天的时候，即请了许多的经，如《普贤行愿品》、《楞严经》及《大乘起信论》等很多的佛经。自己的房里，也供起佛像来，如地藏菩萨、观世音菩萨等的像。于是亦天天烧香了。

到了这一年放年假的时候，我并没有回家去，而到虎跑寺里面去过年。我仍住在方丈楼下。那个时候，则更感觉得有兴味了，于是就发心出家。同时就想拜那位住在方丈楼上的出家人做师父。

他的名字是弘详师。可是他不肯我去拜他，而介绍我拜他的师父。他的师父是在松木场护国寺里居住。于是他就请他的师父回到虎跑寺来，而我也就于民国七年正月十五日受三皈依了。

我打算于此年的暑假入山。预先在寺里住了一年后再实行出家的。当这个时候，我就做了一件海青，及学习两堂功课。

二月初五日那天，是我母亲的忌日，于是我就先于两天前到虎跑去，诵了三天的《地藏经》，为我的母亲回向。

到了五月底，我就提前先考试。考试之后，即到虎跑寺入山了。到了寺中一日以后，即穿出家人的衣裳，而预备转年再剃度。

及至七月初，夏丏尊居士来。他看到我穿出家人的衣裳但还未出家，他就对我说："既住在寺里面，并且穿了出家人的衣裳，而不出家，那是没有什么意思的。所以还是赶紧剃度好！"

我本来是想转年再出家的，但是承他的劝，于是就赶紧出家了。七月十三日那一天，相传是大势至菩萨的圣诞，所以就在那天落发。

落发以后仍须受戒的，于是由林同庄君介绍，到灵隐寺去受戒了。

灵隐寺是杭州规模最大的寺院，我一向是很欢喜的。我出家以后，曾到各处的大寺院看过，但是总没有像灵隐寺么好！

八月底，我就到灵隐寺去，寺中的方丈和尚很客气，叫我住在客堂后面芸香阁的楼上。当时是由慧明法师做大师父的。有一天，我在客堂里遇到这位法师了。他看到我时就说"既系来受戒的，为什么不进戒堂呢？虽然你在家的时候是读书人，但是读书人就能这样地随便吗？就是在家时是一个皇帝，我也是一样看待的！"那时方丈和尚仍是要我住在客堂楼上，而于戒堂里有了紧要的佛事时，方去参加一两回的。

那时候，我虽然不能和慧明法师时常见面，但是看到他那样的忠厚笃实,却是令我佩服不已的!

受戒以后,我就住在虎跑寺内。到了十二月,即搬到玉泉寺去住。此后即常常到别处去,没有久住在西湖了。

改过实验谈

癸酉正月在厦门妙释寺讲

今值旧历新年，请观厦门全市之中，新气象充满，门户贴新春联，人多着新衣，口言恭贺新喜、新年大吉等。我等素信佛法之人，当此万象更新时，亦应一新乃可。我等所谓新者何，亦如常人贴新春联、着新衣等以为新乎？曰：不然。我等所谓新者，乃是改过自新也。但"改过自新"四字范围太广，若欲演讲，不知从何说起。今且就余五十年来修省改过所实验者，略举数端为诸君言之。

余于讲说之前，有须预陈者，即是以下所引诸书，虽多出于儒书，而实合于佛法。因谈玄说妙修证次第，自以佛书最为详尽。而我等初学之人，持躬敦品、处事接物等法，虽佛书中亦有说者，但儒书所说，尤为明白详尽适于初学。故今多引之，以为吾等学佛法者之一助焉。以下分为总论别示二门。

总论者即是说明改过之次第：

1. 学

须先多读佛书儒书，详知善恶之区别及改过迁善之法。倘因佛儒诸书浩如烟海，无力遍读，而亦难于了解者，可以先读《格言联璧》一部。余自儿时，即读此书。归信佛法以后，亦常常翻阅，甚觉其亲切而有味也。此书佛学书局有排印本甚精。

2. 省

既已学矣，即须常常自己省察，所有一言一动，为善欤，为恶欤？若为恶者，即当痛改。除时时注意改过之外，又于每日临睡时，再将一日所行之事，详细思之。能每日写录日记，尤善。

3. 改

省察以后，若知是过，即力改之。诸君应知改过之事，乃是十分光明磊落，足以表示伟大之人格。故子贡云："君子之过也，如日月之食焉；过也人皆见之，更也人皆仰之。"又古人云："过而能知，可以谓明。知而能改，可以即圣。"诸君可不勉乎！

别示者，即是分别说明余五十年来改过迁善之事。但其事甚多，不可胜举。今且举十条为常人所不甚注意者，先与诸君言之。华严经中皆用十之数目，乃是用十以表示无尽之意。今余说改过之事，仅举十条，亦尔；正以示余之过失甚多，实无尽也。此次讲说时间甚短，每条之中仅略明大意，未能详言，若欲知者，且俟他日面谈耳。

1. 虚心

常人不解善恶，不畏因果，决不承认自己有过，更何论改？但古圣贤则不然。今举数例：孔子曰："五十以学易，可以无大过矣。"又曰："闻义不能徙，不善不能改，是吾忧也。"蘧伯玉为当时之贤人，彼使人于孔子。孔子与之坐而问焉，曰："夫子何为？"对曰："夫子欲寡其过而未能也。"圣贤尚如此虚心，我等可以贡高自满乎！

2. 慎独

吾等凡有所作所为，起念动心，佛菩萨乃至诸鬼神等，无不尽知尽见。若时时作如是想，自不敢胡作非为。曾子曰："十目所视，十手所指，其严乎！"又引诗云："战战兢兢，如临深渊，如履薄冰。"此数语为余所常常忆念不忘者也。

3. 宽厚

造物所忌，曰刻曰巧。圣贤处事，惟宽惟厚。古训甚多，今不详录。

4. 吃亏

古人云："我不识何等为君子，但看每事肯吃亏的便是。我不识何等为小人，但看每事好便宜的便是。"古时有贤人某临终，子孙请遗训，贤人曰："无他言，尔等只要学吃亏。"

5. 寡言

此事最为紧要。孔子云："驷不及舌"，可畏哉！古训甚多，今不详录。

6. 不说人过

古人云："时时检点自己且不暇，岂有功夫检点他人。"孔子亦云："躬自厚而薄责于人。"以上数语，余常不敢忘。

7. 不文己过

子夏曰："小人之过也必文。"我众须知文过乃是最可耻之事。

8. 不覆己过

我等倘有得罪他人之处，即须发大惭愧，生大恐惧。发露陈谢，忏悔前愆。万不可顾惜体面，隐忍不言，自诳自欺。

9. 闻谤不辩

古人云："何以息谤？曰：无辩。"又云："吃得小亏，则不至于吃大亏。"余三十年来屡次经验，深信此数语真实不虚。

10. 不嗔

瞋习最不易除。古贤云："二十年治一怒字，尚未消磨得尽。"但我等亦不可不尽力对治也。《华严经》云："一念瞋心，能开百万障门。"可不畏哉！

因限于时间，以上所言者殊略，但亦可知改过之大意。最后，余尚有数言，愿为诸君陈者：改过之事，言之似易，行之甚难。故有屡改而屡犯，自己未能强作主宰者，实由无始宿业所致也。务请诸君更须常常持诵阿弥陀佛名号，观世音地藏诸大菩萨名号，至诚至敬，恳切忏悔无始宿业，冥冥中自有不可思议之感应。承佛菩萨慈力加被，业消智朗，则改过自新之事，庶几可以圆满成就，现生优入圣贤之域，命终往生极乐之邦，此可为诸君预贺者也。

常人于新年时，彼此晤面，皆云恭喜，所以贺其将得名利。余此次于新年时，与诸君晤面，亦云恭喜，所以贺诸君将能真实改过，不久将为贤为圣；不久决定往生极乐，速成佛道，分身十方，普能利益一切众生耳。

律学要略

乙亥十一月在泉州承天寺律仪法会讲万泉记

我出家以来，在江浙一带并不敢随便讲经或讲律，更不敢赴什么传戒的道场，其缘故是因个人感觉着学力不足。三年来在闽南虽曾讲过些东西，自心总觉非常惭愧的。这次本寺诸位长者再三地唤我来参加戒期胜会，情不可却，故今天来与诸位谈谈，但因时间匆促，未能预备，参考书又缺少，兼以个人精神衰弱，拟在此共讲三天。今天先专为求授比丘戒者讲些律宗历史，他人旁听，虽不能解，亦是种植善根之事。

为比丘者应先了知戒律传入此土之因缘，及此土古今律宗盛衰之大概。由东汉至曹魏之初，僧人无归戒之举，惟剃发而已。魏嘉平年中，天竺僧人法时到中土，乃立羯磨受法，是为戒律之始。当是时可算是真实传授比丘戒的开始，渐渐达至繁盛时期。

大部之广律，最初传来的是《十诵律》，翻译斯部律者，系姚秦时的鸠摩罗什法师，庐山净宗初祖远公法师亦竭力劝请赞扬。六朝时此律最盛于南方。其次翻译的是《四分律》，时期和《十诵律》相去不远，但迟至隋朝乃有人弘扬提倡，至唐初乃大盛。第三部是《僧律》，东晋时翻译的，六朝时北方稍有弘扬者。刘宋时继《僧律》后，有《五分律》，翻译斯律之人，即是译六十卷《华严经》者，文精而简，道宣律师甚赞，可惜罕有人弘扬。至其后有《有部律》，乃唐武则天时义净法师的译著，即是西藏一带最通行的律。当初义净法师在印度有二十余年的历史，博学强记，贯通律学精微，非至印度之其他僧人所能及，实空前绝后的中国大律师。义净回国，翻译终毕，他年亦老了，不久即圆寂，以后无有人弘扬，可惜！可惜！此外诸部律论甚多，不遑枚举。

关于《有部律》，我个人起初见之甚喜，研究多年；以后因朋友劝告即改研《南山律》，其原因是《南山律》依《四分律》而成，又稍有变化，能适合吾国僧众之根器故。现在我即专就《四分律》之历史大略说些。

唐代是《四分律》最盛时期，以前所弘扬的是《十诵律》，《四分律》少人弘扬；至唐初《四分律》学者乃盛，共有三大派：一《相部律》，依法砺律师为主；二《南山律》，以道宣律师为主；三《东塔律》，依怀素律师为主。法砺律师在道宣之前，道宣曾就学于他。怀素律师在道宣之后，亦曾亲近法砺道宣二律师。斯律虽有三大派之分，最盛行于世的可算《南山律》了。南山律师著作浩如烟海，其中《行事钞》最负盛名，是时任何宗派之学者皆须研行事钞；自唐至宋，解者六十余家，惟灵芝元照律师最胜，元照律师尚有许多其他经律的注释。元照后，律学渐渐趋于消沉，罕有人发心弘扬。

南宋后禅宗益盛，律学更无人过问，所有唐宋诸家的律学撰述数千卷悉皆散失；迨至清初，惟存《南山随机羯磨》一卷，如是观之，大足令人兴叹不已！明末清初有益、见月诸大师等欲重兴律宗，但最可憾者，是唐宋古书不得见。当时益大师著述有《毗尼事义集要》，初讲时人数已不多，以后更少；结果成绩颓然。见月律师弘律颇有成绩，撰述甚多，有解《随机羯磨》者，毗尼作持，与南山颇有不同之处，因不得见南山著作故！此外尚有最负盛名的《传戒正范》一部，从明末至今，传戒之书独此一部，传戒尚存之一线曙光，惟赖此书；虽与南山之作未能尽合，然其功甚大，不可轻视；但近代受戒仪轨，又依此稍有增减，亦不是见月律师传戒正范之本来面目了。

南宋至清七百余年，关于唐宋诸家律学撰述，可谓无存；清光绪末年乃自日本请还唐宋诸家律书之一部分，近十余年间，在天津已刊者数百卷。此外续藏经中所收尚未另刊者，犹有数百卷。

今后倘有人发心专力研习弘扬，可以恢复唐代之古风，凡益、见月等所欲求见者今悉俱在；我们生此时候，实比益、见月诸大师幸福多多。

但学律非是容易的事情，我虽然学律近二十年，仅可谓为学律之预备，窥见了少许之门径；再预备数年，乃可着手研究，以后至少须研究二十年，乃可稍有成绩。奈我现在老了，恐不能久住世间，很盼望你们有人能发心专学戒律，继我所未竟之志，则至善矣。

我们应知道：现在所流通之传戒正范，非是完美之书，何况更随便增减，所以必须今后恢复古法乃可；此皆你们的责任，我甚希望大家共同勉励进行！

今天续讲三皈、五戒、乃至菩萨戒之要略。

三皈、五戒、八戒、沙弥沙弥尼戒、式叉摩那戒、比丘比丘尼戒、菩萨戒等，就普通说，菩萨戒为大乘，余皆小乘，但亦未必尽然，应依受者发心如何而定。我近来研究南山律，内中有云："无论受何戒法，皆要先发大乘心。"由此看来，哪有一种戒法专名为小乘的呢！再就受戒方法论，如：三皈、五戒、沙弥沙弥尼戒，皆用三皈依受；至于比丘比丘尼戒、菩萨戒，则须依羯磨文受；又如式叉摩那，则是作羯磨与学戒法，不是另外得戒，与上不同。再依在家出家分之：就普通说，在家如三皈、五戒、八戒等，出家如沙弥比丘等，实而言之，三皈、五戒、八戒，皆通在家出家。诸位听着这话，或当怀疑，今我以例证之，如：明灵峰益大师，他初亦受比丘戒，后但退作三皈人，如是言之，只有三皈亦可算出家人。

又若单五戒亦可算出家人，因剃发以后，必先受五戒，后再受沙弥戒，未受沙弥戒前，止是五戒之出家人。故五戒通于在家出家，有在家优婆塞、出家优婆塞之别；例如：明益大师之大弟子成时、性旦二师，皆自称为出家优婆塞。成时大师为编辑《净土十要》及《灵峰宗论》者，性旦大师为记录弥陀要解者，皆是明末的高僧。

八戒何为亦通在家出家？《药师经》中说：比丘亦可受八戒，比丘再受八戒为欲增上功德故。这样看起来，八戒亦通于僧俗。

以上略判竟，以下一一分别说之。

三皈：不属于戒，仅名三皈。三皈者：皈依佛，皈依法，皈依僧。未受以前必须要了解三皈道理，并非糊里糊涂地盲从瞎说，如这样子皆不得三皈。

所谓三宝有四种之别，一理体三宝，二化相三宝，三住持三宝，四一体三宝。尽讲起来很深奥复杂，现在且专就住持三宝来说。三宝意义是什么？佛，法，僧。所谓佛即形像，如：释迦佛像、药师佛像、弥陀佛像等；法即佛所说之经，如：《法华经》、《楞严经》等，皆佛金口所流露出来之法；僧即出家剃发受戒有威仪之人。以上所说佛、法、僧道理，可谓最浅近，诸位谅皆能明了吧。

皈依即回转的意义，因前背舍三宝，而今转向三宝，故谓之皈依。但无论出家在家之人，若受三皈时，最重要点有二：第一要注意皈依三宝是何意义。第二当受三皈时，师父所说应当十分明白，或师父所讲的话，全是文言不能了解，如是决不能得三皈；或隔离太远，听不明白亦不得三皈；或虽能听到大致了解，其中尚有一二怀疑处，亦不得三皈。又正授之时，即是"皈依佛"、"皈依法"、"皈依僧"三说，此最要紧，应十分注意；以后之"皈依佛竟"，"皈依法竟"，"皈依僧竟"，是名三结，无关紧要；所以诸位发心受戒，应先了知三皈意义，又当正授时，要在先"皈依佛"等三语注意，乃可得三皈。

以上三皈说已。下说五戒。

五戒：就五戒言，亦要请师先为说明。五戒者：杀，盗，淫，妄，酒。当师父说明五戒意义时，切要用白话，浅近明了，使人易懂。受戒者听毕，应先自思量如是诸戒能持否，若不能全持，或一，或二，或三，或四，皆可随意；宁可不受，万不可受而不持！且就杀生而论，未受戒者，犯之本应有罪，若已受不杀戒者犯之，则罪更加重一倍，可怕不可怕呢！你们试想一想，如果不能受持，勉强敷衍，实是自寻烦恼！据我思之：五戒中最容易持的，是：不邪淫，不饮酒；诸位可先受这两条最为稳当；至于杀与妄语，有大小之分，大者虽不易犯，小者实为难持；又五戒中最为难持的莫如盗戒，非于盗戒戒相研究十分明了之后，万不可率尔而受。所以我盼望诸位对于盗戒一条缓缓再说，至要！至要！但以现在传戒情形看起来，在这许多人众集合场中，实际上是不能如上一一别受；我想现在受五戒时，不妨合众总受五戒，俟受戒后，再自己斟酌取舍，亦未为不可；于自己所不能奉持的数条，可以在引礼师前或俗人前舍去，这样办法，实在十分妥当，在授者减麻烦，诸位亦可免除烦恼。另外还有一句要紧的话，倘有人怀疑于此大众混杂扰乱之时，心中不能专一注想，或恐犹未得戒者，不妨请性愿老法师或其他善知识，再为重授一次，他们当即慈悲允许。

宝华山见月律师所编三皈五戒正范，所有开示多用骈体文，闻者万不能了解，等于虚文而已；最好请师译成白话。此外我更附带言之：近有为人授五戒者于不饮酒后加不吸烟一句，但这不吸烟可不必加入；应另外劝告，不应加入五戒文中。

以上说五戒毕，以下讲八戒。

八戒：具云八关斋戒。"关"者禁闭非逸，关闭所有一切非善事。"斋"是清的意思，绝诸一切杂想事。八关斋戒本有九条，因其中第七条包含两条，故合计为八条。前五与五戒同，后三条是另加的。后加三者，即：第六，华香璎珞香油涂身，这是印度美丽装饰之风俗，我国只有花香，并无璎珞等；但所谓香如吾国香粉、香水、香牙粉、香牙膏及香皂等，皆不可用。

第七，高胜床上坐，作倡伎乐故往观听。这就是两条合为一条的；现略为分析："高"是依佛制度，坐卧之床脚，最高不能超过一尺六寸；"胜"是指金银牙角等之装饰，此皆不可。但在他处不得已的时候，暂坐可开：佛制是专为自制的须结正罪，如别人已作成功的不是自制的，罪稍轻。作倡伎乐故往观听，音乐影戏等皆属此条；所谓故往观听之"故"字要注意，于无意中偶然听到或看见的不犯。以上高胜床上坐，作倡伎乐故往观听，共合为一条。受八关斋戒的人，皆不可为。

第八，非时食。佛制受八关斋戒后，自黎明至正午可食，倘越时而食，即叫做非时食。即平常所说的"过午不食。"但正午后，不单是饭等不可食，如牛奶水果等均不可用。如病重者，于不得已中，可在大家看不到地方开食粥等。

受八关斋戒，普通于六斋日受；六斋日者，即：初八，十四，十五，廿三，及月底最后二日；倘能发心日日受，那是最好不过了。受时要在每天晨起时，期限以一日一夜——天亮时至夜，夜至明早。——受八关斋戒后，过午不食一条，应从今天正午后至明日黎明时皆不可食。又八戒与菩萨戒比较别的戒有区别；因为八戒与菩萨戒，是顿立之戒。（但上说的菩萨戒，是局就梵网璎珞等而说的；若依瑜伽戒本，则属于渐次之戒。）这是什么缘故呢？未受五戒、沙弥戒、比丘戒，皆可即受菩萨戒或八戒，故曰顿立；若渐次之戒，必依次第，如先五戒，次沙弥戒，次比丘戒，层层上去的。以上所说八关斋戒，外江居士受的非常之多；我想闽南一带，将来亦应当提倡提倡！若嫌每月六日太多，可减至一日或两日亦无不可；因仅受一日，即有极大功德，何况六日全受呢！

沙弥戒：沙弥戒诸位已知道了吧？此乃正戒，共十条。其中九条同八戒，另加手不捉钱宝一条，合而为十。但手不捉钱宝一条，平常人不明白，听了皆怕；不知此不捉钱宝是易持之戒，律中有方便办法，叫做"说净"，经过说净的仪式后，亦可照常自己捉持；最为繁难者，是正戒十条外于比丘戒亦应学习，犯者结罪。我初出家时不晓得，后来学律才知道。这样看起来，持沙弥戒亦是不容易的一回事。

沙弥尼戒：即女众，法戒与沙弥同。

式叉摩那戒：梵语式叉摩那，此云学法女；外江各丛林，皆谓在家贞女为式叉摩那，这是错误的。闽南这边，那年开元寺传戒时，对于贞女不称式叉摩那，只用贞女之名，这是很通；平常人多不解何者为式叉摩那，我现在略为解释一下：

哪一种人可以受式叉摩那戒呢？要已受沙弥尼戒的人于十八岁时，受式叉摩那法，学习二年，然后再受比丘尼戒；因为佛制二十岁乃可受戒，于十八岁时，再学二年正当二十岁。于二年学习时，僧作羯磨，与学戒法；二年学毕乃可受比丘尼戒；但式叉摩那要学三法：一学根本法，——即四重戒。二学六法，——染心相触，盗减五钱，断畜命，小妄语，非时食，饮酒。三学行法，——大尼诸戒，及威仪。

此仅是受学戒法，非另外得戒，故与他戒不同。以下讲比丘戒。

比丘戒：因时间很短，现在不能详细说明，惟有几句要紧话先略说之：

我们生此末法时代，沙弥戒与比丘戒皆是不能得的，原因甚多甚多！今且举出一种来说，就是没有能授沙弥戒比丘戒的人；若受沙弥戒，须二比丘授，比丘戒至少要五比丘授；倘若找不到比丘的话，不单比丘戒受不成，沙弥戒亦受不成。我有一句很伤心的话要对诸位讲：从南宋迄今六七百年来，或可谓僧种断绝了！以平常人眼光看起来，以为中国僧众很多，大有达至几百万之概；据实而论，这几百万中，要找出一个真比丘，怕也是不容易的事！如此怎样能受沙弥比丘戒呢？既没有能授戒的人，如何会得戒呢？我想诸位听到这话，心中一定十分扫兴；或以为既不得戒，我们白吃辛苦，不如早些回去好，何必在此辛辛苦苦做这种极无意味的事情呢？但如此怀疑是大不对的：我劝诸位应好好地、镇静地在此受沙弥戒比丘戒才是！虽不得戒，亦能种植善根，兼学种种威仪，岂不是好；又若想将来学律，必先挂名受沙弥比丘戒，否则以白衣学律，必受他人讥评：所以你们在这儿发心受沙弥比丘戒是很好的！

这次本寺诸位长老唤我来讲律学大意，我感着有种种困难之点；这是什么缘故？比方我在这儿，不依据佛所说的道理讲，一味地随顺他人顾惜情面敷衍了事，岂不是我害了你们吗！若依实在的话与你们讲，又恐怕因此引起你们的怀疑；所以我觉着十分困难。因此不得已，对于诸位分作两种说法：（一）老实不客气地，必须要说明受戒真相，恐怕诸位出戒堂后，妄自称为沙弥或比丘，致招重罪，那是不得了的事情！我有种比方，譬如：泉州这地方有司令官等，不识相的老百姓亦自称我是司令官，如司令官等听到，定遭不良结果，说不定有枪毙之危险！未得沙弥比丘戒者，妄自称为沙弥或比丘，必定遭恶报，亦就是这个道理。我为着良心的驱使，所以要对诸位说老实话。（二）以现在人情习惯看起来，我总劝诸位受戒，挂个虚名，受后俾可学律；不然，定招他人诽谤之虞；这样的说，诸位定必明了吧。

更进一层说，诸位中若有人真欲绍隆僧种，必须求得沙弥比丘戒者，亦有一种特别的方法；即是如益大师礼占察忏仪，求得清净轮相，即可得沙弥比丘戒；除此以外，无有办法。故益大师云："末世欲得净戒，舍此占察轮相之法，更无别途。"因为得清净轮相之后，即可自誓总受菩萨戒而沙弥比丘戒皆包括在内，以后即可称为菩萨比丘。礼占察忏得清净轮相，虽是极不容易的事，倘诸位中有真发大心者，亦可奋力进行，这是我最希望你们的。以下说比丘尼戒：

比丘尼戒：现在不能详说。依据佛制，比丘尼戒要重复受两次；先依尼僧授本法，后请大僧正授，但正得戒时，是在大僧正授时；此法南宋以后已不能实行了。最后说菩萨戒：

菩萨戒：为着时间关系，亦不能详说。现在略举三事：（一）要有菩萨种性，又能发菩提心，然后可受菩萨戒。什么是种性呢？就简单来说，就是多生以来所成就的资格。所以当受戒时，戒师问："汝是菩萨否？"应答曰："我是菩萨！"这就是菩萨种性。戒师又问："既是菩萨，已发菩提心否？"应答曰："已发菩提心。"这就是发菩提心。如这样子才能受菩萨戒。（二）平常人受菩萨戒者皆是全受；但依璎珞本业经，可以随身分受，或一或多；与前所说的受五戒法相同。（三）犯相重轻，依旧疏新疏有种种差别，应随个人力量而行；现以例说，如：妄语戒，旧疏说大妄语乃犯波罗夷罪，新疏说，小妄语即犯波罗夷罪。至于起杀盗淫妄之心，即犯波罗夷，乃是为地上菩萨所制。我等凡夫是做不到的。

所谓菩萨戒虽不易得，但如有真诚之心，亦非难事；且可自誓受，不比沙弥比丘戒必须要请他人授；因为菩萨戒、五戒、八戒皆可自誓受，所以我们颇有得菩萨戒之希望！

今天律学要略讲完，我想在其中有不妥当处或错误处，还请诸位原谅。最后我尚有几句话：诸位在此受戒很好。在近代说，如外江最有名望的地方，虽有传戒，实不及此地完备，这是这里办事很有热心，很有精神，很有秩序，诚使我佩服，使我赞美。就以讲律来说，此地戒期中讲沙弥律、比丘戒本、梵网经，他方是难有的。几年前泉州大开元寺于戒期中提倡讲律，大家皆说是破天荒的举动。本寺此次传戒之美备，实与数年前大开元寺相同；并有露天演讲，使外人亦有种植善根之机缘，诚办事周到之处。本年天灾频仍，泉州亦不在例外，在人心惨痛、境遇萧条的状况中，本寺居然以极大规模，很圆满地开戒，这无非是诸位长老及大护法的道德感化所及；我这次到此地，心实无限欢喜，此是实话，并非捧场；此次能碰着这大机缘与诸位相聚，甚慰衷怀，最后还要与诸位恭喜。

青年佛徒应注意的四项

丙子正月开学日在南普陀寺佛教养正院讲

养正院从开办到现在，已是一年多了。外面的名誉很好，这因为由瑞金法师主办，又得各位法师热心爱护，所以能有这样的成绩。

我这次到厦门，得来这里参观，心里非常欢喜。各方面的布置都很完美，就是地上也扫得干干净净的，这样，在别的地方，很不容易看到。

我在泉州草庵大病的时候，承诸位写一封信来，各人都签了名，慰问我的病状；并且又承诸位念佛七天，代我忏悔，还有像这样别的事，都使我感激万分！

再过几个月，我就要到鼓浪屿日光岩去方便闭关了。时期大约颇长久，怕不能时时会到，所以特地发心来和诸位叙谈叙谈。

今天所要和诸位谈的，共有四项：一是惜福，二是习劳，三是持戒，四是自尊，都是青年佛徒应该注意的。

一、惜福

"惜"是爱惜,"福"是福气。就是我们纵有福气,也要加以爱惜,切不可把它浪费。诸位要晓得:末法时代,人的福气是很微薄的,若不爱惜,将这很薄的福享尽了,就要受莫大的痛苦,古人所说"乐极生悲",就是这意思啊!我记得从前小孩子的时候,我父亲请人写了一副大对联,是清朝刘文定公的句子,高高地挂在大厅的抱柱上,上联是"惜食,惜衣,非为惜财缘惜福"。我的哥哥时常教我念这句子,我念熟了,以后凡是临到穿衣或是饮食的当儿,我都十分注意,就是一粒米饭,也不敢随意糟掉;而且我母亲也常常教我,身上所穿的衣服当时时小心,不可损坏或污染。这因为母亲和哥哥怕我不爱惜衣食,损失福报以致短命而死,所以常常这样叮嘱着。

诸位可晓得,我五岁的时候,父亲就不在世了!七岁我练习写字,拿整张的纸瞎写,一点不知爱惜。我母亲看到,就正颜厉色地说:"孩子!你要知道呀!你父亲在世时,莫说这样大的整张的纸不肯糟蹋,就连寸把长的纸条,也不肯随便丢掉哩!"母亲这话,也是惜福的意思啊!

我因为有这样的家庭教育,深深地印在脑里,后来年纪大了,也没一时不爱惜衣食;就是出家以后,一直到现在,也还保守着这样的习惯。诸位请看我脚上穿的一双黄鞋子,还是一九二〇年在杭州时候,一位打念佛七的出家人送给我的。又诸位有空,可以到我房间里来看看,我的棉被面子,还是出家以前所用的;又有一把洋伞,也是一九一一年买的。这些东西,即使有破烂的地方,请人用针线缝缝,仍旧同新的一样了。简直可尽我形寿受用着哩!不过,我所穿的小衫裤和罗汉草鞋一类的东西,却须五六年一换,除此以外,一切衣物,大都是在家时候或是初出家时候制的。

　　从前常有人送我好的衣服或别的珍贵之物，但我大半都转送别人。因为我知道我的福薄，好的东西是没有胆量受用的。又如吃东西，只生病时候吃一些好的，除此以外，从不敢随便乱买好的东西吃。

　　惜福并不是我一个人的主张，就是净土宗大德印光老法师也是这样，有人送他白木耳等补品，他自己总不愿意吃，转送到观宗寺去供养谛闲法师。别人问他："法师！你为什么不吃好的补品？"他说："我福气很薄，不堪消受。"

　　他老人家——印光法师，性情刚直，平常对人只问理之当不当，情面是不顾的。前几年有一位皈依弟子，是鼓浪屿有名的居士，去看望他，和他一道吃饭，这位居士先吃好，老法师见他碗里剩落了一两粒米饭，于是就很不客气地大声呵斥道："你有多大福气，可以这样随便糟蹋饭粒！你得把它吃光！"

　　诸位！以上所说的话，句句都要牢记！要晓得：我们即使有十分福气，也只好享受三分，所余的可以留到以后去享受；诸位或者能发大心，愿以我的福气，布施一切众生，共同享受，那更好了。

二、习劳

　　"习"是练习，"劳"是劳动。现在讲讲习劳的事情：

　　诸位请看看自己的身体，上有两手，下有两脚，这原为劳动而生的。若不将他运用习劳，不但有负两手两脚，就是对于身体也一定有害无益的。换句话说：若常常劳动，身体必定康健。而且我们要晓得：劳动原是人类本分上的事，不惟我们寻常出家人要练习劳动，即使到了佛的地位，也要常常劳动才行，现在我且讲讲佛的劳动的故事：

　　所谓佛，就是释迦牟尼佛。在平常人想起来，佛在世时，总以为同现在的方丈和尚一样，有衣钵师、侍者师常常侍候着，佛自己不必做什么，但是不然。有一天，佛看到地下不很清洁，自己就拿起扫帚来扫地，许多大弟子见了，也过来帮扫，不一时，把地扫得十分清洁。佛看了欢喜，随即到讲堂里去说法，说道："若人扫地，能得五种功德……"

又有一个时候，佛和阿难出外游行，在路上碰到一个喝醉了酒的弟子，已醉得不省人事了。佛就命阿难抬脚，自己抬头，一直抬到井边，用桶吸水，叫阿难把他洗濯干净。

有一天，佛看到门前木头做的横楣坏了，自己动手去修补。

有一次，一个弟子生了病，没有人照应，佛就问他说："你生了病，为什么没人照应你？"那弟子说："从前人家有病，我不曾发心去照应他；现在我有病，所以人家也不来照应我了。"佛听了这话，就说："人家不来照应你，就由我来照应你吧！"

就将那病弟子大小便种种污秽，洗濯得干干净净；并且还将他的床铺，理得清清楚楚，然后扶他上床。由此可见，佛是怎样的习劳了。佛决不像现在的人，凡事都要人家服劳，自己坐着享福。这些事实，出于经律，并不是凭空说说的。

现在我再说两桩事情，给大家听听：弥陀经中载着的一位大弟子——阿楼陀，他双目失明，不能料理自己，佛就替他裁衣服，还叫别的弟子一道帮着做。

有一次，佛看到一位老年比丘眼睛花了，要穿针缝衣，无奈眼睛看不清楚，嘴里叫着："谁能替我穿针呀！"

佛听了立刻答应说："我来替你穿。"

以上所举的例，都足证明佛是常常劳动的。我盼望诸位，也当以佛为模范，凡事自己动手去做，不可依赖别人。

三、持戒

"持戒"二字的意义，我想诸位总是明白的吧！我们不说修到菩萨或佛的地位，就是想来生再做人，最低的限度，也要能持五戒。可惜现在受戒的人虽多，只是挂个名而已，切切实实能持戒的却很少。要知道：受戒之后，若不持戒，所犯的罪，比不受戒的人要加倍的大，所以我时常劝人不要随便受戒。至于现在一般传戒的情形，看了真痛心，我实在说也不忍说了！我想最好还是随自己的力量去受戒，万不可敷衍门面，自寻苦恼。

戒中最重要的，不用说是杀、盗、淫、妄，此外还有饮酒、食肉，也易惹人讥嫌。至于吃烟，在律中虽无明文，但在我国习惯上，也很容易受人讥嫌的，总以不吃为是。

四、自尊

"尊"是尊重，"自尊"就是自己尊重自己，可是人都喜欢人家尊重我，而不知我自己尊重自己；不知道要想人家尊重自己，必须从我自己尊重自己做起。怎样尊重自己呢？就是自己时时想着：我当做一个伟大的人，做一个了不起的人。比如我们想做一位清净的高僧吧，就拿高僧传来读，看他们怎样行，我也怎样行，所谓："彼既丈夫我亦尔。"又比方我想将来做一位大菩萨，那末，就当依经中所载的菩萨行，随力行去。这就是自尊。但自尊与贡高不同；贡高是妄自尊大，目空一切的胡乱行为；自尊是自己增进自己的德业，其中并没有一丝一毫看不起人的意思的。

诸位万万不可以为自己是一个小孩子，是一个小和尚，一切不妨随便些，也不可说我是一个平常的出家人，哪里敢希望做高僧做大菩萨。凡事全在自己做去，能有高尚的志向，没有做不到的。

诸位如果作这样想：我是不敢希望做高僧、做大菩萨的，那做事就随随便便，甚至自暴自弃，走到堕落的路上去了，那不是很危险的么？诸位应当知道：年纪虽然小，志气却不可不高啊！

我还有一句话，要向大家说，我们现在依佛出家，所处的地位是非常尊贵的，就以剃发、披袈裟的形式而论，也是人天师表，国王和诸天人来礼拜，我们都可端坐而受。你们知道这道理么？自今以后，就当尊重自己，万万不可随便了。

以上四项，是出家人最当注意的，别的我也不多说了。我不久就要闭关，不能和诸位时常在一块儿谈话，这是很抱歉的。但我还想在关内讲讲律，每星期约讲三四次，诸位碰到例假，不妨来听听！今天得和诸位见面，我非常高兴。我只希望诸位把我所讲的四项，牢记在心，作为永久的纪念！时间讲得很久了，费诸位的神，抱歉！抱歉！

南闽十年之梦影

丁丑二月十六日在南普陀寺佛教养正院讲

我一到南普陀寺，就想来养正院和诸位法师讲谈讲谈，原定的题目是"余之忏悔"，说来话长，非十几小时不能讲完；近来因为讲律，须得把讲稿写好，总抽不出一个时间来，心里又怕负了自己的初愿，只好抽出很短的时间，来和诸位谈谈，谈我在南闽十年中的几件事情！

我第一回到南闽，在一九二八年的十一月，是从上海来的。起初还是在温州，我在温州住得很久，差不多有十年光景。

由温州到上海，是为着编辑护生画集的事，和朋友商量一切；到十一月底，才把护生画集编好。

那时我听人说：尤惜阴居士也在上海。他是我旧时很要好的朋友，我就想去看一看他。一天下午，我去看尤居士，居士说要到暹罗国去，第二天一早就要动身的。我听了觉得很喜欢，于是也想和他一道去。

我就在十几小时中，急急地预备着。第二天早晨，天还没大亮，就赶到轮船码头，和尤居士一起动身到暹罗国去了。从上海到暹罗，是要经过厦门的，料不到这就成了我来厦门的因缘。十二月初，到了厦门，承陈敬贤居士的招待，也在他们的楼上吃过午饭，后来陈居士就介绍我到南普陀寺来。那时的南普陀，和现在不同，马路还没有建筑，我是坐着轿子到寺里来的。

到了南普陀寺，就在方丈楼上住了几天。时常来谈天的，有性愿老法师、芝峰法师等。芝峰法师和我同在温州，虽不曾见过面，却是很相契的。现在突然在南普陀寺晤见了，真是说不出的高兴。

我本来是要到暹罗去的，因着诸位法师的挽留，就留滞在厦门，不想到暹罗国去了。

在厦门住了几天，又到小云峰那边去过年。一直到正月半以后才回到厦门，住在闽南佛学院的小楼上，约莫住了三个月工夫。看到院里面的学僧虽然只有二十几位，他们的态度都很文雅，而且很有礼貌，和教职员的感情也很不差，我当时很赞美他们。

这时芝峰法师就谈起佛学院里的课程来。他说："门类分得很多，时间的分配却很少，这样下去，怕没有什么成绩吧？"

因此，我表示了一点意见，大约是说："把英文和算术等删掉，佛学却不可减少，而且还得增加，就把腾出来的时间教佛学吧！"

他们都很赞成。听说从此以后，学生们的成绩，确比以前好得多了！

我在佛学院的小楼上，一直住到四月间，怕将来的天气更会热起来，于是又回到温州去。

第二回到南闽，是在一九二九年十月。起初在南普陀寺住了几天，以后因为寺里要做水陆，又搬到太平岩去住。等到水陆圆满，又回到寺里，在前面的老功德楼住着。

当时闽南佛学院的学生，忽然增加了两倍多，约有六十多位，管理方面不免感到困难。虽然竭力的整顿，终不能恢复以前的样子。不久，我又到小雪峰去过年，正月半才到承天寺来。

那时性愿老法师也在承天寺，在起草章程，说是想办什么研究社。

不久，研究社成立了，景象很好，真所谓"人才济济"，很有一种难以形容的盛况。现在妙释寺的善契师，南山寺的传证师，以及已故南普陀寺的广究师，……都是那时候的学僧哩！

研究社初办的几个月间，常住的经忏很少，每天有工夫上课，所以成绩卓著，为别处所少有。当时我也在那边教了两回写字的方法，遇有闲空，又拿寺里那些古版的藏经来整理整理，后来还编成目录，至今留在那边。这样在寺里约莫住了三个月，到四月，怕天气要热起来，又回到温州去。

一九三一年九月，广洽法师写信来，说很盼望我到厦门去。当时我就从温州动身到上海，预备再到厦门；但许多朋友都说：时局不大安定，远行颇不相宜，于是我只好仍回温州。直到转年（即一九三二年）十月，到了厦门，计算起来，已是第三回了！

到厦门之后，由性愿老法师介绍，到山边岩去住；但其间妙释寺也去住了几天。那时我虽然没有到南普陀来住，但佛学院的学僧和教职员，却是常常来妙释寺谈天的。

一九三三年正月廿一日，我开始在妙释寺讲律。

这年五月，又移到开元寺去。

当时许多学律的僧众，都能勇猛精进，一天到晚的用功，从没有空过的工夫；就是秩序方面也很好，大家都啧啧地称赞着。

有一天，已是黄昏时候了！我在学僧们宿舍前面的大树下立着，各房灯火发出很亮的光；诵经之声，又复朗朗入耳，一时心中觉得有无限的欢慰！可是这种良好的景象，不能长久地继续下去，恍如昙花一现，不久就消失了。但是当时的景象，却很深的印在我的脑中，现在回想起来，还如在大树底下目睹一般。这是永远不会消灭，永远不会忘记的啊！

十一月，我搬到草庵来过年。

一九三四年二月，又回到南普陀。

当时旧友大半散了；佛学院中的教职员和学僧，也没有一位认识的！

我这一回到南普陀寺来，是准了常惺法师的约，来整顿僧教育的。后来我观察情形，觉得因缘还没有成熟，要想整顿，一时也无从着手，所以就作罢了。此后并没有到闽南佛学院去。

讲到这里，我顺便将我个人对于僧教育的意见，说明一下：

我平时对于佛教是不愿意去分别哪一宗、哪一派的，因为我觉得各宗各派，都各有各的长处。

但是有一点，我以为无论哪一宗哪一派的学僧，却非深信不可，那就是佛教的基本原则，就是深信善恶因果报应的道理。善有善报，恶有恶报；同时还须深信佛菩萨的灵感！这不仅初级的学僧应该这样，就是升到佛教大学也要这样！

善恶因果报应和佛菩萨的灵感道理，虽然很容易懂，可是能彻底相信的却不多。这所谓信，不是口头说说的信，是要内心切切实实去信的呀！

咳！这很容易明白的道理，若要切切实实地去信，却不容易啊！

我以为无论如何，必须深信善恶因果报应和诸佛菩萨灵感的道理，才有做佛教徒的资格！

须知善有善报，恶有恶报，这种因果报应，是丝毫不爽的！又须知我们一个人所有的行为，一举一动，以至起心动念，诸佛菩萨都看得清清楚楚！

一个人若能这样十分决定地信着，他的品行道德，自然会一天比一天地高起来！

要晓得我们出家人，就所谓"僧宝"，在俗家人之上，地位是很高的。所以品行道德，也要在俗家人之上才行！

倘品行道德仅能和俗家人相等，那已经难为情了！何况不如？又何况十分的不如呢？……咳！……这样他们看出家人就要十分的轻慢，十分的鄙视，种种讥笑的话，也接连地来了。……

记得我将要出家的时候，有一位在北京的老朋友写信来劝告我，你知道他劝告的是什么，他说："听到你要不做人，要做僧去。……"

咳！……我们听到了这话，该是怎样的痛心啊！他以为做僧的，都不是人，简直把僧不当人看了！你想，这句话多么厉害呀！

出家人何以不是人？为什么被人轻慢到这地步？我们都得自己反省一下！我想这原因都由于我们出家人做人太随便的缘故；种种太随便了，就闹出这样的话柄来了。

至于为什么会随便呢？那就是由于不能深信善恶因果报应和诸佛菩萨灵感的道理的缘故。倘若我们能够真正生信，十分决定地信，我想就是把你的脑袋斫掉，也不肯随便的了！

以上所说，并不是单单养正院的学僧应该牢记，就是佛教大学的学僧也应该牢记，相信善恶因果报应和诸佛菩萨灵感不爽的道理！

就我个人而论，已经是将近六十的人了，出家已有二十年，但我依旧喜欢看这类的书！——记载善恶因果报应和佛菩萨灵感的书。

我近来省察自己，觉得自己越弄越不像了！所以我要常常研究这一类的书：希望我的品行道德，一天高尚一天；希望能够改过迁善，做一个好人；又因为我想做一个好人，同时我也希望诸位都做好人！

这一段话，虽然是我勉励我自己的，但我很希望诸位也能照样去实行！

关于善恶因果报应和佛菩萨灵感的书，印光老法师在苏州所办的弘化社那边印得很多，定价也很低廉，诸位若要看的话，可托广洽法师写信去购请，或者他们会赠送也未可知。

以上是我个人对于僧教育的一点意见。下面我再来说几样事情：

我于一九三五年到惠安净峰寺去住。到十一月，忽然生了一场大病，所以我就搬到草庵来养病。

这一回的大病，可以说是我一生的大纪念！

我于一九三六年的正月，扶病到南普陀寺来。在病床上有一只钟，比其他的钟总要慢两刻，别人看到了，总是说这个钟不准，我说："这是草庵钟。"

别人听了"草庵钟"三字还是不懂，难道天下的钟也有许多不同的么？现在就让我详详细细的来说个明白：

我那一回大病，在草庵住了一个多月。摆在病床上的钟，是以草庵的钟为标准的。而草庵的钟，总比一般的钟要慢半点。

我以后虽然移到南普陀，但我的钟还是那个样子，比平常的钟慢两刻，所以"草庵钟"就成了一个名词了。这件事由别人看来，也许以为是很好笑的吧！但我觉得很有意思！因为我看到这个钟，就想到我在草庵生大病的情形了，往往使我发大惭愧，惭愧我德薄业重。

我要自己时时发大惭愧，我总是故意地把钟改慢两刻，照草庵那钟的样子，不止当时如此，到现在还是如此，而且愿尽形寿，常常如此。

以后在南普陀住了几个月，于五月间，才到鼓浪屿日光岩去。十二月仍回南普陀。

到今年一九三七年，我在闽南居住，算起来，首尾已是十年了。

回想我在这十年之中，在闽南所做的事情，成功的却是很少很少，残缺破碎的居其大半，所以我常常自己反省，觉得自己的德行，实在十分欠缺！

因此近来我自己起了一个名字，叫"二一老人"。什么叫"二一老人"呢？这有我自己的根据。

记得古人有句诗："一事无成人渐老。"

清初吴梅村（伟业）临终的绝命词有："一钱不值何消说。"

这两句诗的开头都是"一"字，所以我用来做自己的名字，叫做"二一老人"。

因此我十年来在闽南所做的事，虽然不完满，而我也不怎样地去求他完满了！

诸位要晓得：我的性情是很特别的，我只希望我的事情失败，因为事情失败、不完满，这才使我常常发大惭愧！能够晓得自己的德行欠缺，自己的修善不足，那我才可努力用功，努力改过迁善！

一个人如果事情做完满了，那么这个人就会心满意足，洋洋得意，反而增长他贡高我慢的念头，生出种种的过失来！所以还是不去希望完满的好！

不论什么事，总希望他失败，失败才会发大惭愧！倘若因成功而得意，那就不得了啦！

我近来，每每想到"二一老人"这个名字，觉得很有意味！

这"二一老人"的名字，也可以算是我在闽南居住了十年的一个最好的纪念！

最后之□□

佛教养正院已办有四年了。诸位同学初来的时候，身体很小，经过四年之久，身体皆大起来了，有的和我也差不多。啊！光阴很快！人生在世，自幼年至中年，自中年至老年，虽然经过几十年之光景，实与一会儿差不多。

就我自己而论，我的年纪将到六十了。回想从小孩子的时候起到现在，种种经过，如在目前。啊，我想我以往经过的情形，只有一句话可以对诸位说：就是"不堪回首"而已。

我常自己来想：啊，我是一个禽兽吗？好像不是，因为我还是一个人身；我的天良丧尽了吗？好像还没有，因为我尚有一线天良，常常想念自己的过失。我从小孩子起，一直到现在都埋头造恶吗？好像也不是，因为我小孩子的时候，常行袁了凡的功过格；三十岁以后，很注意于修养；初出家时，也不是没有道心。虽然如此，但出家以后，一直到现在，便大不相同了。因为出家以后二十年之中，一天比一天堕落——身体虽然不是禽兽，而心则与禽兽差不多；天良虽然没有完全丧尽，但是昏愦糊涂，一天比一天利害。抑或与天良丧尽也差不多了！讲到埋头造恶的一句话，我自从出家以后，恶念一天比一天增加，善念一天比一天退失，一直到现在，可以说是醇乎其醇的一个埋头造恶的人——这个也无须客气也无须谦让的了。

就以上所说看起来，我从出家后已经堕落到这种地步，真可令人惊叹。其中到闽南以后十年的工夫，尤其是堕落的堕落。去年春间，曾经在养正院讲过一次，所讲的题目，就是《南闽十年的梦影》。那一次所讲的字字之中，都可以看到我的泪痕。诸位应当还记得吧？

可是到了今年，比去年更不像样子了。自从正月二十到泉州，这两个月之中，弄得不知所云。不只我自己看不过去，就是我的朋友也说我：以前如闲云野鹤，独往独来，随意栖止，何以近来竟大改常度？到处演讲，常常见客，时时宴会，简直变成一个"应酬的和尚"了——这是我的朋友所讲的。啊，"应酬的和尚"——这五个字，我想我自己近来，倒很有几分相像。

如是在泉州住了两个月。以后又到惠安，到厦门到漳州，都是继续前稿：除了利养还是名闻；除了名闻还是利养。日常生活总不在名闻利养之外。虽在瑞竹岩住了两个月，稍少闲静，但是不久又到祈保亭，冒充善知识，受了许多的善男信女的礼拜供养，可以说是惭愧已极了！

九月又到安海，住了一个月，十分的热闹。近来再到泉州，虽然时常起一种恐惧厌离的心，但是仍不免向这一条名闻利养的路上前进。可是，近来也有一件可庆幸的事，因为我近来得到永春十五岁小孩子的一封信，他劝我：以后不可常常宴会，要养静用功。信中又说起他近来的生活，如吟诗，赏月，看花，静坐等——洋洋千言的一封信。

啊！他是一个十五岁的小孩子，竟有如此高尚的思想，正当的见解。我看到他这一封信，真是惭愧万分了。我自从得到他的信以后，就以十分坚决的心谢绝宴会。虽然得罪了别人，也不管他。这个也可算是近来一件可庆幸的事了。

虽然是如此，但我的过失也太多了。可以说是从头至足，没有一处无过失，岂只谢绝宴会，就算了结了吗？！尤其是今年几个月之中，极力冒充善知识，实在是太为佛门丢脸。别人或者能够原谅我；但我对我自己绝对不能够原谅，断不能如此马马虎虎的过去。所以，我近来对人讲话的时候，绝不顾惜情面。决定赶快料理没有了结的事情，将"法师"、"老法师"、"律师"等名目，一概取消；将"学人侍者"等，一概辞谢。孑然一身，遂我初服。这个——或者亦是我一生的大结束了！

啊！再过一个多月，我的年纪要到六十了。像我出家以来，既然是无惭无愧，埋头造恶，所以到现在，所做的事大半支离破碎，不能圆满。这个也是份所当然。只有对于养正院诸位同学，相处四年之久，有点不能忘情。我很盼望养正院，从此以后能够复兴起来，为全国模范的僧学院。可是我的年纪老了，又没有道德学问，我以后对于养正院也只可说"爱莫能助"了。

啊，与诸位同学谈得时间也太久了，且用古人的诗来作临别赠言。诗云：

□□□□□□
万事都从缺陷好；
吟到夕阳山外山，
古今谁免余情绕。

佛法十疑略释

戊寅十月六日在安海金墩宗祠讲

欲挽救今日之世道人心，人皆知推崇佛法。但对于佛法而起之疑问，亦复不少。故学习佛法者，必先解释此种疑问，然后乃能着手学习。以下所举十疑及解释，大半采取近人之说而叙述之，非是讲者之创论。所疑固不限此，今且举此十端耳。

一、佛法非迷信

近来知识分子，多批评佛法谓之迷信。

我辈详观各地寺庙，确有特别之习惯及通俗之仪式，又将神仙鬼怪等混入佛法之内，谓是佛法正宗。既有如此奇异之现相，也难怪他人谓佛法是迷信。

但佛法本来面目则不如此，决无崇拜神仙鬼怪等事。其仪式庄严，规矩整齐，实超出他种宗教之上。又佛法能破除世间一切迷信而与以正信，岂有佛法即是迷信之理。

故知他人谓佛法为迷信者，实由误会。倘能详察，自不至有此批评。

二、佛法非宗教

或有人疑佛法为一种宗教，此说不然。

佛法与宗教不同，近人著作中常言之，兹不详述。应知佛法实不在宗教范围之内也。

三、佛法非哲学

或有人疑佛法为一种哲学，此说不然。

哲学之要求，在求真理，以其理智所推测而得之某种条件即谓为真理。其结果，有一元、二元、唯心种种之说。甲以为理在此，乙以为理在彼，纷纭扰攘，相非相谤。但彼等无论如何尽力推测，总不出于错觉一途。譬如盲人摸象，其生平未曾见象之形状，因其所摸得象之一部分，即谓是为象之全体。故或摸其尾便谓象如绳，或摸其背便谓象如床，或摸其胸便谓象如地。虽因所摸处不同而感觉互异，总而言之，皆是迷惑颠倒之见而已。

若佛法则不然，譬如明眼人能亲见全象，十分清楚，与前所谓盲人摸象者迥然不同。因佛法须亲证"真如"，了无所疑，决不同哲学家之虚妄测度也。

何谓"真如"之意义？真真实实，平等一如，无妄情，无偏执，离于意想分别，即是哲学家所欲了知之宇宙万有之真相及本体也。夫哲学家欲发明宇宙万有之真象及本体，其志诚为可嘉。第太无方法，致罔废心力而终不能达到耳。

以上所说之佛法非宗教及哲学，仅略举其大概。若欲详知者，有南京支那内学院出版之佛法非宗教非哲学一卷，可自详研，即能洞明其奥义也。

四、佛法非违背于科学

常人以为佛法重玄想，科学重实验，遂谓佛法违背于科学。此说不然。

近代科学家持实验主义者，有两种意义。

一是根据眼前之经验，彼如何即还彼如何，毫不加以玄想。

二是防经验不足恃，即用人力改进，以补通常经验之不足。

佛家之态度亦尔，彼之"戒""定""慧"三无漏学，皆是改进通常之经验。但科学之改进经验重在客观之物件，佛法之改进经验重在主观之心识。如人患目病，不良于视，科学只知多方移置其物以求一辨，佛法则努力医治其眼以求复明。两者虽同为实验，但在治标治本上有不同耳。

关于佛法与科学之比较，若欲详知者，乞阅上海开明书店代售之佛法与科学之比较研究。著者王小徐，曾留学英国，在理工专科上迭有发见，为世界学者所推重。近以其研究理工之方法，创立新理论解释佛学，因著此书也。

五、佛法非厌世

常人见学佛法者，多居住山林之中，与世人罕有往来，遂疑佛法为消极的、厌世的。此说不然。

学佛法者，固不应迷恋尘世以贪求荣华富贵，但亦决非是冷淡之厌世者。因学佛法之人皆须发"大菩提心"，以一般人之苦乐为苦乐，抱热心救世之弘愿，不惟非消极，乃是积极中之积极者。虽居住山林中，亦非贪享山林之清福，乃是勤修"戒""定""慧"三学以预备将来出山救世之资具耳。与世俗青年学子在学校读书为将来任事之准备者，甚相似。

由是可知谓佛法为消极厌世者，实属误会。

六、佛法非不宜于国家之兴盛

近来爱国之青年，信仰佛法者少。彼等谓佛法传自印度，而印度因此衰亡，遂疑佛法与爱国之行动相妨碍。此说不然。

佛法实能辅助国家，令其兴盛，未尝与爱国之行动相妨碍。印度古代有最信仰佛法之国王，如阿育王、戒日王等，以信佛故，而统一兴盛其国家。其后婆罗门等旧教复兴，佛法渐无势力，而印度国家乃随之衰亡，其明证也。

七、佛法非能灭种

常人见僧尼不婚不嫁，遂疑人人皆信佛法必致灭种。此说不然。

信佛法而出家者，乃为僧尼，此实极少之数。以外大多数之在家信佛法者，仍可婚嫁如常。佛法中之僧尼，与他教之牧师相似，非是信徒皆应为牧师也。

八、佛法非废弃慈善事业

常人见僧尼惟知弘扬佛法，而于建立大规模之学校、医院、善堂等利益社会之事未能努力,遂疑学佛法者废弃慈善事业。此说不然。

依佛经所载,布施有二种,一曰财施,二曰法施。出家之佛徒,以法施为主,故应多致力于弘扬佛法,而以余力提倡他种慈善事业。若在家之佛徒,则财施与法施并重,故在家居士多努力作种种慈善事业,近年以来各地所发起建立之佛教学校、慈儿院、医院、善堂、修桥、造凉亭乃至施米、施衣、施钱、施棺等事,皆时有所闻,但不如他教仗外国慈善家之财力所经营者规模阔大耳。

九、佛法非是分利

近今经济学者,谓人人能生利,则人类生活发达,乃可共享幸福。因专注重于生利。遂疑信仰佛法者,惟是分利而不生利,殊有害于人类,此说亦不免误会。

若在家人信仰佛法者,不碍于职业,士农工商皆可为之。此理易明,可毋庸议。若出家之僧尼,常人观之,似为极端分利而不生利之寄生虫。但僧尼亦何尝无事业,僧尼之事业即是弘法利生。倘能教化世人,增上道德,其间接直接有真实大利益于人群者正无量矣。

十、佛法非说空以灭人世

常人因佛经中说"五蕴皆空""无常苦空"等,因疑佛法只一味说空。若信佛法者多,将来人世必因之而消灭。此说不然。

大乘佛法,皆说空及不空两方面。虽有专说空时,其实亦含有不空之义。故须兼说空与不空两方面,其义乃为完足。

何谓空及不空。空者是无我,不空者是救世之事业。虽知无我,而能努力作救世之事业,故空而不空。虽努力作救世之事业,而决不执着有我，故不空而空。如是真实了解，乃能以无我之伟大精神，而作种种之事业无有障碍也。

又若能解此义，即知常人执着我相而作种种救世事业者，其能力薄，范围小，时间促，不彻底。若欲能力强，范围大，时间久，最彻底者，必须于佛法之空义十分了解，如是所做救世事业乃能圆满成就也。

故知所谓空者，即是于常人所执着之我见打破消灭，一扫而空，然后以无我之精神，努力切实作种种之事业。亦犹世间行事，先将不良之习惯等一一推翻，然后良好之建设乃得实现。

信能如此，若云牺牲，必定真能牺牲；若云救世，必定真能救世。由是坚坚实实，勇猛精进而作去，乃可谓伟大，乃可谓彻底。

所以真正之佛法先须向空上立脚，而再向不空上作去。岂是一味说空而消灭人世耶！

以上所说之十疑及释义，多是采取近人之说而叙述其大意。诸君闻此，应可免除种种之误会。

若佛法中之真义，至为繁广，今未能详说。惟冀诸君从此以后，发心研究佛法，请购佛书，随时阅览，久之自可洞明其义。是为余所厚望焉。

佛法宗派大概

戊寅十月七日在安海金墩宗祠讲

关于佛法之种种疑问，前已略加解释。诸君既无所疑惑，思欲着手学习，必须先了解佛法之各种宗派乃可。

原来佛法之目的，是求觉悟本无种种差别。但欲求达到觉悟之目的地以前，必有许多途径。而在此途径上，自不妨有种种宗派之不同也。

佛法在印度古代时，小乘有各种部执，大乘虽亦分"空""有"二派，但未别立许多门户。吾国自东汉以后，除将印度所传来之佛法精神完全承受外，并加以融化光大，于中华民族文化之伟大悠远基础上，更开展中国佛法之许多特色。至隋唐时，便渐成就大小乘各宗分立之势。今且举十宗而略述之。

一、律宗又名南山宗

唐终南山道宣律师所立。依法华、涅经义，而释通小乘律，立圆宗戒体正属出家人所学，亦明在家五戒、八戒义。

唐时盛，南宋后衰，今渐兴。

二、俱舍宗

依俱舍论而立。分别小乘名相甚精，为小乘之相宗。欲学大乘法相宗者固应先学此论，即学他宗者亦应以此为根底，不可以其为小乘而轻忽之也。

陈隋唐时盛弘，后衰。

三、成实宗

依成实论而立。为小乘之空宗，微似大乘。

六朝时盛，后衰，唐以后殆罕有学者。

以上二宗，即依二部论典而形成，并由印度传至中土。虽号称宗，然实不过二部论典之传持授受而已。

以上二宗属小乘，以下七宗皆是大乘，律宗则介于大小之间。

四、三论宗又名性宗又名空宗

三论者，即中论、百论、十二门论，是三部论皆依般若经而造。姚秦时，龟兹国鸠摩罗什三藏法师来此土弘传。

唐初犹盛，以后衰。

五、法相宗又名慈恩宗又名有宗

此宗所依之经论，为解深密经、瑜伽师地论等。唐玄奘法师盛弘此宗。又糅合印度十大论师所著之唯识三十颂之解释而编纂成唯识论十卷，为此宗著名之典籍。此宗最要，无论学何宗者皆应先学此以为根底也。

唐中叶后衰微，近复兴，学者甚盛。

以上二宗，印度古代有之，即所谓"空""有"二派也。

六、天台宗又名法华宗

六朝时此土所立，以法华经为正依。至隋智者大师时极盛。其教义，较前二宗为玄妙。

隋唐时盛，至今不衰。

七、华严宗又名贤首宗

唐初此土所立，以华严经为依。至唐贤首国师时而盛，至清凉国师时而大备。此宗最为广博，在一切经法中称为教海。

宋以后衰，今殆罕有学者，至可惜也。

八、禅宗

梁武帝时，由印度达摩尊者传至此土。斯宗虽不立文字，直明实相之理体。而有时却假用文字上之教化方便，以弘教法。如金刚、楞伽二经，即是此宗常所依用者也。

唐宋时甚盛，今衰。

九、密宗又名真言宗

唐玄宗时，由印度善无畏三藏、金刚智三藏先后传入此土。斯宗以《大日经》、《金刚顶经》、《苏悉地经》三部为正所依。

元后即衰，近年再兴，甚盛。

在大乘各宗中，此宗之教法最为高深，修持最为真切。常人未尝穷研，辄轻肆毁谤，至堪痛叹。余于十数年前，惟阅密宗仪轨，亦尝轻致疑议。以后阅大日经疏，乃知密宗教义之高深，因痛自忏悔。愿诸君不可先阅仪轨，应先习经教，则可无诸疑惑矣。

十、净土宗

始于晋慧远大师，依无量寿经、观无量寿佛经、阿弥陀经而立。三根普被，甚为简易，极契末法时机。明季时，此宗大盛。至于近世，尤为兴盛，超出各宗之上。

以上略说十宗大概已竟。大半是摘取近人之说以叙述之。

就此十宗中，有小乘、大乘之别。而大乘之中，复有种种不同。吾人于此，万不可固执成见，而妄生分别。因佛法本来平等无二，无有可说，即佛法之名称亦不可得。于不可得之中而建立种种差别佛法者，乃是随顺世间众生以方便建立。因众生习染有浅深，觉悟有先后。而佛法亦依之有种种差别，以适应之。譬如世间患病者，其病症千差万别，须有多种药品以适应之，其价值亦低昂不等。不得仅尊其贵价者，而废其他廉价者。所谓药无贵贱，愈病者良。佛法亦尔，无论大小权实渐顿显密，能契机者，即是无上妙法也。故法门虽多，吾人宜各择其与自己根机相契合者而研习之，斯为善矣。

佛法学习初步

戊寅十月八日在安海金墩宗祠讲

佛法宗派大概，前已略说。

或谓高深教义，难解难行，非利根上智不能承受。若我辈常人欲学习佛法者，未知有何法门，能使人人易解，人人易行，毫无困难，速获实益耶？

案佛法宽广，有浅有深。故古代诸师，皆判"教相"以区别之。依唐圭峰禅师所撰华严原人论中，判立五教：

（一）人天教

（二）小乘教

（三）大乘法相教

（四）大乘破相教

（五）一乘显性教

以此五教，分别浅深。若我辈常人易解易行者，惟有"人天教"也。

其他四教，义理高深，甚难了解。即能了解，亦难实行。故欲普及社会，又可补助世法，以挽救世道人心，应以"人天教"最为合宜也。

人天教由何而立耶？

常人醉生梦死，谓富贵贫贱吉凶祸福皆由命定，不解因果报应。或有解因果报应者，亦惟知今生之现报而已。若如是者，现生有恶人富而善人贫，恶人寿而善人夭，恶人多子孙而善人绝嗣，是何故欤？因是佛为此辈人，说三世业报，善恶因果，即是人天教也。今就三世业报及善恶因果分为二章详述之。

一、三世业报

三世业报者，现报、生报、后报也。

（一）现报：今生作善恶，今生受报。

（二）生报：今生作善恶，次一生受报。

（三）后报：今生作善恶，次二三生乃至未来多生受报。

由是而观，则恶人富、善人贫等，决不足怪。吾人惟应力行善业，即使今生不获良好之果报，来生再来生等必能得之。万勿因行善而反遇逆境，遂妄谓行善无有果报也。

二、善恶因果

善恶因果者，恶业、善业、不动业此三者是其因，果报有六，即六道也。

恶业善业，其数甚多，约而言之，各有十种，如下所述。不动业者，即修习上品十善，复能深修禅定也。

今复举恶业、善业别述如下：

恶业有十种。

（一）杀生

（二）偷盗

（三）邪淫

（四）妄言

（五）两舌

（六）恶口

（七）绮语

（八）悭贪

（九）嗔恚

（十）邪见

造恶业者，因其造业重轻，而堕地狱、畜生、鬼道之中。受报既尽，幸生人中，犹有余报。今依华严经所载者，录之如下。若诸"论"中，尚列外境多种，今不别录。

（一）杀生……短命、多病

（二）偷盗……贫穷、其财不得自在

（三）邪淫……妻不贞良、不得随意眷属

（四）妄言……多被诽谤、为他所诳

（五）两舌……眷属乖离、亲族弊恶

（六）恶口……常闻恶声、言多诤讼

（七）绮语……言无人受、语不明了

（八）悭贪……心不知足、多欲无厌

（九）嗔恚……常被他人求其长短、恒被于他之所恼害

（十）邪见……生邪见家、其心谄曲

善业有十种。下列不杀生等，止恶即名为善。复依此而起十种行善，即救护生命等也。

（一）不杀生：救护生命

（二）不偷盗：给施资财

（三）不邪淫：遵修梵行

（四）不妄言：说诚实言

（五）不两舌：和合彼此

（六）不恶口：善言安慰

（七）不绮语：作利益语

（八）不悭贪：常怀舍心

（九）不嗔恚：恒生慈悯

（十）不邪见：正信因果

造善业者，因其造业轻重而生于阿修罗人道欲界天中。所感之余报，与上所列恶业之余报相反。如不杀生则长寿无病等类推可知。

由是观之，吾人欲得诸事顺遂，身心安乐之果报者，应先力修善业，以种善因。若惟一心求好果报，而决不肯种少许善因，是为大误。譬如农夫，欲得米谷，而不种田，人皆知其为愚也。

故吾人欲诸事顺遂，身心安乐者，须努力培植善因。将来或迟或早，必得良好之果报。古人云："祸福无不自己求之者"，即是此意也。

以上所说，乃人天教之大义。

惟修人天教者，虽较易行，然报限人天，非是出世。故古今诸大善知识，尽力提倡"净土法门"，即前所说之佛法宗派大概中之"净土宗"。令无论习何教者，皆兼学此"净土法门"，即能获得最大之利益。"净土法门"虽随宜判为"一乘圆教"，但深者见深，浅者见浅，即惟修人天教者亦可兼学，所谓"三根普被"也。

在此讲说三日已竟。以此功德，惟愿世界安宁，众生欢乐，佛日增辉，法轮常转。

佛教之简易修持法

我到永春的因缘最初发起在三年之前。性愿老法师常常劝我到此地来,又常提起普济寺是如何如何的好。

两年以前的春天,我在南普陀讲律圆满以后,妙慧师便到厦门,请我到此地来。那时,因为学律的人要随行的太多,而普济寺中设备未广,不能够收容,不得已而中止。是为第一次欲来未果。

是年的冬天,有位善兴师——他持着永春诸善友一张请帖,到厦门万石岩去,要接我来永春。

那时,因为已先应了泉州草庵之请,故不能来永春。是为第二次欲来未果。

去年的冬天,妙慧师再到草庵来接。本想随请前来,不意过泉州时,又承诸善友挽留,不得已而延期至今春。是为第三次欲来未果。

直到今年半个月以前,妙慧师又到泉州劝请——是为第四次。因大众既然有如此的盛意,故不得不来。其时在泉州各地讲经,很是忙碌,因此又延搁了半个多月。今得来到贵处,和诸位善友相见,我心中非常的欢喜。

自三年前就想到此地来，屡次受了事情所阻，现在得来，满其多年的夙愿，更可说是十分的欢喜了。

今天承诸位善友请我演讲，我以为：谈玄说妙，虽然极为高尚，但于现在行持，终觉了不相涉。所以今天我所讲的，且就常人现在即能实行的，约略说之。

因为专尚谈玄说妙，譬如那饥饿的人来研究食谱，虽山珍海味之名纵横满纸，如何能够充饥？！倒不如现在得到几种普通的食品，即可入口，得充一饱，才于实事有济。

以下所述的分为三段。

一、深信因果

因果之法，虽为佛法入门的初步，但是非常的重要，无论何人皆须深信。

何谓因果？

因者——好比种子，下在田中，将来可以长成为果实。

果者——譬如果实，自种子发芽渐渐地开花结果。

我们一生所作所为，有善有恶，将来报应不出下列：

桃李种：长成为桃李——作善报善；

荆棘种：长成为荆棘——作恶报恶。

所以，我们要避凶得吉，消灾得福，必须要厚植善因，努力改过迁善，将来才能够获得吉祥福德之好果。如果常作恶因，而要想免除凶祸灾难，那里能够得到呢？所以第一要劝大众深信因果，了知善恶报应，一丝一毫也不会差的。

二、发菩提心

"菩提"二字，是印度的梵语，翻译为"觉"——也就是成佛的意思。发者是发起，故发菩提心者，便是发起成佛的心。

为什么要成佛呢？为利益一切众生。

须如何修持乃能成佛呢？须广修一切善行。

以上所说的要广修一切善行，利益一切众生。但须如何才能够彻底呢？须不著我相。所以发菩提心的人，应发以下之三种心——

（一）大智心　不著我相。此心虽非凡夫所能发，亦应随分观察。

（二）大愿心　广修善行。

（三）大悲心　救众生苦。

又发菩提心者，须发以下所记之四弘誓愿：

（一）众生无边誓愿度　菩提心以大悲为体，所以先说度生。

（二）烦恼无尽誓愿断　愿一切众生，皆能断无尽之烦恼。

（三）法门无量誓愿学　愿一切众生，皆能学无量之法门。

（四）佛道无上誓愿成　愿一切众生，皆能成无上之佛道。

或疑烦恼以下之三愿，皆为我而发，如何说是愿一切众生？

这里有两种解释：一就浅来说，我也就是众生中的一人。现在所说的众生，我也在其内。再进一步言，真发菩提心的，必须彻悟法性平等，决不见我与众生有什么差别——如是才能够真实和菩提心相应。所以现在发愿——说愿一切众生有何妨耶？！

三、专修净土

既然已经发了菩提心，就应该努力地修持。但是佛所说的法门很多，深浅难易，种种不同。若修持的法门，与根器不相契合的，用力多而收效少，倘与根器相契合的，用力少而功效多。

在这末法之时，大多数众生的根器和那一种法门最相契合呢？说起来只有《净土宗》。因为泛泛修其他法门的，在这五浊恶世无佛应现之时，很是困难。若果专修《净土法门》，则依佛大慈大悲之力，往生极乐世界，见佛闻法，速证菩提，比较容易得多。所以龙树菩萨曾说：前为难行道，后为易行道；前如陆路步行，后如水道乘船。

关于《净土法门》的书籍，可以首先阅览者：《初机净业指南》、《印光法师嘉言录》、《印光法师文钞》等。依此就可略知《净土法门》的门径。

近几个月以来，我在泉州各地方讲经，身体和精神都非常的疲劳。这次到贵处来，匆促演讲，不及预备，所以本说的未能详尽，希望大家原谅！

普劝净宗道侣兼持诵地藏经要旨

予来永春迄今一年有半。在去厦时,王梦惺居士来信,为言拟偕林子坚居士等,将来普济寺请予讲经。斯时予曾复一函,俟秋凉后,即入城讲《金刚经大意》三日。及秋七月,予以掩关习禅乃不果往。日昨梦惺居士及诸仁者,入山相访,因雨小住寺院。今日适逢地藏菩萨圣诞,故乘此胜缘,为讲《净宗道侣兼持诵地藏经》要旨,以资纪念。

净宗道侣修持之法,固以"净土三经"为主。三经之外,似宜兼诵《地藏经》,以为助行。

因地藏菩萨与此土众生有大因缘,而《地藏本愿经》尤与吾等常人之根器深相契合。故今普劝净宗道侣应兼持诵《地藏菩萨本愿经》。

仅述旨趣于下,以备净宗道侣采择焉。

一

净土之于地藏,自昔以来,因缘最深。而我八祖莲池大师,撰《地藏本愿经·序》劝赞流通。逮我九祖蕅益大师，一生奉事地藏菩萨，赞叹弘扬益力，居九华山甚久，自称为"地藏之孤臣"。并尽形勤礼地藏忏议，常持地藏真言，以忏除业障求生极乐。又当代净土宗泰斗印光法师，于《地藏本愿经》尤尽力弘传流布，刊印数万册，令净业学者至心读诵，依教行持。

今者窃遵净宗诸祖之成规，普劝同仁兼修并习，胜缘集合，盖非偶然。

二

《地藏法门》以三经为主。

三经者——《地藏菩萨本愿经》、《地藏菩萨十轮经》、《地藏菩萨占察善恶业报经》。

《本愿经》中，虽未显说往生净土之义，然其他二经则皆有之。

《十轮经》云："当生净佛国，导师之所居。"《占察经》云："若人欲生他方现在净国者，应当随彼世界佛之名字，专意诵念，一心不乱。如上观察者，决定得生彼佛净国。"所以我莲宗九祖蕅益大师礼《地藏菩萨占察忏》时，发愿文云："舍身他世，生在佛前，面奉弥陀，历事诸佛。亲蒙授记，回入尘劳，普会群迷，同归秘藏。"

由是以观，《地藏法门》实与净宗关系甚深。岂唯殊途同归，抑亦发趣一致。

三

《观无量寿佛经》以修三福，为净业正因。

三福之首，曰孝养父母。而《地藏本愿经》中，备陈地藏菩萨宿世孝母之因缘，故古德称《地藏经》为"佛门之孝经"，良有以也。

凡我同仁，常应读诵《地藏本愿经》，以副《观经》孝养之旨。并依教力行，持崇孝道，以报亲恩，而修胜福。

四

当代印光法师教人：持佛名号求生西方者，必先劝信因果报应——"诸恶莫诈，众善奉行"。然后乃云"伏佛慈力，节业往生"。而《地藏本愿经》中，广明因果报应，至为详尽。

凡我同仁，常应读诵《地藏本愿经》，依教奉行，以资净业。倘未能深信因果报应，不在伦常道德上切实注意，则岂仅生西未能，抑亦三涂有分。

今者窃本斯意，普劝修净业者，必须深信因果，常检点平时所作所为之事。真诚忏悔，努力改过，复进而修持五戒十善等，以为念佛之助行，而作生西之资粮。

五

吾人修净业者，倘能于现在环境之苦乐顺逆一切放下，无所挂碍，依苦境而消除身见，以逆缘而坚固净愿，则诚甚善！

但如是者，千万人中罕有一二。因吾人处于凡夫地位，虽知随分随力修习净业，而于身心世界犹未能彻底看破；衣食住等不能不有所需求，水火刀兵饥馑等天灾人祸，亦不能不有所顾虑。倘生活困难，灾患频起，即于修行作大障碍也。

今若能归信地藏菩萨者，则无此虑。依《地藏经》中所载，能令吾人衣食丰足，疾疫不临，家宅永安，所求遂意，寿命增加，虚耗辟除，出入神护，离诸灾难等。古德云：身安而后道隆。即是此谓。

此为普劝修净业者应归信地藏之要旨也。

以上略述持诵《地藏经》之旨趣。义虽未能详尽，亦可窥其梗概。惟冀净宗道侣广为传布。于《地藏经》至心持诵，共获胜益焉。

略述印光大师之盛德

大师为近代之高僧，众所钦仰，其一生之盛德，非短时间所能叙述。今先略述大师之生平，次略举盛德四端。仅能于大师种种盛德中粗陈其少分而已。

一、略述大师之生平

大师为陕西人。幼读儒书，二十一岁出家，三十三岁居普陀山。历二十年人鲜知者。至民国元年，师五十二岁时，始有人以师文隐名登入上海《佛学丛报》者。民国六年，师五十七岁，乃有人刊其信稿一小册。至民国七年，师五十八岁（即余出家之年）。是年春，乃刊《文钞》一册，世遂稍有知师名者。以后续刊《文钞》二册又增为四册。于是知名者渐众。有通信向法者，有亲至普陀参礼者。

民国十九年，师七十岁，移居苏州报国寺。此后十年，为弘法之最盛时期。

民国二十六年，战事起，乃移灵岩山，遂兴念佛之大道场。二十九年十一月初四日生西。

生平不求名誉。他人有作文赞扬师德者，辄痛斥之。不贪蓄财物。他人供养钱财者至多，师以印佛书流通，或救济灾难等。一生不畜剃度弟子，而全国僧众多钦服其教化。一生不任寺中住持监院等职，而全国寺院多蒙其护法。各处寺房或寺产有受人占夺者，师必为尽力设法以保全之。

故综观师之一生而言，在师自己决不求名利恭敬；而于实际上，能令一切众生皆受莫大之利益。

二、略举盛德之四端

大师盛德至多。今且举常人之力，所能随学者四端略说述之。因师之种种盛德多非吾人所可及，今所举之四端皆是至简至易，无论何人，皆可依此而学也。

（甲）习劳

大师一生，最喜自作劳动之事。余于民国十三年曾到普院山，其时师年六十四岁。余见师一人独居，事事躬身操作，别无侍者等为之帮助。直到去年——师年八十岁，每日仍自己扫地，拭几，擦油灯，洗衣服。

师即如此习劳，为常人作模范，故见人有懒惰懈怠者多诫劝之。

（乙）惜福

大师一生，于"惜福"一事最为注意。衣食住等皆极简单粗劣，力斥精美。

民国十三年，余至普陀山居七日。每日自晨至夕，皆在师房内，观察师一切行为。

师每日晨食，仅粥一大碗，无菜。师自云："初至普陀时，晨食有咸菜。因北方人吃不惯，故改为仅食白粥，已三十余年矣。"

食毕，以舌舐碗，至极净为止。复以开水注入碗中，涤荡其余汁，即以之漱口，旋即咽下，惟恐轻弃残余之饭粒也。

至午食时，饭一碗，大众菜一碗。师食之，饭菜皆尽，先以舌舐碗，又注入开水，涤荡以漱口，与晨食无异。

师自行如是，而劝人亦极严厉。见有客人食后碗内剩饭粒者，必大呵曰："汝有多么大的福气，竟如此糟蹋？！"此事常常有，余屡闻及人言之。又有客人以冷茶泼弃痰桶中者，师亦呵诫之。

以上且举饭食而言。其他惜福之事亦均类此也。

（丙）注重因果

大师一生，最注重因果。尝语人曰："因果之法——为救国救民之急务。必令人人皆知：现在有如此因，将来即有如此果——善有善报，恶有恶报。欲挽救世道人心，必须于此入手。"

大师无论见何等人，皆以此理痛切言之。

（丁）专心念佛

大师虽精通种种佛法，而自行劝人，则专依念佛法门。

师之在家弟子，多有曾受高等教育及留学欧美者，而师决不与彼等高谈佛法之哲理，惟一一劝其专心念佛。

彼弟子辈闻师言者，亦皆一一信受奉行，决不敢轻视念佛法门而妄生疑议——此盖大师盛德感化有以致之也。

以上所述，因时间短促，未能详尽。然即此亦可略见大师盛德之一斑。若欲详知，有上海出版之《印光大师永思集》，泉州各寺当有存者，可以借阅。

今日所讲者止此。

为性常法师掩关笔示法则

古人掩关皆为专修禅定或念佛，若研究三藏则不限定掩关也。仁者此次掩关，实为难得之机会。应于每日时间，以三分之二专念佛诵经（或默阅但不可生分别心），以三分之一时间温习戒本羯磨及习世间文字。因机会难可再得，不于此时专心念佛，以后恐无此胜缘。至于研究等事，在掩关时虽无甚成绩，将来出关后，尽可缓缓研究也。念佛一事，万不可看得容易，平日学教之人，若令息心念佛，实第一困难之事，但亦不得不勉强而行也。此事至要至要，万不可轻忽。诵经之事可以如常。又每日须拜佛若干拜，既有功德，亦可运动身体也。念佛时亦宜数数经行，因关中运动太少，食物不宜消化，故宜礼拜经行也。念佛之事，一人甚难行，宜与义俊法师协定课程，二人同时行之，可以互相策励，不致懈怠中止也。

课程大致如下：早粥前念佛，出声或默念随意。

早粥后稍休息。礼佛诵经。九时至十一时研究。午饭后休息。二时至四时研究（研究时间每日以四小时为限不可多）。四时半起礼佛诵经。

黄昏后专念佛。晚间可以不点灯，惟佛前供琉璃灯可耳。

三年之中，可与义俊法师讲戒本及表记羯磨六遍。每半年讲一遍。自己既能温习，亦能令他人得益。昔南山律祖，尚听律十二遍未尝厌倦，何况吾等钝根之人耶？戒本羯磨能十分明了，且记忆不忘，将来出关之后，再学行事钞等非难事矣。世俗文字略学四书及历史等。学生字典宜学全部，但若鲜暇，不妨缺略，因此等事，出关之后仍可学习也。若念佛等，出关之后，恐难继续，惟在关中，能专心也。又在闭关时宜注意者如下。

不可闲谈不晤客人不通信（有十分要事，写一纸条交与护关者。）

凡一切事，尽可俟出关后再料理也，时机难得，光阴可贵，念之！念之！

余既无道德，又乏学问。今见仁者以诚恳之意，谆谆请求，故略据拙见拉杂书此，以备采择。

性常关主慧察。

乙亥四月一日演音书印

佛法大意

戊寅年六月十九日在漳州七宝寺讲

我至贵地，可谓奇巧因缘。本拟住半月返厦。因变住此，得与诸君相晤，甚可喜。

先略说佛法大意。

佛法以大菩提心为主。菩提心者，即是利益众生之心。故信佛法者，须常抱积极之大悲心，发救济一切众生之大愿，努力作利益众生之种种慈善事业。乃不愧为佛教徒之名称。

若专修净土法门者，尤应先发大菩提心。否则他人谓佛法是消极的、厌世的、送死的。若发此心者，自无此误会。

至于作慈善事业，尤要。既为佛教徒，即应努力作利益社会之种种事业。乃能令他人了解佛教是救世的、积极的。不起误会。

或疑经中常言空义，岂不与前说相反。

今案大菩提心，实具有悲智二义。悲者如前所说。智者不执着我相，故曰空也。即是以无我之伟大精神，而做种种之利生事业。

若解此意，而知常人执着我相而利益众生者，其能力薄、范围小、时不久、不彻底。若欲能力强、范围大、时间久、最彻底者，必须学习佛法，了解悲智之义，如是所作利生事业乃能十分圆满也。故知所谓空者，即是于常人所执着之我见，打破消灭，一扫而空。然后以无我之精神，努力切实作种种之事业。亦犹世间行事，先将不良之习惯等一一推翻，然后良好建设乃得实现也。

今能了解佛法之全系统及其真精神所在，则常人谓佛教是迷信是消极者，固可因此而知其不当。即谓佛教为世界一切宗教中最高尚之宗教，或谓佛法为世界一切哲学中最玄妙之哲学者，亦未为尽理。

因佛法是真能：

说明人生宇宙之所以然。

破除世间一切谬见，而与以正见。破除世间一切迷信，而与以正信。恶行，而与以正行。幻觉，而与以正觉。

包括世间各教各学之长处，而补其不足。

广被一切众生之机，而无所遗漏。

不仅中国，现今如欧美诸国人，正在热烈地研究及提倡。出版之佛教书籍及杂志等甚多。

故望已为佛教徒者，须彻底研究佛法之真理，而努力实行，俾不愧为佛教徒之名。其未信佛法者，亦宜虚心下气，尽力研究，然后于佛法再加以评论。此为余所希望者。

以上略说佛法大意毕。

又当地信士，因今日为菩萨诞，欲请解释南无观世音菩萨之义。兹以时间无多，惟略说之。

南无者，梵语。即归依义。

菩萨者，梵语，为菩提萨之省文。菩提者觉，萨者众生。因菩萨以智上求佛法，以悲下化众生，故称为菩提萨。此以悲智二义解释，与前同也。

观世音者，为此菩萨之名。亦可以悲智二义分释。如《楞严经》云：由我观听十方圆明，故观音名遍十方界。约智言也。如《法华经》云：苦恼众生一心称名，菩萨即时观其音声，皆得解脱，以是名观世音。约悲言也。

授三归依大意

第一章 三归之略义

三归者：归依于佛、法、僧三宝也。三宝义甚广，有种种区别。今且就常人最易了解者略举之。

佛者：如释迦牟尼佛、阿弥陀佛等诸佛是也；法者：为佛所说之法，或菩萨等依据佛意所说之法——即现今所流传之大小乘经论三藏也；僧者：如菩萨声闻诸圣贤众，下至仅剃发被袈裟者皆是也。

归依者：归向依赖之意。归依于三宝者：乞三宝救护也。《大方便佛报恩经》云：譬人获罪于王，投向异国，以求救护异国王言：汝来无畏，但莫出我境，莫违我教，心相救护。众生亦尔。系属于魔，有生死罪，归向三宝，以求救护。若诚心归依，更无异向，不违佛教，魔王邪恶，无如之何。

既已归依于佛，自今以后，决不再依天仙神鬼一切诸外道等；

既已归依于法，自今以后，决不再依诸外道典籍；既已归依于僧，自今以后，决不再依于不奉行佛法者。

第二章　授三归之方法

一、忏悔。

二、正授三归。

三、发愿回向。

应先请授者详力解释此三种文义。因仅读文而未解义，不能获诸善法也。

正授三归之文有多种。常用者如下：

我某甲尽形寿，归依佛，归依法，归依僧——三说；

我某甲归依佛竟，归依法竟，归依僧竟——三结。

前三说时，已得归依善法。后三结者，当更叮咛，令不忘失也。

忏悔文及发愿回向文，由授者酌定之。但发愿回向，应有以此功德回向众生同生西方齐成佛道之意，万不可惟求自利也。

第三章　授三归之利益

经律论中，赞叹归依三宝功德之文甚多。今略举四则：

《灌顶经》云：受三归者，有三十六善神，与其无量诸眷属，守护其人，令其安乐。

《善生经》云：若人受三归，所得果报，不可穷尽。如四大宝藏（四宝者：金、银、琉璃、玻璃），举国人民，七年之中，运出不尽。受三归者，其福过彼，不可称计。

《较量功德经》云：若三千大千世界，满中如来，如稻麻竹苇。若人四事供养（饮食、衣服、卧具、汤药），满二万岁，诸佛灭后，各起宝塔，复以香花供养，其福甚多；不如有人以清净心，归依佛法僧三宝所得功德。

《大集经》云：妊娠女人，恐胎不安，先授三归依，儿无加害；乃至生已，身心俱足，善神拥护。是母受兼资于子也。

第四章　结语

在本寺正式讲律，至今日圆满。今日所以聚集缁素诸众讲三归大意者：一以备诸师参考，俾他日为人授三归时，知其简要之方法也。一以教诸在家人，令彼等了知三归之大意。俾已受者能了此意，应深自庆幸；其未受者先能了知此意，且为他日依师受三归之基础也。

敬三宝

癸酉闰五月五日在泉州大开元寺讲

三宝者，佛法僧也。其义甚广，今惟举其少分之义耳。

今言佛者，且约佛像而言，如木石等所雕塑及纸画者也。

今言法者，且约经律论等书册而言，或印刷或书写也。

今言僧者，且约当世凡夫僧而言，因菩萨罗汉等附入敬佛门也。

第一、敬佛（略举常人所应注意者数条）

礼佛时宜洗手漱口，至诚恭敬，缓缓而拜，不可急忙，宁可少拜，不可草率。佛几清洁，供香端直，供佛之物，以烹调精美人所能食者为宜。今多以食物之原料及罐头而供佛者殊为不敬，益大师大悲咒行法中曾痛斥之。又供佛宜在午前，不宜过午也。供水果亦宜午前。供水宜捧奉式。供花，花瓶水宜常换。

纸画之佛像，不可仅以绫裱，恐染蝇粪等秽物也（少蝇者或可）。宜装入玻璃镜中。

木石等雕塑者，小者应入玻璃龛中，大者应作宝盖罩之，并须常拂拭像上之尘土。

凡大殿及供佛之室中，皆不宜踞坐笑谈。如对于国王大臣乃至宾客之前尚应恭敬，慎护威仪，何况对佛像耶！不可佛前晒衣服，宜偏侧。不得在殿前用夜壶水浇花。若卧室中供佛像者，眠时应以净布遮障。

第二、敬法（略举常人所应注意者数条）

读经之时，必须洗手漱口拭几，衣服整齐，威仪严肃，与礼佛时无异。益大师云：展卷如对活佛，收卷如在目前，千遍万遍，寤寐不忘，如是乃能获读经之实益也。

对于经典应十分恭敬护持，万不可令其污损。又翻篇时宜以指腹轻轻翻之，不可以指爪划，又不应折角，若欲记志，以纸片夹入可也。

若经典残缺者亦不可烧。卧室中几上置经典者，眠时应以净布盖之。

附每日诵经时仪式

礼佛——多少不拘。

赞佛——经偈或天上天下无如佛等，阿弥陀佛身金色等。炉香乍爇不是赞佛。

供养——愿此香华云等。

读经

回向——不拘，或用我此普贤殊胜行等。

第三、敬僧（略举常人所应注意者数条）

凡剃发披袈裟者，皆是释迦佛子，在家人见之，应一例生恭敬心；不可分别持戒破戒。

若皈依三宝时，礼一出家人为师而作证明者，不可妄云皈依某人。因所皈依者为僧，非皈依某一人，应于一切僧众，若贤若愚，生平等心，至诚恭敬，尊之为师，自称弟子。则与皈依僧伽之义，乃符合矣。

供养僧者亦尔。不可专供有德者，应于一切僧生平等心，普遍供之，乃可获极大之功德也。专赠一人功德小，供众者功德大。

出家人若有过失，在家人闻之，万不可轻言。此为佛所痛诫者，最宜慎之。

以上已略言敬三宝义竟。兹附有告者，厦门泉州神庙甚多，在家人敬神，每用猪鸡等物。岂知神皆好善而恶杀，今杀猪鸡等物而供神，神不受享，又安能降福而消灾耶。惟愿自今以后，痛革此种习惯，凡敬神时，亦一例改用素食，则至善矣。

净土法门大意

壬申十月在厦门妙释寺讲

今日在本寺演讲,适值念佛会期。故为说修净土宗者应注意的几项。

修净土宗者,第一须发大菩提心。《无量寿经》中所说三辈往生者,皆须发无上菩提之心。《观无量寿佛经》亦云,欲生彼国者,应发菩提心。

由是观之,惟求自利者,不能往生。因与佛心不相应,佛以大悲心为体故。

常人谓净土宗惟是送死法门(临终乃有用)。岂知净土宗以大菩提心为主。常应抱积极之大悲心,发救济众生之宏愿。

修净土宗者,应常常发代众生受苦心。愿以一肩负担一切众生,代其受苦。所谓一切众生者,非限一县一省、乃至全世界。若依佛经说,如此世界之形,更有不可说不可说许多之世界,有如此之多故。凡此一切世界之众生,所造种种恶业应受种种之苦,我愿以一人一肩之力完负担。决不畏其多苦，请旁人分任。因最初发誓愿，决定愿以一人之力救护一切故。

譬如日。不以世界多故，多日出现。但一日出，悉能普照一切众生。今以一人之力，负担一切众生，亦如是。

以上但云以一人能救一切，是横说。若就竖说，所经之时间，非一日数日数月数年。乃经不可说不可说久远年代，尽于未来，决不厌倦。因我愿于三恶道中，以身为抵押品，赎出一切恶道众生。众生之罪未尽，我决不离恶道，誓愿代其受苦。故虽经过极长久之时间，亦决不起一念悔心，一念怯心，一念厌心。我应生十分大欢喜心，以一身承当此利生之事业也。已上讲应发大菩提心竟。

至于读诵大乘，亦是观经所说。修净土法门者，固应诵《阿弥陀经》，常念佛名。然亦可以读诵《普贤行愿品》，回向往生。因经中最胜者，《华严经》。《华严经》之大旨，不出《普贤行愿品》第四十卷之外。此经中说，诵此普贤愿王者，能获种种利益，临命终时，此愿不离，引导往生极乐世界，乃至成佛。故修净土法门者，常读诵此《普贤行愿品》，最为适宜也。

至于作慈善事业，乃是人类所应为者。专修念佛之人，往往废弃世缘，懒作慈善事业，实有未可。因现生能作种种慈善事业，亦可为生西之资粮也。

就以上所说：

第一劝大家应发大菩提心。否则他人将谓净土法门是小乘、消极的、厌世的、送死的。

复劝常读《行愿品》，可以助发增长大菩提心。若发心者，自无此讥评。

至于作慈善事业尤要。因既为佛徒，即应努力作利益社会种种之事业，乃能令他人了解佛教是救世、积极的。不起误会。

关于净土宗修持法，于诸书皆详载，无俟赘陈。故惟述应注意者数事，以备诸君参考。

净宗问辨

乙亥二月于万寿岩讲

功伟矣。宋代而后，迄于清初，禅宗最盛，其所致疑多原于此。今则禅宗渐衰，未劳攻破。而复别有疑义，盛传当时。若不商榷，或致诖乱。故于万寿讲次，别述所见，冀息时疑。匪曰好辨，亦以就正有道耳。

问：当代弘扬净土宗者，恒谓专持一句弥陀，不须复学经律论等，如是排斥教理，偏赞持名，岂非主张太过耶？

答：上根之人，虽有终身专持一句圣号者，而决不应排斥教理。若在常人，持名之外，须于经律论等随力兼学，岂可废弃。且如灵芝疏主，虽撰义疏盛赞持名，然其自行亦复深研律藏，旁通天台法相等，其明证矣。

问：有谓净土宗人，率多抛弃世缘，其信然欤？

答：若修禅定或止观或密咒等，须谢绝世缘，入山静习。净土法门则异于是。无人不可学，无处不可学，士农工商各安其业，皆可随分修其净土。又于人事善利群众公益一切功德，悉应尽力集积，以为生西资粮，何可抛弃耶！

问：前云修净业者不应排斥教理抛弃世缘，未审出何经论？

答：经论广明，未能具陈，今略举之。《观无量寿佛经》云：欲生彼国者当修三福。一者、孝养父母，奉事师长，慈心不杀，修十善业。二者、受持三归，具足众戒，不犯威仪。三者、发菩提心，深信因果，读诵大乘，劝进行者。如此三事，名为净业，乃是过去、未来、现在三世诸佛净业正因。《无量寿经》云：发菩提心，修诸功德，殖诸德本，至心回向，欢喜信乐，修菩萨行。《大宝积经发胜志乐会》云：佛告弥勒菩萨言：菩萨发十种心。一者、于诸众生，起于大慈，无损害心。二者、于诸众生，起于大悲，无逼恼心。三者、于佛正法，不惜身命，乐守护心。四者、于一切法，发生胜忍，无执着心。五者、不贪利养，恭敬尊重，净意乐心。六者、求佛种智，于一切时，无忘失心。七者、于诸众生，尊重恭敬，无下劣心。八者、不著世论，于菩提分，生决定心。九者、种诸善根，无有杂染，清净之心。十者、于诸如来，舍离诸相，起随念心。若人于此十种心中，随成一心，乐欲往生极乐世界，若不得生，无有是处。

问：菩萨应常处娑婆，代诸众生受苦。何故求生西方？

答：灵芝疏主初出家时，亦尝坚持此见，轻谤净业。后遭重病，色力痿羸，神识迷茫，莫知趣向。既而病瘳，顿觉前非，悲泣感伤，深自克责，以初心菩萨未得无生法忍。志虽洪大，力不堪任也。《大智度论》云：具缚凡夫有大悲心，愿生恶世救苦众生无有是处。譬如婴儿不得离母。又如弱羽只可传枝。未证无生法忍者，要须常不离佛也。

问：法相宗学者欲见弥勒菩萨，必须求生兜率耶？

答：不尽然也。弥勒菩萨乃法身大士，尘尘刹刹同时等遍。兜率内院有弥勒，极乐世界亦有弥勒，故法相宗学者不妨求生西方。且生西方已、并见弥陀及诸大菩萨，岂不更胜？《华严经普贤行愿品》云：到已，即见阿弥陀佛、文殊师利菩萨、普贤菩萨、观自在菩萨、弥勒菩萨等。又《阿弥陀经》云：其中多有一生补处，其数甚多，非是算数所能知之，但可以无量无边阿僧祇说。众生闻者，应当发愿，愿生彼国。所以者何？得与如是诸上善人俱会一处。据上所引经文，求生西方最为殊胜也。故慈恩教主窥基大师曾撰《阿弥陀经通赞》三卷及疏一卷，普劝众生同归极乐，遗范具在，的可依承。

问：兜率近而易生，极乐远过十万亿佛土，若欲往生不綦难欤？

答：《华严经普贤行愿品》云：一刹那中，即得往生极乐世界。《灵芝弥陀义疏》云：十万亿佛土，凡情疑远，弹指可到。十方净秽同一心故，心念迅速不思议故。由是观之，无足虑也。

问：闻密宗学者云，若惟修净土法门，念念求生西方，即渐渐减短寿命，终至夭亡。故修净业者，必须兼学密宗长寿法，相辅而行，乃可无虑。其说确乎？

答：自古以来，专修净土之人，多享大年，且有因念佛而延寿者。前说似难信也。又既已发心求生西方，即不须顾虑今生寿命长短，若顾虑者必难往生。人世长寿不过百年，西方则无量无边阿僧祇劫。智者权衡其间，当知所轻重矣。

问：有谓弥陀法门，专属送死之教，若药师法门，生能消灾延寿，死则往生东方净刹，岂不更善？

答：弥陀法门，于现生何尝无有利益，具如经论广明，今且述余所亲闻事实四则证之，以息其疑。一、瞽目重明。嘉兴范古农友人戴君，曾卒业于上海南洋中学，忽尔双目失明，忧郁不乐。古农乃劝彼念阿弥陀佛，并介绍居住平湖报本寺，日夜一心专念。如是年余，双目重明如故。此事古农为余言者。二、沉疴顿愈。海盐徐蔚如旅居京师，屡患痔疾，经久不愈。曾因事远出，乘人力车磨擦颠簸，归寓之后，痔乃大发，痛彻心髓，经七昼夜不能睡眠，病已垂危。因忆华严十回向品代众生受苦文，依之发愿。后即一心专念阿弥陀佛，不久遂能安眠，醒后痔疾顿愈，迄今已十数年，未曾再发。此事蔚如尝与印光法师言之。余复致书询问，彼言确有其事也。三、冤鬼不侵。四川释显真，又字西归。在家时历任县长，杀戮土匪甚多。出家不久，即住宁波慈溪五磊寺，每夜梦见土匪多人，血肉狼藉，凶暴愤怒，执持枪械，向其索命。遂大恐惧，发勇猛心，专念阿弥陀佛，日夜不息，乃至梦中亦能持念。梦见土匪，即念佛号以劝化之。自是梦中土匪渐能和驯，数月以后，不复见矣。余与显真同住最久，常为余言其往事，且叹念佛功德之不可思议也。四、危难得免。温州吴璧华勤修净业，行住坐卧，恒念弥陀圣号。十一年壬戌七月下旬，温州飓风暴雨，墙屋倒坏者甚多。是夜璧华适卧墙侧，默念佛号而眠。夜半，墙忽倾圮，砖砾泥土坠落遍身，家人疑已压毙，相率奋力除去砖土，见璧华安然无恙，犹念佛号不辍。察其颜面以至肢体，未有毫发损伤，乃大惊叹，共感佛恩。其时余居温州庆福寺，风灾翌日，璧华亲至寺中向余言之。璧华早岁奔走革命，后信佛法，于北京温州杭州及东北各省尽力弘扬佛化，并主办赈济慈善诸事，临终之际，持念佛号，诸根悦豫，正念分明。及大殓时，顶门犹温，往生极乐，可无疑矣。

劝人听钟念佛文

近有人新发明听钟念佛之法，至为奇妙。今略述其方法如下，修净业者，幸试用之；并希以是广为传播焉。

凡座钟挂钟行动之时，若细听之，作丁当丁当之响（丁字响重，当字响轻）。即依此丁当丁当四字，设想作阿弥陀佛四字。或念六字佛者，以第一丁字为"南无"，第一当字为"阿弥"，第二丁字为"陀"，第二当字为"佛"。亦止用丁当丁当四字而成之也。又倘以其转太速，而欲迟缓者。可加一倍，用丁当丁当丁当丁当八字，假想作阿弥陀佛四字，即是每一丁当为一字也。或念六字佛者，以第一丁当为"南无"，第二丁当为"阿弥"，第三丁当为"陀"，第四丁当为"佛"也。所用之钟，宜择丁当丁当速度调匀者用之。又欲其音响轻微者，可以布类覆于其上。（如昼间欲其响大者，将布撤去。夜间欲其音响轻者，将布覆上。）

初学念佛者若不持念珠记数，最易懈怠间断。若以此钟时常随身，倘有间断，一闻钟响，即可警觉也。又在家念佛者，居室附近，不免喧闹，若摄心念佛，殊为不易。今以此钟置于身旁，用耳专听钟响，其他喧闹之声，自可不至扰乱其耳也。又听钟工夫能纯熟者，则丁当丁当之响，即是阿弥陀佛之声。钟响佛声，无二无别。钟响则佛声常现矣。

普陀印光法师《覆永嘉论月律师函》云："凡夫之心，不能无依，而娑婆耳根最利。听自念佛之音亦亲切。但初机未熟，久或昏沉，故听钟念之，最为有益也。"

注：此文原载《世界居士林林刊》第十七期，题上有"论月大师"四字。"论月"即老人别署。老人盛倡此法，而阅者不多，谨录于此。

万寿岩念佛堂开堂演词

今日万寿禅寺念佛堂开堂，余得参末席，深为荣幸。近十数年来，闽南佛法日益隆盛，但念佛堂尚未建立，悉皆引为憾事。今由本寺住持本妙法师发愿创建；开闽南空气之先。大众欢喜，叹为稀有。

本妙法师英年好学，亲近兴慈法主讲席已历多载，于天台教义及净土法门悉能贯通。故今本其所学，建念佛堂，弘扬净土，可谓法门之龙象、僧中之芬陀也。

今念佛堂既已建立，而欲如法进行，维持永久，胥赖护法诸居士有以匡辅而助理之。

考江浙念佛会规则，约分两端。一为长年念佛；二为临时念佛。

长年念佛者——斋主供设延生或荐亡牌位，堂中住僧数人乃至数十人，每日念佛数次；

临时念佛者——斋主或因寿诞或因保病或因荐亡，临时念佛一日、乃至多日——此即是水陆经忏之变相。

以上二端中，长年念佛尚易实行。因规模大小，可以随时变通，勉力支持，犹可为也；若临时念佛，实行至为困难。

因旧日习惯，惟尚做水陆诵经拜忏放焰口等，今遽废此习惯改为念佛，非易事也。

《印光老法师文钞》中，屡言念佛胜于水陆经忏等。今略引之：

《与徐蔚如书》云："至于七中，及一切时一切事，俱宜以念佛为主，何但丧期？！以现今僧多懒惰，诵经则不会者多；而又其快如流，会而不熟，亦不能随念。纵有数十人念者无几，惟念佛则除非不发心，决无不能念之弊。又纵不肯念，一句佛号，入耳经心，亦自利益不浅。此余决不提倡作余道场之所以也。"

又《复黄涵之书》数通中，皆言及此。文云："至于保病荐亡，今人率以诵经拜忏做水陆为事。余与知友言，皆令念佛，以念佛利益多于诵经拜忏做水陆多多矣！何以故？诵经——则不识字者不能诵，即识字而快如流水——稍钝之口舌亦不能诵。懒人虽能亦不肯诵，则成有名无实矣！拜忏做水陆亦可例推。"

"念佛，则无一人不能念者。即懒人不肯念，而大家一口同音念，彼不塞其耳，则一句佛号固已历历明明灌于心中。虽不念与念亦无异也。如染香人，身有香气，非持欲者，有不期然而然者。为亲眷保安荐亡者皆不可不知。"

又云："至于作佛事，不必念经拜忏做水陆，以此等事皆属场面。宜专一念佛，俾令郎等亦终随之而念；女眷则各于自室念之，不宜附于僧位之末。如是则不但尊夫人令眷实获其益，即念佛之僧并一切见闻无不获益也。凡作佛事，主人若肯临坛，则僧自发真实心；倘主人以此为具文，则僧亦以此为具文矣！"

又云："做佛事一事，余前已详言之。祈勿徇俗，徒作虚套。若念四十九天佛，较诵经之利益多多矣！"

又《复周孟由昆弟书》云："做佛事，只可念佛，勿做别佛事。并令全家通皆恳切念佛，则于汝母于汝等诸眷属及亲戚朋友，皆有实益。"

又云："请僧念七七佛甚好，念时汝兄弟必须有人随之同念。"

统观以上印光老法师之言，于念佛则尽力提倡；于做水陆诵经拜忏放焰口等，则云决不提倡。又云念佛利益多于诵经拜忏做水陆多多矣。又云诵经拜忏做水陆有名无实。又云念经佛忏做水陆等事皆属场面。又云徒作虚套。老法师悲心深切，再三告诫。智者闻之，详为审察，当知何去何从矣！

厦门泉州诸居士，归依印光老法师者甚众。惟望懔遵师训，努力劝导诸亲友等，自今以后，决定废止拜忏诵经做水陆等，一概改为念佛。若能如此实行，不惟闽南各寺念佛堂可以维持永久，而闽南诸邑人士，信仰净土法门者日众，往生西方者日多。则皆现前诸居士劝导之功德也。幸各勉旃！

药师如来法门略录

药师法门依据《药师经》而建立。此土所译《药师经》有四种——

（一）《佛说灌顶拔除过罪生死得脱经》一卷，即《大灌顶神咒经》卷十二，东晋帛尸梨蜜多罗译。又相传有刘宋慧简译《药师琉璃光经》一卷，今已佚失。或云即是东晋所译之《灌顶经》。

（二）《佛所药师如来本愿经》一卷，隋代达摩笈多译。

（三）《药师琉璃光如来本愿功德经》一卷，唐代玄奘译。此即现今流通本所据之译本。现今流通本与原译本稍有不同者，有增文两段。一为依东晋译本补入之八大菩萨名，二为依唐代义净译本补入神咒及前后文二十余行。

（四）《药师琉璃光七佛本愿功德经》二卷，唐代义净译。前数译惟述药师佛，此译复增六佛。故云《七佛本愿功德经》。以外增加之文甚多。西藏僧众所读诵者为此本。

修持之法，具如经文所载。今且举四种如下：

（一）持名经中屡云闻名持名，因其法最为简易，其所获之益亦最为广大也。

今人持名者，皆曰消灾延寿药师佛，似未尽善；佛名惟举药师二字，未能具足；佛德惟举消灾延寿四字，亦多所缺略。故须依据经文而曰"药师琉璃光如来"，斯为最妥善矣。

（二）供养如香华幡灯等。

（三）诵经及演说、开示、书写等。

（四）持咒。

所获利益广如经文所载，今且举十种如下：

（一）速得成佛，经中屡言之。

（二）行邪道者令入正道，行小乘者令入大乘。

（三）能得种种戒；又犯戒者还很清净，不堕恶趣。

（四）得长寿富饶官位男女等。

（五）得无尽，所受用物无所乏少。

（六）一切痛苦皆除。水火、刀兵、盗贼、刑戮诸灾难等悉免。

（七）转女成男。

（八）产时无苦，生子聪明少病。

（九）命终后随其所愿往生：

（1）人中——得大富贵。

（2）天上——不复更生诸恶趣。

（3）西方极乐世界——有八大菩萨接引。

（4）东方净琉璃世界。

（十）在恶趣中暂闻佛名，即生人道，修诸善行，速证菩提。

灵感事迹甚多，如旧录所载。今且举近事一则如下——

泉州承天寺觉圆法师，于未出家时体弱多病；既出家后二年之内，病苦缠绵，诸事不顺。后得闻药师如来法门，遂专心诵经，持名忏悔，精勤不懈。迄至于今，身体康健，诸事顺利。法师近拟编辑《药师圣典汇集》，凡经文疏释及仪轨等，悉搜集之。刊版流布，以报佛恩焉。

跋

曩余在清尘堂讲《药师如来法门》，后由诸善友印施讲录，其时经他人辗转抄写，颇有讹误。兹由觉圆法师捐资再版印行，请余校正原稿广为流布。法师出家以来，于药师法门最为信仰，近拟于泉州兴建大药师寺，其愿力广大，尤足令人赞叹云。

药师法门修持课仪略录

《药师如来法门大略》，如大药师寺已印行之《药师如来法门略录》所载。今近述者，为吾人平常修持简单之课仪，若正式供养法，乃至以五色缕结药叉神将名字法等，将来拟别辑一卷，专述其事。今不述及。

欲修持《药师如来法门》者，应供药师如来像。上海佛学书局有石印彩色之像，可以供奉。宜装入玻璃镜中。供像之处，不可在卧室，若不得已，在卧室中供奉者，睡眠之时，宜以净布覆盖像上。

《药师经》供于几上，不读诵时，宜以净布覆盖。供佛像之室内，须十分洁净，每日宜扫地，并常常拂拭几案。

供佛之香，须择上等有香气者。供佛之花，须择开放圆满者。若稍残萎，即除去。花瓶之水，宜每日更换。若无鲜花时，可用纸制者代之。

此外如供净水供食物等，随各人意。但所供食物，须人可食者乃供之；若未熟之水果，及未烹调之蔬菜等，皆不可供。

以上所举之供物，应于礼佛之前预先供好。凡在佛前供物或礼佛时，必须先洗手漱口。此外如能悬幡燃灯尤善，无者亦可。

以下略述《修持课仪》分为七门。其中礼敬、赞叹、供养、回向、发愿，必须行之；诵经、持名、持咒，可随己意——或惟修二法，或仅修一法皆可。

（一）礼敬

十方三宝一拜。或分礼：佛法僧三拜；本师释迦牟尼佛一拜；药师琉璃光如来三拜。此外若欲多拜，或兼礼敬其他佛菩萨者，随己意增加。礼敬之时，须至诚恭敬，缓缓拜起，万不可匆忙。

宁可少拜，不可草率。

（二）赞叹

礼敬既毕，于佛前长跪合掌，唱赞偈云："归命满月界，净妙琉璃尊。法药救人天，因中十二愿。慈悲弘誓广，愿度诸含生。我今申赞扬，志心头面礼。"

右赞偈出《药师如来消灾除难念诵仪轨》，唱赞之时，声宜迟缓宜庄重。

（三）供养

赞叹即毕，于佛前长跪合掌，唱供食偈云："愿此香花云，遍满十方界；一一诸佛土，无量香庄严；具足菩萨道，成就如来香。"

供养毕，或随己意增诵忏悔文，或可略之。

（四）诵经

字音不可讹误，宜详考之。

诵经时，或跪或立或坐或经行皆可。

（五）持名

先唱赞偈云："药师如来琉璃光，焰网庄严无等伦，无边行愿利有情，各遂所求皆不退。"续云："南无东方净琉璃世界药师琉璃光如来。"以后即持念药师琉璃光如来名号一百零八遍。若欲多念者，随意。

（六）持咒

或据经中译音持念，或别依师学梵文原音持念皆可。或念全咒一百零八遍。或先念全咒七遍，继念心咒一百零八遍，后复念全咒七遍（心咒者：即是咒中字以下之文）。

未经密宗阿黎传授，不可结手印；擅结者有大罪。

持咒时，不宜大声。惟令自己耳中得闻。

持咒时，以坐为正式。或经行亦可。

（七）回向发愿

回向与发愿大同，故今并举。其稍异者，回向须先修功德，再以此功德回向，惟愿如何云云。若未先修功德者，仅可云发愿也。

回向发愿为修持者最切要之事！若不回向，则前所修之功德无所归趣。今修持《药师如来法门》者，回向之愿各随己意。凡《药师经》中所载者，皆可发之。应详阅经文自适其宜可耳。

以上所述之修持课仪，每日行一次，或二次三次。必须至心诚恳，未可了草塞责。印光老法师云："有一分恭敬得一分利益，有十分恭敬得十分利益。"吾人修持《药师如来法门》者，应深味斯言，以自求多福也。

药师如来法门一斑

己卯四月在永春普济寺讲　王世英记

今天所讲，就是深契时机的药师如来法门。我近年来，与人谈及药师法门时，所偏注重的有几样意思，今且举出，略说一下。

药师法门甚为广大，今所举出的几样，殊不足以包括药师法门的全体，亦只说是法门之一斑了。

一、维持世法

佛法本以出世间为归趣，其意义高深，常人每难了解。若药师法门，不但对于出世间往生成佛的道理屡屡言及，就是最浅近的现代实际上人类生活亦特别注重。如经中所说："消灾除难，离苦得乐，福寿康宁，所求如意，不相侵陵，互为饶益"等，皆属于此类。就此可见佛法亦能资助家庭社会的生活，与维持国家世界的安宁，使人类在这现生之中即可得到佛法的利益。

或有人谓佛法是消极的，厌世的，无益于人类生活的，闻以上所说药师法门亦能维持世法，当不至对于佛法再生种种误解了。

二、辅助戒律

佛法之中，是以戒为根本的，所以佛经说："若无净戒，诸善功德不生。"但是受戒容易，得戒为难，持戒不犯更为难。今若能依照药师法门去修持力行，就可以得到上品圆满的戒。假使于所受之戒有毁犯时，但能至心诚恳持念药师佛号并礼敬供养者，即可消除犯戒的罪，还得清净，不至再堕落在三恶道中。

三、决定生西

佛法的宗派非常之繁，其中以净土宗最为兴盛。现今出家人或在家人修持此宗，求生西方极乐世界者甚多。但修净土宗者，若再能兼修药师法门，亦有资助决定生西的利益。依《药师经》说："若有众生能受持八关斋戒，又能听见药师佛名，于其临命终时，有八位大菩萨来接引往西方极乐世界众宝莲花之中。"依此看来，药师虽是东方的佛，而也可以资助往生西方，能使吾人获得决定往生西方的利益。

再者。吾人修净土宗的，倘能于现在环境的苦乐顺逆一切放下，无所挂碍，则固至善。但是切实能够如此的，千万人中也难得一二。因为我们是处于凡夫的地位，在这尘世之时，对于身体衣食住处等，以及水火刀兵的天灾人祸，在在都不能不有所顾虑，倘使身体多病，衣食住处等困难，又或常常遇着天灾人祸的危难，皆足为用功办道的障碍。若欲免除此等障碍，必须兼修药师法门以为之资助，即可得到《药师经》中所说"消灾除难离苦得乐"等种种利益也。

四、速得成佛

《药师经》，决非专说世间法的。因药师法门，惟是一乘速得成佛的法门。所以经中屡云："速证无上正等菩提，速得圆满"等。

若欲成佛，其主要的原因，即是"悲智"两种愿心。《药师经》云："应生无垢浊心，无怒害心，于一切有情起利益安乐慈悲喜舍平等之心"就是这个意思。前两句从反面转说，"无垢浊心"就是智心，"无怒害心"就是悲心。下一句正说，"舍"及"平等之心"就是智心，余属悲心。悲智为因，菩提为果，乃是佛法之通途。凡修持药师法门者，对于以上几句经文，尤宜特别注意，尽力奉行。

假使不如此，仅仅注意在资养现实人生的事，则惟获人天福报，与夫出世间之佛法了无关系。若是受戒，也不能得上品圆满的戒。若是生西，也不能往生上品。

所以我们修持药师法门的，应该把以上几句经文特别注意，依此发起"悲智"的弘愿。假使如此，则能以出世的精神来做世间的事业，也能得上品圆满的戒，也能往生上品，将来速得成佛可无容疑了。

药师法门甚为广大，上所述者，不过是我常对人讲的几样意思。将来暇时，尚拟依据全部经义，编辑较完备的药师法门著作，以备诸君参考。

最后，再就持念药师佛名的方法，略说一下。念佛名时，应依经文，念曰"南无药师琉璃光如来"，不可念消灾延寿药师佛。

常随佛学

《华严经·行愿品》末卷所列十种广大行愿中,第八曰"常随佛学"。若依《华严经》文所载,种种神通妙用,决非凡夫所能随学。但其他经律等载佛所行事,有为我等凡夫作模范,无论何人皆可随学者,亦屡见之。今且举七事:

一、佛自扫地

《根本说一切有部毗奈耶杂事》云:世尊在逝多林,见地不净,即自执帚,欲扫林中。时舍利子大目犍连、大迦叶阿难陀等诸大声闻,见是事已,悉皆执帚共扫园林。时佛世尊及圣弟子扫除已,入食堂中,就席而坐。佛告诸比丘,凡扫地有五胜利:一者自心清净,二者令他心清净,三者诸天欢喜,四者植端正业,五者命终之后当生天上。

二、佛自舁（音余，即共抬也）

弟子及自汲水《五分律佛制饮酒戒·缘起》云：婆伽陀比丘以降龙故，得酒醉，衣钵纵横。佛与阿难舁至井边，佛自汲水，阿难洗之等。

三、佛自修房

《十诵律》云：佛在阿罗昆国，见寺门楣损，乃自修之。

四、佛自洗病比丘及自看病

《四分律》云：世尊即扶病比丘起，试身不净，试已洗之。洗已，复为浣衣洒干。有故坏卧草弃之，扫除住处，以泥浆涂洒，极令清净。更敷新草，并敷一衣，还安卧病比丘已，复以一衣覆上。

《西域记》云：祇桓东北有塔，即如来洗病比丘处。又云：如来在日，有病比丘，含苦独处。佛问：汝何所苦？汝何独居？答曰：我性疏懒，不耐看病，故今婴疾，无人瞻视。佛愍而告云：善男子，我今看汝。

五、佛为弟子裁衣

《中阿含经》云：佛亲为阿那律裁三衣，诸比丘同时为连合即成。

六、佛自为老比丘穿针

此事知者甚多,今已忘记出何经律,不及检查原文,仅就所记忆大略之义录之。佛在世时,有老比丘补衣,因目昏花,未能以线穿针孔中,乃叹息曰:谁当我为穿针?佛闻之即立起,曰:我为汝穿之。

七、佛自乞僧举过

是为佛及弟子等结夏安居竟,具仪自恣时也。《增一阿含经》云:佛坐草座(即是离本座敷草于地而坐也。所以尔者,恣僧举过,舍骄慢故),告诸比丘言:我无处咎于众人乎?又不犯身口意乎!如是至三。灵芝律师云:如来亦自恣者——示同凡法故,垂范后世故,令众省己故,使祈我慢故。

如是七事,冀诸仁者勉力随学,远离骄慢,增长悲心,广植福业,速证菩提。是为余所希愿者耳!

泉州开元慈儿院讲录

我到闽南已有十年。来到贵院也有好几回。每回到院,都觉得有一番进步,这是使我很喜欢的。贵院各种课程,都有可观,其最使我满意赞叹的,就是早晚两堂课诵。古语道:"人身难得,佛法难闻!"诸生倘非夙有善根,怎得来这里读书又复得闻佛法呢?!今这样真是好极了!诸生得这难得机缘,应各各起欢喜心,深自庆幸才是。

我今讲本师释迦牟尼佛在因地中为法舍身几段故事给诸位听。现在先引《涅槃经》一段来说。

释迦牟尼佛在无量劫前,当无佛法时代,曾作婆罗门。这位婆罗门,品格清高,与众不同,发心访求佛法。那时忉利天王在天宫瞧见,要试比婆罗门有无真心,化为罗刹鬼,状极凶恶,来与婆罗门说法,但是仅说半偈(印度古代的习惯以四句为一偈),婆罗门听了罗刹鬼所说的半偈很喜欢,要求罗刹再说后半偈,罗刹不肯。

婆罗门力求,罗刹便向婆罗门道:"你要我说后半偈也可以,你应把身上的血给我饮,身上的肉给我吃,才可许你。"婆罗门为求法故,即时答应道："我甚愿将我身上的血肉给你。"罗刹以婆罗门既然诚恳地允许，便把后半偈说给他听。婆罗门得闻了后半偈，真觉心满意足，不特自己欢喜，并且把这偈书写在各处，遍传到人间去。

婆罗门在各处树木山岩上书写此四句偈后，为维持信用，便想应如何把自己肉血给罗刹吃呢？他就要跑上一棵很高很高的树上，跳跃下来，自谓可以丧了身命，便将血肉给罗刹吃。罗刹那时看婆罗门不惜身命求法，心中十分感动。当婆罗门在高处舍身跳下，未坠地时，罗刹便现了天王的原形，把他接住——这婆罗门因得不死。罗刹原系忉利天王所化，欲试试婆罗门的，今见婆罗门求法如此诚恳，自然是十分欢喜赞叹。若在婆罗门，因志求无上正法，虽弃舍身命，亦何所顾惜呢！

刚才所说，婆罗门如此求法困难，不惜身命。诸位现在不要舍身，而很容易的得闻佛法，真是大可庆幸呀！

还有一段故事，也是《涅槃经》上说。

过去无量劫时候，释迦牟尼佛为一很穷困的人。当时有佛出世，见人皆先供养佛，然后求法。已则贫穷，无钱可供，他心生一计，愿以身卖钱来供佛，就到大街上，去卖自己的身体。当在街上喊卖身时，恰巧遇一病人，医生叫他每日应吃三两人肉，那病人看见有人卖身，便十分欢喜，因向贫人说："你每日给我三两人肉吃，我可以给你五枚金钱。"这位穷人听了这话，与那病人商洽说："你先把五枚金钱拿来，我去买东西供养佛，求闻佛法，然后每日把我身上的肉割下给你吃。"当时病人应允，即先付金钱。这穷人供佛闻法已毕，即天天以刀割身上的三两肉给病人吃，吃到一个月，病才痊愈。

当穷人每天割肉的时候，他常常念佛所说的偈，精神完全贯注在法的方面，竟如没有痛苦，而且不久，他的身体也就平复无恙了。这穷人因求法之故，发心做难行的苦行，有如此勇猛。诸生现今在这院里求学，早晚皆得闻佛法，不但每日无须割去若干肉，而且有衣穿有饭吃，这岂不是很难得的好机缘吗？

再讲一段故事，出于《贤愚经》。

释迦牟尼佛在因地时候，有一次，身为国王，因厌恶终其身居于国王位，没有什么好处，遂发心求闻佛法。当时有了一位婆罗门，对这国王说："王要闻法，可能把身体挖一千个孔点一千盏灯，来供养佛吗？若能如此，便可为你说法。"那国王听婆罗门这句话，便慨然对他说："这有何难！为要闻法，情愿舍此身命。但我现有些少国事未了，容我七天，把这国事交下着落，便就实行。"到第七天，国事办完，王便欲在身上挖千个孔，点千盏灯。那时全国人民知道此事，都来劝阻，谓："大王身为全国人民所依靠，今若这样牺牲，全国人民将何所赖呢？！"国王说："现在你们依靠我，我为你们做依靠，不过是暂时，是靠不住的。我今求得佛法，将来成佛，当先度化你们，可为你们永远的依靠，岂不更好？！请大家放心，切勿劝阻。"那时国王马上就实行起来，呼左右将身上挖了一千孔，把油盛好，灯芯安好，欣然对婆罗门说："请先说法，然后点灯。"婆罗门答应，就为他说法。

国王听了，无限的满足，便把身上一千盏灯，齐点起来。那时万众惊骇呼号，国王乃发大誓愿道："我为求法，来舍身命。愿我闻法以后，早成佛道，以大智慧光，普照一切众生。"这声音一发，天地都震动了，灯光晃耀之下，诸天现前。即问国王："你身体如此痛苦，你心里不后悔吗？"国王答："绝不后悔。"后来国王复向空中发誓言："我这至诚求法之心，果能永久不悔，愿我此身体即刻回复原状。"话说未已，至诚所感，果然身上千个大孔，悉皆平复，并无些少创痕。

刚才所说，闻法有如此艰难，诸生现在闻法，则十分容易，岂不是诸生有大幸福吗？！自今以后，应该发勇猛精进心，勤加修习才是。

以前我曾居住开元寺好几次，即住在贵院的后面，早晚闻诸生念佛念经很如法，声音亦好听，每站在房门外听得高兴。因各种课程固好，然其他学校也是有的,独此早晚二堂课诵,则其他学校所无,而贵院所独有的。此皆是贵院诸职教员善于教导,和你们诸位努力,才有这十分美满的成绩。

我希望贵院,今后能够继续精进努力,不断的进步,规模益扩大,为全国慈儿院模范。这是我最后殷勤的希望。

改习惯

癸酉在泉州承天寺讲

吾人因多生以来之夙习,及以今生自幼所受环境之熏染,而自然现于身口者,名曰习惯。

习惯有善有不善,今且言其不善者。常人对于不善之习惯,而略称之曰习惯。今依俗语而标题也。

在家人之教育,以矫正习惯为主。出家人亦尔。但近世出家人,惟尚谈玄说妙。于自己微细之习惯,固置之不问。即自己一言一动,极粗显易知之习惯,亦罕有加以注意者。可痛叹也。

余于三十岁时,即觉知自己恶习惯太重,颇思尽力对治。出家以来,恒战战兢兢,不敢任情适意。但自愧恶习太重,二十年来,所矫正者百无一二。

自今以后,愿努力痛改。更愿有缘诸道侣,亦皆奋袂兴起,同致力于此也。

吾人之习惯甚多。今欲改正，宜依如何之方法耶？若胪列多条，而一时改正，则心劳而效少，以余经验言之，宜先举一条乃至三四条，逐日努力检点，既已改正，后再逐渐增加可耳。

今春以来，有道侣数人，与余同研律学，颇注意于改正习惯。数月以来，稍有成效，今愿述其往事，以告诸公。但诸公欲自改其习惯，不必尽依此数条，尽可随宜酌定。余今所述者、特为诸公作参考耳。

学律诸道侣，已改正习惯，有七条。

一、食不言。现时中等以上各寺院，皆有此制，故改正甚易。

二、不非时食。初讲律时，即由大众自己发心，同持此戒。后来学者亦尔。遂成定例。

三、衣服朴素整齐。或有旧制，色质未能合宜者，暂作内衣，外罩如法之服。

四、别修礼诵等课程。每日除听讲、研究、抄写、及随寺众课诵外，皆别自立礼诵等课程，尽力行之。或有每晨于佛前跪读《法华经》者，或有读《华严经》者，或有读《金刚经》者，或每日念佛一万以上者。

五、不闲谈。出家人每喜聚众闲谈，虚丧光阴，废弛道业，可悲可痛！今诸道侣，已能渐除此习。每于食后、或傍晚、休息之时，皆于树下檐边，或经行、或端坐、若默诵佛号、若朗读经文、若默然摄念。

六、不阅报。各地日报，社会新闻栏中，关于杀盗淫妄等事，记载最详。而淫欲诸事，尤描摹尽致。虽无淫欲之人，常阅报纸，亦必受其熏染，此为现代世俗教育家所痛慨者。故学律诸道侣，近已自己发心不阅报纸。

七、常劳动。出家人性多懒惰，不喜劳动。今学律诸道侣，皆已发心，每日扫除大殿及僧房檐下，并奋力作其他种种劳动之事。

以上已改正之习惯，共有七条。

尚有近来特实行改正之二条，亦附列于下：

一、食碗所剩饭粒。印光法师最不喜此事。若见剩饭粒者，即当面痛诃斥之。所谓施主一粒米，恩重大如山也。但若烂粥烂面留滞碗上、不易除去者，则非此限。

二、坐时注意威仪。垂足坐时、双腿平列。不宜左右互相翘架，更不宜耸立或直伸。余于在家时、已改此习惯。且现代出家人普通之威仪，亦不许如此。想此习惯不难改正也。

总之，学律诸道侣，改正习惯时，皆由自己发心。决无人出命令而禁止之也。

放生与杀生之果报

今日与诸君相见，先问诸君：（一）欲延寿否？（二）欲愈病否？（三）欲免难否？（四）欲得子否？（五）欲生西否？倘愿者，今有一最简便易行之法奉告：即是放生也。

古今来，关于放生能延寿等之果报事迹甚多，今每门各举一事，为诸君言之。

一、延寿

张从善幼年尝持活鱼，刺指痛甚。自念："我伤一指，痛楚如是；群鱼剔腮剖腹，断尾剖鳞，其痛如何？"特不能言耳，遂尽放之溪中。自此不复伤一物，享年九十有八。

二、愈病

杭州叶洪五,九岁时得恶梦,惊寤呕血满床,久治不愈。先是彼甚聪颖,家人皆爱之,多与之钱,已积数千缗。至是,其祖母指钱曰:"病至不起,欲此何为?尽其所有,买物放生。"及钱尽,病遂全愈矣!

三、免难

嘉兴孔某,至一亲戚家,留午餐。将杀鸡供馔,孔力止之,继以誓遂止,是夕宿其家,正捣米,悬石杵于朽梁之上。孔卧其下,更余已眠。忽有鸡来啄其头,驱去复来,如是者三。孔不胜其扰,遂起觅火逐之。甫离席而杵坠,正在其首卧处。孔遂悟鸡报恩也。每举以告人,万勿杀生。

四、得子

杭州杨墅庙甚有灵感,绍兴人倪玉树赴庙求子。愿得子日,杀猪羊鸡鹅等谢神。夜梦神告曰:"汝欲生子,乃立杀愿何耶?"倪叩首乞示。神曰:"尔欲有子,物亦欲有子也。物之多子者,莫如鱼虾螺等。尔盍放之。"倪自是见鱼虾螺等,即买而投之江。后果连产五子。

五、生西

湖南张居士,旧业屠,每早宰猪,听邻寺晓钟声为准。一日忽无声,张问之。僧云:"夜梦十一人乞命,谓不鸣钟可免也。"张念所欲宰之猪,适有十一子,遂乃感悟,弃屠业,皈依佛法,勤修十余年,已得神通,知去来事,预告命终之日,端坐而逝。经谓:上品往生,须慈心不杀。张居士因戒杀而得往生西方,决无疑矣!

以上所言,且据放生之人今生所得之果报。若据究竟而言,当来决定成佛。因佛心者大慈悲是。今能放生,即具慈悲之心,能植成佛之因也。

放生之功德如此,则杀生所应得之恶报,可想而知,无须再举。因杀生之人,现生即短命多病多难无子,及不得生西也。命终之后,先堕地狱、饿鬼、畜牲,经无量劫,备受众苦。地狱饿鬼之苦,人皆知之。至生于畜牲中,即常常有怨仇返报之事:昔日杀牛羊猪鸡鸭鱼虾等之人,即自变为牛羊猪鸡鸭鱼虾等;昔日被杀之牛羊猪鸡鸭鱼虾等,或变为人而返杀害之。此是因果报应之理,决定无疑而不能幸免者也。

既经无量劫,生三恶道。受报渐毕。再生人中,依旧短命、多病、多难、无子及不得生西也。以后须再经过多劫,渐种善根,能行放生戒杀诸善事,又能勇猛精勤忏悔往业,乃能渐离一切苦难也。

抑余又有为诸君言者。上所述杀牛羊猪鸡鸭鱼虾,乃举其大者而言,下至极微细之苍蝇蚊虫臭虫跳蚤蜈蚣壁虎蚁子等,亦决不可害损,倘故意杀一蚊虫,亦决定获得如上所述之种种苦报,断不可以其物微细而轻忽之也。

今日与诸君相见,余已述放生与杀生之果报如此苦乐不同。惟愿诸君自今以后,力行放生之事,痛改杀生之事。余尝闻人云:泉州近来放生之法会甚多,但杀生之家犹复不少;或者一人茹素,而家中男女等仍买鸡鸭鱼虾等之活物,任意杀害也。

愿诸君于此事多多注意。自己既不杀生,亦应劝一切人皆不杀生,况家中男女等,皆自己所亲爱之人,岂忍见其故造杀业,行将备受大苦,而不加以劝告阻止耶?诸君勉旃,愿悉听受余之忠言也。

普劝发心印造经像文

一、印造经像之功德

众生沉沦于苦海，必赖慈航救济，而后度脱有期。佛法化导于世间，全仗经像住持，而后灯传无尽。以是之故凡能发心：

对于佛经佛像或刻或写、或雕或塑、或装金或绘画——如是种种印造等法，或竭尽己心独立营办，或自力不足广劝众人，或将他人之已印造者为之流通为之供养，或见他人之方印造者为之赞助为之欢喜，具人功德皆至广至大，不可以寻常算数计。何以故？佛力无力，善拔诸苦；众生无量，闻法为难。今作此印造功德者，开通法桥，宏扬大化，遍施宝筏，普济有缘。其心量之广大，实不可思议。故其功德之广大，亦复不可想议也。敬本诸经之说，略举十大利益，谨用浅文，诠次如左：

（一）从前所作种种罪过，轻者立即消灭，重者亦得转轻。贪瞋痴——为造孽种子；身口意——为作恶机关。清夜自检，此生所犯者已多不可计。若合多生所犯者言之，所造罪业，多于寒地之冰山。能勿骇惧？！虽然罪性本空，苟一动赎罪心机，誓愿流动圣经，庄严佛像；罪恶冰山，一遇慧日，有不消灭于无形者乎！

（二）常得吉神拥护。一切瘟疫、水火、寇盗、刀兵、牢狱之灾，悉皆不受。人间种种恶报，无往而非多生恶业所感，一念之善，力可回天。修行善业，而从最方便易行之印造经像之殊胜功德上做去，其感动吉神而蒙护卫，此中实有相互获益之关系。盖神道天道，自佛法言之，均为夙业所驱，未脱长劫轮转之苦因。所以如来说法，常有无数天神恭敬拥护，阿难集经，四大天王为之捧。案印造经像为诸天龙神非常欢喜之事，以此功德，而感吉神，常为拥护；终此报身，离诸灾厄，宜也。

（三）夙生怨对，咸蒙法益，而得解脱，永免寻仇报复之苦。人间一切争持，嫉妒、诈斯、诬陷、掠夺、残杀等种种构怨行为，莫不起因于自私自利之一念。佛法以破除我执，为救苦雪难第一工程。印造经像，普益人间，为不可思议之法施功德，所及至广。法雨一滴，熄灭多生怨对之瞋火而有余：化仇而为恩，转祸而为福，其权何尝不操之自我也。

（四）夜叉恶鬼，不能侵犯；毒蛇饿虎，不能为害。悭贪丑行，为堕落鬼道之深因；瞋火无明，为降作毒虫之征兆。结怨多生，寻仇百劫，恶缘未熟，任尔逍遥；时会已来，凭谁解救？鬼魅相侵，虎蛇见逼，孽由自作。事非偶然，修士惕之！印造经像，预行忏罪，于是纵有恶缘，悉皆消释。倘临险地，胥化坦途矣！

（五）心得安慰，日无险事，夜无恶梦，颜色光泽，气力充盛，所作吉利。尘世多众，十之七八在惊忧疑闷懊怨痛苦中：吾人一生，十之七八在惊忧疑闷懊丧痛苦中，盖为我计者，我以外各各皆立于敌对之地位：孤与众抗，危孰甚焉！况手欲心难餍，有如深谷，无事自扰，不风亦波——此所以形为罪薮、身为苦本也。佛法善灭诸苦本。彼印造经像者，或以亲沾法味而开明，或则暗受加被而通利：诸障雪消，心安神怡，润及色身，有断然者。

（六）至心奉法，虽无希求，自然衣食丰足，家庭和睦，福寿绵长。至人行事，所见独真，事机一至，急起直追做去，无顾虑无希求，发心至真切，用力至胗挚，自然成就至超卓。印造经像之事，以如是胗切恳挚，至诚格天！至心奉法之人为之，虽不计功德，而所得功德实无限量。即仅就其人所得一部分之世间福言之，自然一一具足，而无少欠缺；苟或有人，心存希望，而始行善，发心不真切，结果即微薄，可决言焉！虽然一念之善，一文之细，皆不虚弃，皆有无量胜果。譬之粒谷播于肥地，一传化百，五传而复得百万兆。作宏法功德者，乌可无此大计无此决心哉！

（七）所言所行，人天欢喜，任到何方，常为多众倾诚爱戴，恭敬礼拜。夙生存嫉妒心造诽谤语，扬人恶事暴人短处称快一时者，殁后沉沦百劫，惨苦万状，备受一切苦报，一旦出生人间，因缘恶劣，任至何地，动遭厌恶——作任何事都无结果。而宏扬佛法之人，善因夙植，存报恩之心，充利群之念：或净三业，作写经画像功德；或舍多金，作印经造像功德，所得胜福，不可称量。现在一切受大众欢敬之人，原从夙生宏法功德中来；往后一切令大众欢敬之人，实从现今宏法功德中出。植荆得刺，栽莲得藕。一一后果，胥由自艺也。

（八）愚者转智，病者转健，闲者转亨；为妇女者，报谢之日，捷转男身。夙生吝于教导，以及肆口谤法，肆意毁谤有德之人者，沉沦重罪毕受后，还得多生蠢愚无知报；夙生为贪口腹、恣杀牲禽，以及曾为渔夫屠夫猎户庖丁、与曾操制造凶器火器毒药等权助成他人凶杀之业者，沉沦重罪毕受后，还得多生恶疾残废报；夙生贪欲无厌、止知剥人以肥己，悭吝鄙啬、不肯周急而解囊者，沉沦重罪毕受后，还得多生贫穷困厄报；夙生知见狭劣、心存诡曲，巧言令色，掩饰行欺，逐境攀援、容量浅窄，因循怠惰、倚赖性成，烦恼垢重、怨愤易发，妒忌心深、情欲炽盛者，沉沦重罪毕受后，还得多生女身报。唯有佛法，善解诸缚；苦海无边，回头即岸；罪出万仞，息念便空。是以虔作流布佛经庄严佛像之无上功德者，过去积罪，自然逐渐铲除；未来胜福，稳教圆满成就。

（九）永离恶道，受生善道；相貌端正，天资超越，福禄殊胜。一切含灵，舍身受身，往返之道，如车轮转。千生万劫，常在梦境，作善不已，罪毕斯升。骄纵忘本，种堕落因，作恶多端，福削寿倾，百千万倍，恶报堪惊。地狱饿鬼以及畜牲，堕三恶道，万劫沉沦，难得易失。如此人身，作十善业，修五戒行，生人天道，夙福非轻。诸佛如来，悲悯同深，广为说法，首重摄心。正念无作，离垢超尘。是故印造经像，上契佛心，仅此微愿，已种福田。自是厥后，做再来人，诸福圆具，出类超群。

（十）能为一切众生，种植善根。以众生心作大福田，获无量胜果。所生之处，常得见佛闻法。直至三慧宏开，六通亲证，速得成佛。佛世有一城人众，难于摄化。佛言此辈人众，与目连有缘，因遣目连往。全城人众，果皆倾心向化。诸弟子问佛因缘。佛言目连往劫，曾为樵夫。一日入山伐木，惊起无数乱蜂，其势汹汹，欲来相犯。目连戒勿行凶，且慰之曰：汝等皆有佛性，他年我若成道，当来度汝等。今此城人众，乃当日群蜂之后身也。因目连曾发一普度之念，故与有缘。种因于多劫之前，一旦机缘成熟，而收此不可思议之胜果。

由此观之，吾人生生所经过之时代，在在所接触之万类，一一皆与我有缘；一一众生至灵妙之心地，皆可作为自他兼利之无上福田；我既于一一众生心田中散布福德种子，一一众生皆与我有大缘；一一众生心田中所结无量大数之福果（虽谓此无量大数生生不已之福果），即为播因者道果成熟时期之妙庄严品，亦无不可。

且吾人能先行洁治自己之心田，接受十方三世诸佛如来之无上法宝，作为脱胎换骨转凡成圣之种子。吾身即与十方三世诸佛如来有大因缘，诸佛愿海胜功德——摄于我心中；我愿与佛无差别，诸佛慈愿互相摄。因该果海果彻因源，无边胜福，即缔造于此日印造经像、宏法利生之一真心中矣！普愿现在未来，一切有缘，善觅福田，善结胜缘。勿任妙用现前之大好光明，如滔滔逝水之在眼前足底飞过也。

二、印造经像之机会

印造经像者之所得功德，已略如上述。但何时何处足以适用此种植福之举，特为研究，以便力行。今仅约述如次：

（一）祝寿

生本无生，无生而生。法身寿算，本来无有限量。其现在幻驱，乃从业报中来。报尽便休，无异昙花一现，何寿之足云？！今为随顺俗情故，姑且开此祝寿方便门。

凡自己家中或长者或侪辈或自身举行祝典时，切勿杀生宴客，浪掷金钱，妄造怨业；亦勿贪恋无足重轻之虚誉，征文征诗接受过情之称许。作此虚文，对众即为欺饰，问心适足惭汗。以故莫善于扫除一切俗尚而从事于印造经像：有力则刻经造像，无力则写经画像。仰以报四重恩，俯以济三途苦——既能获无量福庆，又可留永久纪念。此种胜举，尊者居士，尤宜悉心提倡，留良榜样与多众看。

若亲戚朋友家举行庆祝时，亦劝准此行之。为造胜福，双方所得功德不可称量。

（二）贺喜

一念妄动，而起欲爱。于本空中，幻出色身，终此天年。但见百苦交煎，诸怨环逼，闻法而觉醒者，方惭愧痛苦之不暇，又何喜之是云？！夫妻父子，无非夙债牵缠；安富尊荣，尽是生理境界。是以觉王眼底，在在可悲。今为多方汲引故，姑且开此贺喜方便门。

凡男娶女嫁时，生儿育女时，职位升迁时，新屋落成时，公司行号开张时，凡百营业获利时，以及其他一切世俗所认为欢喜之事，事而在己，应省下欢喜钱财，作此刻经造像之殊胜功德，其戚友之表情道贺者，宜预向声明所定意旨，俾知所遵循。群以宏法范围内事，为多众示范。

由知识阶级开此风气，转移俗尚，响应至捷，而主宏远，可以断言！事在戚友，亦宜迎机利导，免作无谓之举。省下金钱，作此自他兼益之图。

（三）免灾

天灾人祸，无代蔑有。灾分大小，胥由一切众生别业同业感召而至。灾字从水从火，示其来势猛烈，有一发而不易收拾之概。灾殃之种别；若刀兵、若瘟疫、若饥馑、若牢狱；若洪水为患，田庐淹没；若大地震裂，城邑为陷；此外如毁灭一切所有之风灾火灾，以及其它猝不及防之一切悲惨之结果，皆得以灾祸之名目括之。触目而惊心，思患而预防，讲求避免之方，不可一日缓！今为饶益一切有情故，特别开此免灾方便门。

无论山居水居平壤居，所有种种因境而生之特异灾厄，以及刀兵寇盗疫疠火患牢狱，与多生怨对寻仇报复之一切祸灾或为父母师长及诸眷属与诸戚友祈祷免祸；或为并世而生之一切众生发大慈悲心代为祈祷免祸；或为过现未来四生六道中一切众生发大菩提心代为祈祷免祸。其最实际最有效之胜举，当以流通佛经庄严佛像为第一美举。

是何为者？以十方三世诸佛悯念众生故；三界灾厄惟佛威神力善能消除故；矢诚宏法之人与诸佛慈悲救拔之深心宏愿默相感通故。

（四）祈求

动若不休，止水皆化波涛；静而不扰，波涛悉为止水。水相如此，心境亦然。不变随缘，真如当体成生灭；随缘不变，生灭当体即真如。一迷则梦想颠倒，触处障碍；一悟则究竟涅槃，当下清凉。不动道场中，本来一切具足，又何欠缺驰求之有！今为多众劝进故，特别开此祈救方便门。

凡为自己及六亲眷属之忧年寿短促者求延寿，为子嗣艰难者求诞育，以迄疾病之求速愈，家宅之求平安，怨仇之求解释。营业之求顺遂。一切作为之求如意（但有伤道德之行为及职业，与佛道不相应故，均在屏除之列）；求国内和平，求世界平和，求现在未来一切法界众生回心向善离诸魔难；以至一切闻法之人求增长智慧；求证念佛三昧；求临终时无诸苦厄，心不颠倒，往生极乐，皆宜作此写经印经造像画像功德，至诚祈祷，终能一一满足其所愿。

（五）忏悔

省庵法师《劝发菩提心文》有云：我释迦如来，最初发心，为我等故，行菩萨道，经无量劫，备受诸苦。我造业时，佛则哀怜，方便教化，而我愚痴，不知信受。我堕地狱，佛复悲痛，欲代我苦，而我业重，不能救拔。我生人道，佛以方便，令种善根，世世生生，随逐于我，心无暂舍。

佛初出世，我尚沉沦，今得人身，佛已灭度。何罪而竟生末法？何障而不见金身？抚躬自问，能不惶悚无地？！今为消除罪障故，特别开此忏悔方便门。

修持戒行，为末世众生度脱生死苦海最重要最切用之一方法，欲修戒行，当向律藏诸法典参求。在家弟子，宜读《十善业道经》、《在家律要广集》、《优婆塞戒经》、《菩萨戒本经笺要》、《梵网经合注》、《出家戒律不备录》，夫然后了知一切过咎所在。对于自己前此曾作诸不善事，深自追悔。而欲以忏悔开灭罪之门辟自新之路者，当以流通佛经，庄严宝像，为最有效！

作此功德时，至诚忏悔，以赎前愆。前此所作诸不善业，可以立即消灭。若代为他人忏悔者，亦适用此方法。

（六）荐拔

树欲静而风不息，子能养而亲不在——此普天下为子女者对于父母养育之恩酬报无从而抱无限之悲痛者也！然而吾父吾母，躯体难殁，尚有不与躯体俱殁者在。是何物？曰灵性是。此灵性者，舍身受身，被凤业所驱，重处偏堕，自难作主。循环往复，三途六趣，从劫至劫，了无出期。吁嗟乎！三界火宅，岂得留恋？！善哉莲池大师有云：亲得离尘垢，子道方成就。是以善报亲恩者，当虔修出世法，使我今生之生身父母，仗我不可思议之愿力，脱离生死苦海为第一要图；并使我百劫千生之生身父母，现尚滞留于六道中受苦无量者，咸得仗我不可思议之愿力，方便脱离生死苦海为第一要图。以念多生父母深恩故，作彻底酬报想；以念多生父母沉沦六道故，视六道众生皆父母——作六道众生未度尽时誓不成佛想。无论先觉后觉，人人皆有一亲恩未报之大事因缘在。今求浅近易行故，特别开此荐拔方便门。

凡值父母丧亡，或亡后七七纪念、一周年纪念，以至数周年无数周年纪念，或死期或诞辰或冥寿作诸纪念，皆宜举行印造经像之殊胜功德。其祖父母及外祖父母，与其他一切平辈幼辈，亦宜作此功德以资冥福。若亲戚朋友丧亡之时，亦宜以此类宏法功德，代却一切无益之礼教。其所获功德至无限量。

以上所述，不过仅就大概而言之，此外植福机会不胜枚举。欲悉其详，广诵一切经典自知。

三、印造经像之方法

（一）写经

凡《大藏经》中诸经及诸律论，以至古今来一切大德之著作——长篇短段，集联题颂，皆可恭敬书写；或与通达佛法之人商量，酌定一切，尤为妥善。若自己不能写者，可以托人为之；若自己能写，则以自写为是。书法虽不必如何精美，但须工整，不可苟且潦草。普陀由印光法师云：写经宜如进士写策，一笔不容苟简。其体必须依正式体。又谓：古人写一字，礼三拜，绕三匝，称十二声佛名。慈训殷勤，感人至深。敬录之，为作写经功德者劝！

（二）画像

凡佛菩萨像皆可绘画——或大或小，或坐或立，或墨画或著色，均好。长于作画、长于画人物而又熟览内典者，尤易得法；如于画学毫无根柢，下笔之宜忌，漫无把握者，勿轻易为此，致惹亵慢而招过咎。

（三）刻经印经

或刻木版或排印或石印，均可酌量行之；或出资向流通处指请现代经典，赠送有缘，以广流布，而宏劝化；或于他人劝募之时，出资赞助，作见闻随喜功德，悉可种植善根获大利益。有光纸落墨不可用。若贪贱用之，所得功德，较用本国纸当减十倍。不可不知！

（四）刻像印像

得名画家画就之佛菩萨像，求其流传久远广行摄化者，莫善于制版刷印。或请名手镌刻坚质木版，或勒石，或制铜版锌版及玻璃版，均佳。

四、发愿文之程式

此种发愿文，应附书于经像之后。格式甚多，不胜具述。

今略举六例如下：

（一）写经

某年月日，弟子某敬写某经若干部。以此功德，愿我震旦国中以及世界各国，风调雨顺，物阜时雍。灾难消除，十戈永息。共沐佛化，同证菩提（祝愿辞尽可随意活变，此特备一格式而已）。

（二）画像

某年月日，弟子某敬舍微资，请画师某恭画某佛某菩萨像若干纸。愿我身体安康，资生具足，现世永离衰恼，临终往生西方。并愿以此功德，回向法界众生，同度迷津，齐成佛道。

（三）刻经

某年月日，某居士（或其他相宜之名称）几旬生辰。弟子某某等咸以戚好，窃援昔人写经祝寿之例，敬刻某经，并印送若干部，以广弘愿，亦祈难老。伏唯三宝证知。

（四）印经

某年月日，第几男某诞生。弟子某敬施资印送某经若干部，以结法缘。并愿法界无子众生，皆得诞生福德智慧之男，绍隆家业；弘宣佛法，普利有情，绵延相承，尽未来际。

（五）刻像

某年月日，弟子某某等，舍资合刊某佛像或某菩萨像，并印送若干纸。惟愿吾等罪障消除，福慧增长。早证念佛三昧，共生极乐莲邦。普度众生，同圆种智。

（六）印像

某年月日，弟子某敬施资印送某佛像（或某菩萨像）若干纸。伏愿仗此功德，为母某氏（若为他人者，可随改他名称）忏某罪某罪。诸如此罪，愿悉消除，或不可除，愿皆代受；令现前病苦速得安痊；若大限难逃，竟登安养，仰乞三宝，证明摄受。

如欲广览愿文格式者，可请阅《录峰宗论》此书系扬州东乡砖桥法藏寺刻版，价两元。上海有正书局及上海北泥城桥北京路佛经流通处、北京卧佛寺佛经流通处，以及他处著名之佛经流通处，皆有寄售，价约二元左右。此书首卷全载愿文，如能熟读此愿文，不仅能通愿文之格式，并能贯通佛法之精义。奉劝有志之士，其毋忘焉。又发愿虽为自己之事，必须附以普及众生等语，如是则愿力普遍功德更大矣！

五、写时画时之注意

写经画像之时，宜断荤酒，沐浴，着净衣，拂拭几案，焚香礼佛，然后落笔。如是乃能获胜功德得大利益。

故印光法师云：欲得佛法实益，须向恭敬中求；有一份恭敬，则消一分罪业，增一分福慧。又《印光法师文钞》中，有竭诚方获实益论，言此事最为详明。宜请阅之。《印光法师文钞》，系上海中华书局排印增广本，各埠分局皆有，可就近请之。

六、结论

观以上所说，写画刻印佛经佛像，有如是等胜妙作用，及如是等种种应用方法，以是吾人应随时随力，依此方法，欢喜奉行。

其家境富裕者，可以任刊刻经像等事；即资用不充者，亦可自己抄写映画。及量己力所及，请已经印就之经像等，转施他人，以结善缘而增福德。虽施经一部、施像一纸，倘出以至诚恳切之心，其功德亦无量也。

又无论男女老幼得见此文，而能欢喜踊跃出至诚心广大心，随时随处向人宣说流布佛经庄严佛像。如上所述，种种消灾救难种福获益之事，开导大众，不厌不倦；虽遇无知谤阻，不校不馁。此一团宏扬大法之真诚，如纯粹之黄金然——愈经烈火锻炼，光彩愈焕发。精诚所至，天地鬼神皆将感格；何况无知之人，天良同具，而终无感化之机乎！又乐成人美，奖人为善之道，尽人可行。不论何时何处，随见随闻。有人偶尔发心作宏法功德，不问已作现作将作，一一出吾欢喜赞叹之语，以温慰之策进之。使当人向善之心愈坚壮，余人恭善之心咸热烈。此不费分文之无上功德，尽人可为。

此《普劝发心印造经像文》，传达之处，无论见者闻者，皆得方便为之。彼盛倡手无斧柯，为之奈何之说者——乃自暴自弃自误误人之言也。如来舌相，薄净广长，能覆面轮。此稀有之福德舌相，实从万劫千生赞叹随喜之功德中来。

至诚宏法之人，随时随处迎机利导，方便善巧。勤作赞叹随喜功德之人，善于运用其广长舌相。谁谓不可以此胜妙功德，革除众生罪业之相，而获福无浅哉？！

初发心者在家律要

凡初发心人，既受三皈依，应续受五戒。倘自审一时不能全受者，即先受四戒、三戒，乃至仅受一二戒都可。在家居士既闻法有素，知自行检点，严自约束，不蹈非礼，不敢轻率妄行，则杀生、邪淫、大妄语、饮酒之四戒，或可不犯。

惟有在社会上办事之人，欲不破盗戒，为最不容易事。例如与人合买地皮房屋，与人合做生意，报税纳捐时，未免有以多数报少数之事。因数人合伙，欲实报，则人以为愚，或为股东反对者有之。又不知而犯与明知违背法律而故犯之事，如信中夹寄钞票，与手写函件取巧掩藏，当印刷物寄，均犯盗税之罪。

凡非与而取，及法律所不许而取巧不纳，皆有盗取之心迹及盗取之行为，皆结盗罪。

非但银钱出入上，当严净其心；即微而至于一草一木、寸纸尺线，必须先向物主明白请求，得彼允许，而后可以使用；不待许可而取用，不曾问明而擅动，皆有不与而取之心迹，皆犯盗取盗用之行为，皆结盗罪。

人生之最后

岁次壬申十二月，厦门妙释寺念佛会请余讲演，录写此稿，于时了识律师卧病不起，日夜愁苦，见此讲稿，悲欣交集，遂放下身心，屏弃医药，努力念佛，并扶病起，礼大悲忏，吭声唱诵，长跪经时，勇猛精进，超胜常人。见者闻者靡不为之惊喜赞叹：谓感动之力有如是剧且大耶！

余因念此稿虽仅数纸，而皆撮录古今嘉言及自所经验。乐简略者，或有所取。乃为治定，付刊流布焉。

弘一演音记

第一章　绪言

古诗云："我见他人死，我心热如火，不是热他人，看看轮到我。"人生最后一段大事，岂可须臾忘耶！今为讲述，次为六章。如下所列。

第二章　病重时

当病重时，应将一切家事及自己身体悉皆放下。专意念佛，一心希冀往生西方。能如是者，如寿已尽，决定往生。如寿未尽，虽求往生，而病反能速愈。因心至专诚，故能灭除宿世恶业也；倘不如是放下一切、专意念佛者，如寿已尽，决定不能往生。因自己专求病愈，不求往生，无由往生故。如寿未尽，因其一心希望病愈，妄生忧怖，不惟不能速愈，反而增加痛苦耳。

病未重时，亦可服药，但仍须精进念佛，勿作服药愈病之想；病既重时，可以不服药也。余昔卧病石室，有劝延医服药者，说偈谢云："阿弥陀佛，无上医王，舍此不求，是谓痴狂。一句弥陀，阿伽陀药，舍此不服，是谓大错！"因平日既信净土法门，谆谆为人讲说，今自患病，何反舍此而求医药，可不谓为疾狂大错耶！

若病重时，病苦甚剧者，切勿惊惶，因此痛苦，乃宿世业障。或亦是转未来三途恶道之苦。于今生轻受，以速了偿也。

自己所有衣服诸物，宜于病重之时，即施他人。若依《地藏菩萨本愿经·如来赞叹品》所言：供养经像等，则弥善矣！

若病重时，神识犹清，应请善知识为之说法，尽力安慰。举病者今生所修善业，一评言而赞叹之。令病者心生欢喜，无有疑虑。自知命终之后，承斯善业，决定生西。

第三章　临终时

临终之际，切勿询问遗嘱，亦勿闲谈杂话，恐被牵动爱情，贪恋世间，有碍往生耳。若欲留遗嘱者，应于康健时书写，付人保藏。

倘自言欲沐浴更衣者，则可顺其所欲而试为之；若言不欲，或噤口不能言者，皆不须强为。因常人命终之前，身体不免痛苦，倘强为移动，沐浴更衣，则痛苦将更加剧。世有发愿生西之人，临终为眷属等移动扰乱，破坏其正念，遂致不能往生者很多很多；又有临终可生善道，乃为他人误触，遂起心而牵入恶道者。如经所载：阿耆达王死堕蛇身，岂不可畏。

临终时，或坐或卧，皆随其意，未宜勉强。若自觉气力衰弱者，尽可卧床，勿求好看，勉力坐起。卧时本应面西，右胁侧卧。若因身体痛苦，改为仰卧，或面东左胁侧卧者，亦任其自然，不可强制。

大众助念佛时，应请阿弥陀佛接引像，供于病人卧室，令彼瞩视。助念之人，多少不拘。人多者，宜轮班念，相续不断。或念六字，或念四字，或快，或慢，皆须预问病人，随其平日习惯及好乐者念之，病人乃能相随默念。今者助念者皆随己意，不问病人，既已违其平日习惯及好乐，何能相随默念？！余愿自今以后，凡任助念者，于此一事，切宜留意！

又寻常助念者，皆用引磬小木鱼。以余经验言之，神经衰弱者，病时甚畏引磬及小木鱼声。因其声尖锐，刺激神经，反令心神不宁。若依余意，应免除引磬小木鱼，仅用音声助念，最为妥当；或改为大钟大磬大木鱼，其声宏壮，闻者能起肃敬之念，实胜于引磬小木鱼也。但人之所好，各有不同。此事必须预先向病人详细问明，随其所好而试行之。或有未宜，尽可随时改变，万勿固执。

第四章　命终后一日

既已命终，最切要者，不可急忙移动。虽身染便秽，亦勿即为洗涤，必须经过八小时后，乃能浴身更衣。常人皆不注意此事，而最要紧！惟望广劝同人，依此谨慎行之。

命终前后，家人万不可哭。哭有何益？能尽力帮助念佛，乃于亡者有实益耳。若必欲哭者，须俟命终八小时后。顶门温暖之说，虽有所据，然亦不可固执。但凡平日信愿真切，临终正念分明者，即可证其往生。

命终之后，念佛已毕，即锁房门，深防他人入内误触亡者。必须经过八小时后，乃能浴身更衣（前文已言，今再谆嘱。切记切记！）因八小时内，若移动者，亡人虽不能言，亦觉痛苦。

八小时后着衣，若手足关节硬，不能转动者，应以热水淋洗。用布搅热水，围于臂肘膝弯，不久即可活动，有如生人。

殓衣宜用旧物，不用新者；其新衣应布施他人，能令亡者获福。

不宜用好棺木，亦不宜做大坟。此等奢侈事皆不利于亡人。

第五章　荐亡等事

"七七"日内，欲延僧众荐亡，以念佛为主。若诵经、拜忏、焰口、水陆等事，虽有不可思议功德，然现今僧众视为具文。敷衍了事，不能如法，罕有实益。《印光法师文钞》中屡斥诫之，谓其惟属场面，徒作虚套。若专念佛，则人人能念，最为切实，能获莫大之利矣！

如诸僧众念佛时，家属亦应随念。但女众宜在自室或布帐之内，免生讥议。

凡念佛等一切功德，皆宜回向，普及法界众生，则其功德乃能广大。而亡者所获利益，亦更因之增长。

开吊时，宜用素斋，万勿用荤，致杀害生命大不利于亡人。

出丧仪文，切勿铺张！毋图生者好看，应为亡者惜福也。

"七七"以后，亦应常行追荐，以尽孝思。莲池大师谓：年中常须追荐先亡，不可谓已得解脱遂不举行耳。

第六章　劝请发起临终助念会

此事最为切要！应于城乡各地，多多设立。《饬终律梁》中，有详细章程。宜检阅之。

第七章　结语

残年将尽，不久即是腊月三十日，为一年最后，若未将钱财预备稳妥，则债主纷来，如何抵挡？吾人临命终时，乃是一生之腊月三十日，为人生最后，若未将往生资粮预备稳妥，必致手忙脚乱呼爷叫娘，多生恶业一齐现前，如何摆脱？

临终虽恃他人助念，诸事如法。但自己亦须平日修持，乃可临终自在。奉劝诸仁者，总要及早预备才好！

弘一大师最后一言

我到闽南这边来,已经有十年之久了。

前几年冬天的时候,我也常到南普陀寺来,看到大殿、观音殿及两廊旁边的栏杆上,排列了很多很多的花,尤其正在过年的时候,更是多得很,多得很。

其中有一种名叫做"一品红"的(按闽南人称为圣诞花,其顶端之叶均作红色。学名为 Euphorbia Pulcherrima),颜色非常的鲜明,非常的好看,可以说是南国特有的一种风味,特有的色彩。每当残冬过去、春天快到来的时候,把它摆出来,好像是迎春的样子,而气象确也为之一新。

我于去年冬天到这里来,心中本来预料着,以为可以看到许多的"一品红"了。岂知一到的时候,空空洞洞,所看到的,尽是其他的花草,因而感到很伤心。为什么?以前那么多的"一品红",现在到那里去了呢?找来找去,找了很久,只在那新功德楼的地方,发现了三棵,都是憔悴不堪,颜色不大鲜明很怨惨的样子。也没有什么人要去赏玩了。于是使我联想到佛教养正院：过去的时候，也曾经有很光荣的历史，像那些"一品红"一样，欣欣向荣，有无限的生机；可是现在，则有些衰败的气象了。

养正院开办已经三年了，这其间，自然有很多可纪念的史迹，可是观察其未来，则很替它悲观，前途很不堪设想。我现在在南普陀这里，还可以看到养正院的招牌，下一次再来的时候，恐怕看不到了。这一次，也许可以说是我"最后的演讲"。

一

这一次所要讲的，是这里几位学生的意思——要我来讲《关于写字的方法》。

我想写字这一回事，是在家人的事，出家人讲究写字有什么意思呢？所以，这一次讲写字的方法，我觉得很不对。因为出家人假如只会写字，其他的学问一点不知道，尤其不懂得佛法，那可以说是佛门的败类。须知出家人不懂得佛法，只会写字，那是可耻的。出家人惟一的本分，就是要懂得佛法，要研究佛法。不过，出家人并不是绝对不可以讲究写字的，但不可用全副精神，去应付写字就对了；出家人固应对于佛法全力研究，而于有空的时候，写写字也未尝不可。写字如果写到了有个样子，能写对子中堂来送与人，以作弘法的一种工具，也不是无益的。

倘然只能写得几个好字，若不专心学佛法，虽然人家赞美他字写得怎样的好，那不过是"人以字传"而已。我觉得：出家人字虽然写得不好，若是很有道德，那么他的字是很珍贵的，结果都是能够"字以人传"；如果对于佛法没有研究，而是没有道德，纵能写得很好的字，这种人在佛教中是无足轻重的了。他的人本来是不足传的。即能"人以字传"——这是一桩可耻的事，就是在家人也是很可耻的。

今天虽然名为讲写字的方法，其实我的本意是：要劝诸位来学佛法的。因为大家有了行持，能够研究佛法，才可利用闲暇时间，来谈谈写字的法子。

关于写字的源流、派别，以及笔法、章法、用墨……古人已经讲得很清楚了。而且有很多的书可以参考，我不必多讲。现在只就我个人关于写字的心得及经验，随便来说一说。

诸位写字的成绩很不错。但是每天每个人只限定写一张，而且只有一个样子，这是不对的。每天练习写字的时候，应该将篆书、大楷、中楷、小楷四个样子，都要多多的写与练习。如果没有时间，关于中楷可以略掉；至于其他的字样，是缺一不可的。且要多多的练习才对。我有一点意见，要贡献给诸位，下面所说的几种方法，我认为是很重要的。

二

我对于发心学字的人，总是劝他们：先由篆字学起。为什么呢？有几种理由：

（一）可以顺便研究说文，对于文字学，便可以有一点常识了。因为一个字一个字都有它的来源，并不是凭空虚构的，关于一笔一划，都不能随随便便乱写的。若不学篆书，不研究说文，对于字学及文字的起源就不能明白——简直可以说是不认得字啊！所以写字若由篆书入手，不但写字会进步，而且也很有兴味的。

（二）能写篆字以后，再学楷书，写字时一笔一划，也就不会写错的了。我以前看到养正院几位学生所抄写的稿子，写错的字很多很多，要晓得：写错了字，是很可耻的——这正如学英文的人一样，不能把字母拼错一个。若拼错了字，人家怎么认识呢？写错了我们自己的汉文字，更是不可以的。我们若先学会了篆书，再写楷字时，那就可以免掉很多错误。此外，写篆字也可以为写隶书、楷书、行书的基础。学会了篆字之后，对于写隶书、楷书、行书就都很容易——因为篆书是各种写字的根本。

若要写篆字的话，可先参看《说文》这一类的书。有一部清人吴大澂的《说文部首》，那是不可缺少的。因为这部书很好，便于初学，如果要学写字的话，先研究这一部书最好。

既然要发心学写字的话，除了写篆字而外，还有大楷、中楷、小楷，这几样都应当写。我以前小孩子的时候，都通通写过的。至于要学一尺二尺的字，有一个很简便的方法：那就可用大砖来写，平常把四块大砖拼合起来，做成桌子的样子，而且用架子架起来，也可当桌子用；要学写大字，却很方便，而且一物可供两用了。

大笔怎样得到呢？可用麻扎起来做大笔，要写时，就可以任意挥毫。大砖在南方也许不多，这里倒有一个方法可以替代：就是用水门汀拼起来成为桌子。而用麻来写字，都是一样的。这样一来，既可练习写字，而纸及笔，也就经济得多了。

篆书、隶书乃至行书都要写，样样都要学才好；一切碑帖也都要读，至少要浏览一下才可以。照以上的方法学了一个时期以后，才可专写一种或专写一体。这是由博而约的方法。

三

至于用笔呢？算起来有很多种，如羊毫、狼毫、兔毫……等。普通是用羊毫，紫毫及狼毫亦可用，并不限定那一种。最要注意的一点：就是写大字须用大笔，千万不可用小笔！用小的笔写大字，那是很错误的。宁可用大笔写小字，不可以用小笔写大字。

还有纸的问题。市上所售的油光纸是很便宜的，但太光滑很难写。

若用本地所产的粗纸，就无此毛病的了。我的意思：高年级的同学可用粗纸，低年级的可用油光纸。

此地所用的有格子的纸，是不大适合的，和我们从前的九宫格的纸不同。以我的习惯而论，我用九宫格的方法，就不是这个样子。现在画在下面，并说明我的用法：

若用这种格子的纸，写起字来，是很方便的，这样一来，每个字都有规矩绳墨可守的。如写大楷时，两线相交的地方，成了一个十字形，就不致上下左右不相对称了。要晓得：写字总不能随随便便。每个字的地位要很正，要不偏左不偏右，不上不下，要有一定的标准。因为线有中心点，初学时注意此线，则写起来，自然会适中很"落位"了。

平常写字时，写这个字，眼睛专看这个字，其余的字就不管，这也是不对的。因为上面的字，与下面的字都有关系的——即全部分的字，不论上下左右，都须连贯才可以。这一点很要紧，须十分注意。不可以只管写一个字，其余的一切不去管它。因为写字要使全体都能够配合，不能单就每个字去看的。

再有一点须注意的：当我们写字的时候，切不可倚在桌上，须使腕高高地悬起来，才可以运用如意。

写中楷悬腕固好，假如肘部要倚着，那也无妨。至于小楷，则可以倚在桌上，不必悬腕的。

四

以上所说的，是写字的初步法门。现在顺便讲讲关于写对联、中堂、横披、条幅……等的方法。

我们写对联或中堂，就所写的一幅字而论，是应该有章法的。普通的一幅中堂，论起优劣来，有几种要素须注意的。现在估量其应得的分数如下：

章法五十分；

字三十五分；

墨色五分；

印章十分。

就以上四种要素合起来，总分数可以算一百分。其中并没有平均的分数。我觉得其差异及分配法，当照上面所分配的样子才可以。

一般人认为每个字都很要紧，然而依照上面的记分，只有三十五分。大家也许要怀疑，为什么章法反而分数占多数呢？就章法本身而论，它之所以占着重要的原因，理由很简单，在艺术上有所谓三原则。即：

（一）统一；

（二）变化；

（三）整齐。

这在西洋绘画方面是认为很重要的。我便借来用在此地，以批评一幅字的好坏。我们随便写一张字，无论中堂或对联，普通将字排起来，或横或直，首先要能够统一，字与字之间，彼此必须相联络互相关系才好。但是单止统一也不能的，呆板也是不可以的，须当变化才好。若变化得太厉害，乱七八糟，当然不好看。所以必须注意彼此互相连络、互相关系才可以的。

就写字的章法而论大略如此。说起来虽很简单，却不是一蹴可就的。这需要经验的、多多地练习，多看古人的书法以及碑贴，养成赏鉴艺术的眼光，自己能常去体认，从经验中体会出来，然后才可以慢慢地养成有所成就。

所谓墨色要怎样才可以？即质料要好，而墨色要光亮才对。还有印章盖坏了，也是不可以的。盖的地方要位置设中，很落位才好。所谓印章，当然要刻得好；印章上的字须写得好。至于印色，也当然要好的。

盖用时，可以盖一颗两颗。印章有圆的方的，大的小的不一，且有种种的区别。如何区别及使用呢？那就要于写字之后再注意盖用，因为它也可以补救写字时章法的不足。

五

以上所说的，是关于写字的基本法则。可当作一种规矩及准绳讲，不过是一种呆板的方法而已。

写字最好的方法是怎样，用那一种的方法才可以达到顶好顶好的呢？我想诸位一定很热心的要问。

我想了又想，觉得想要写好字，还是要多多地练习，多看碑，多看帖才对，那就自然可以写得好了。

诸位或者要说，这是普通的方法，假如要达到最高的境界须如何呢？我没有办法再回答。曾记得《法华经》有云："是法非思量分别之所能解。"我便借用这句子，只改了一个字，那就是"是字非思量分别之所能解"了。因为世间上无论那一种艺术，都是非思量分别之所能解的。

即以写字来说，也是要非思量分别，才可以写得好的；同时要离开思量分别，才可以鉴赏艺术，才能达到艺术的最上乘的境界。

记得古来有一位禅宗的大师，有一次人家请他上堂说法，当时台下的听众很多，他登台后默默地坐了一会儿，以后即说："说法已毕。"便下堂了。所以，今天就写字而论，讲到这里，我也只好说"谈写字已毕"了。

假如诸位用一张白纸（完全是白的），没有写上一个字，送给教你们写字的法师看，那么他一定说："善哉，善哉！写得好，写得好！"

诸位听了我所讲的以后，要明白我的意思——学佛法最为要紧。如果佛法学得好，字也可以写得好的。不久会泉法师要在妙释寺讲《维摩经》，诸位有空的时候，要去听讲，要注意研究。经典要多多地参考，才能懂得佛法。

我觉得最上乘的字或最上乘的艺术，在于从学佛法中得来。要从佛法中研究出来，才能达到最上乘的地步。所以，诸位若学佛法有一分的深入，那么字也会有一分的进步，能十分的去学佛法，写字也可以十分的进步。

今天所说的已经很够了。奉劝诸位：以后要勤求佛法，深研佛法。

劝念佛菩萨求生西方

近印光法师尝云:"飞机炸弹大炮常常有,当此时应精进念佛菩萨名号。不应死者,可消灾免难;若定业不可转——应被难命终者,即可因此生西方。"

以上法师之言,今略申说其意。

念佛(阿弥陀佛),常人惟知生西,但现在亦有利益。

古德尝依经论之义,谓念佛有十大利益(念观世音名号,常人皆知现生获益),故念佛菩萨可避飞机炸弹大炮,亦决定无疑!

常人见飞机来惟知惧,空怕何益?入地洞上山亦无益,惟有诚心念佛菩萨。于十分危险时,念佛菩萨必恳切,容易获感应。若欲免难,惟有勤念佛菩萨——危险时须念,平日亦须念。因平日勤念,危险时更得力。

业有二种,以上且约不定业言。倘定业不可转必须被难命终者,虽为弹炮所伤,亦决定生西。

常人惟知善终(即因病)乃生西,但为弹炮所伤亦可生。因念佛菩萨诚，佛菩萨必来接引，无痛苦生西。须知生西后无苦但乐——衣食自然，居处美丽，常见佛菩萨闻法，乃最好之事。故被伤生西，可谓因祸得福。

无论何人，皆应求生西方。即现在不应死者，暂免灾难，亦不能永久安乐。

娑婆苦。今生尚轻，前几生更苦；此次若尚轻，以后更苦。故欲十分安全，不可专顾目前暂时，必须放开远大眼光求生西方也。

若约通途教义言，应观我身、人、身、山河、大地等皆虚妄不实，飞机、炸弹、大炮等亦当然空无所有。如常人所诵之《必经》、《金刚经》等皆明此义。

《心经》云："照见五蕴皆空，度一切苦厄。"

《金刚经》云："一切有为法，如梦幻泡影，如露亦如电，应作如是观。"

若再详言，应分为空假中三观，复有次第一心之别。但吾人仅可解其义。若依此修观则至困难，即勉强修之，遇境亦不得力。故印光法师劝人专修净土法门也。因此法门易解，人人皆可实行。

故劝诸君须深信《净土法门》，又须于印光法师前所说者，深信不疑，安心念佛菩萨名号，不必忧虑也。

此次与日本抗战，他处皆多少受损害，惟泉州安然，此是诸君念佛诵经之力，故能免一时之危险。但后患方长，不可安心，必须精进念佛菩萨，俾今生命终时，决定生西。乃是十分安全之道也。

略说劝念佛菩萨求生西方，至要至要！

文学精品选

文艺杂谈

李叔同精品选

艺术谈

科学与艺术之关系

英儒斯宾塞曰："文学美术者，文明之花。"又曰："理学者，手艺之侍女，美术之基础。"可见艺术发达之国，无不根据于科学之发达。科学不发达，艺术未有能发达者也。学科中如理科图画，最宜注重。发展新知识、新技能、新事业，罔不根据于是。是知艺术一部，乃表现人类性灵意识之活泼，照对科学而进行者也。

美术、工艺之界说

美术、工艺，二者不可并为一谈。美术者，工艺智识所变幻，妙思所结构，而能令人起一种之美感者也。工艺则注意于实科而已。然究其起点，无不注重于画图。即以美术学校论，以预备画图入手，而雕刻图案、金工铸造各大科中，亦仍注重此木炭、毛笔、用器等画。惟图画之注意，一在应用，一在高尚。故工艺之目的，在实技；美术之志趣，在精神。

摘　绵

摘绵制法，先画一图，不拘花草鸟兽，用色绢剪成小方块，折之以角，层层折叠。如叠花则折长角，鸟羽或用圆角，或用长短角。花梗则用绕绒铜丝。鸟足亦如此。总之，能设色图画者，学习较易。用法或作横挂、屏风、堂幅、照架等类，或堆于绢质花瓶、花篮上，突出如生，色样鲜艳，颇有名贵气。然非善于图画者不辨。女子美术学校盛行之。

堆　绢

堆绢一科，日本称为押绘。先画简笔花鸟于纸，将纸剪下，如式再剪厚纸，以新白棉花堆砌其上。乃用白绢糊之，施以彩色，则堆起如生。（山水人物皆可）然后，或贴于精致木板，或装镜架。日本女子美术学校中，多制此类，为高品盛饰，其实乃传自我国耳！

袋　物

西国小学手工中，袋物一科，极为注重。日本职业女学，亦以此种为一大科，女子依为生计。中分洋纸制、绸布制、皮革制、蒲草编制、藤皮制、麦梗制、竹丝制。色样不一，各适其用。我国旧时女子研究囊类，有所谓发绿袋，前榴后柿等名目，功夫非不精细。惜绘图不精，形式谬误，劳而寡用，故成废弃。此亟当取法改良耳。

西洋通行各式革囊，如大小洋夹、携囊、书包、票夹等，日本仿造，有用似革纸、或布绸类代之，妙法也，亦省钱也。法：用硬衬衬于内，用绸或布或纸糊于外而缝纫之，坚牢虽不如革，而式靡不同。日本如此改造，实因取便于女子之工作，制造既易，出品即多，所以西洋革囊，不能流入日本。我国女工，苟仿行之，亦杜漏卮之一端哉！

绵细工

此种系用铁丝作骨，绵花为肉，包以绵纸，附以羽毛，制成鸟兽草虫之类，小者为儿童玩物，大者如生物立体相同，为小学校教授模型之用。

厚纸细工

此种以西洋厚纸，切成单片，五洲人种、鸟兽雏形，骨格可以装卸，施以彩色。后面印明该物之状态、生理、性质大略以供小学博物科教授所用。

刺　绣

我国刺绣之所以居于劣败之地，其原因有三：（一）习绣者不习画图，故不知若者为章法之美，若者为章法之劣。昧然从事，不加审择。此其一；（二）习绣者不知染丝、染线之法。我国染色丝线，种类不多，于是欲需何色，往往难求。乃妄以他色代之，遂觉于理不合。此其二；（三）不知普通光学。于是阴阳反侧，光线不能辨别，无论圆柱、椭圆、浑圆等物，往往无向背明晦之差，阴阳浅深之别。一望平坦，无半点生活气。此其三。今欲挽救其弊，在使习绣者必习各种图画。知光线最宜辨别，如法施用。若用缺色，用颜料设法自调自染，自不难达绝妙地步。至于绣工，但求像生，似不必再求过于工细。如古时绣件，作者太觉沉闷，且于生理大有妨碍，似可不必学步。观东西洋绣法，不过留意于以上三者，已觉焕然生色矣。

穿 纱

西洋穿纱，犹中国刺纱（俗名触纱），而一变其法也。法：用白纱一方，以囊针（囊针及白纱，洋行均有之），穿色绒线，刺花于纱上，不拘何种图案，均可依画穿花。如制女鞋、儿帽、床帷、帐颜、镜片、画轴、台毡等，花纹均堆起如生。

火 画

火烙画，其法最古。法用细铁针，握手处装以泥团，防其传热。其针在炉中炙红，画于竹木或石上，则焦痕斑斓可观。日本用酒精灯。钢针连于皮管，皮管连于皮球。一面将针烧红，一面将皮球挤出空气。俟皮管、皮球热后，钢笔传热不退。握笔作画，用可长久，不必屡屡更其笔也。今用竹箸式之铁针十余只，装以木柄，烧于炉中，互相更换，亦火画简便之法也。

木炭画

以焦木炭一条（日本东京小川熊野屋发卖），临画肖像及各种标本。其法但抚取大意，摹拟格式，不求精工。此画前预备功夫不可少也。如画一人，骨格之高低，面部之正侧，及肌肉之正反，以木炭之浓淡而显出之，于此最为注意。故近视之，则见错乱无规，远望之，则觉深淡得神。故美术学校之木炭画甚为重要也。

该图画室系圆形，中立一人（或坐或立，各种姿势皆可，亦不拘人物、鸟兽），学生皆环坐，画桌用三足架，仅可安放尺幅，以便临抚。如画人面，各就学生一方面观察临写。故一堂学生所绘人面，正反斜侧，各个不同。

油　画

用彩色油漆与松节油调和，使之深浅浓淡，各得其宜。或画于漆板，或画于漆布，或画于漆纸，皆可。先将白油漆作地，待其干后，再以彩色涂之。或用几种色者，挨次堆砌，视其深浅合宜为最佳。惟画图基础，方能出色。

油画分二种：一写意法，一工致法。学者当从工致法入手，及纯熟之后，然后画写意法。（油漆，日本小川町熊野屋发卖，每小匣洋二元，上海外国书坊亦有之，惟其价目甚贵，不易购买。）

关于图画之研究

小学之画，应以铅笔为主，毛笔作辅助而已。其理由：

（一）笔端坚固，描写最易。

（二）一线描坏，易于从旁改正。

（三）消除失笔之便易。

（四）附属品简单。

（五）便于联络用器画及手工之作图。

（六）便于理化笔记及作文之关系（东西各国，近有以画图作文题者。文中之意，即画中之象也。或一题作毕后，即以题中之意画于后也）。

（七）便于实物写生（东西各国之写生画，其课堂长方形，学生环坐四周。中置一桌，桌上置实物。各生所画者各不同，因实物有高低左右之别也）。

（八）便于校外教授时记录（教师每率群生，至校外荒野之地。见植物，即使各生观察详细。呼口令排成扇形，各出铅笔以摹之也）。

（九）与垩笔类似，便于摹仿（垩笔即粉笔）。

图画之种类

（一）随意画；

（二）临画；

（三）写生画；

（四）速写画；

（五）记忆画；

（六）默写画；

（七）图案画；

（八）自由画；

（九）补笔画：

（十）订正画；

（十一）透写画；

（十二）改作画。

随意画者，初等小学第一学年所用。无论圆方形，随己意也。

临画者，用画本临摹也。

写生画者，或山或水，或花木，描摹形态，有阴阳明暗之别。

速写画者，如偶见某物，用极简单之速笔，摹其形也。

记忆画者，画以前画过者。无论何物，随各人记忆而画出之。

默写画者，如欲画一桃子，教师不即言明，只云有某物，叶形如何，梗形如何，果形如何，使学生默画之。

图案画者，大抵系工业上所应用之花纹，最有实用，宜极力提倡之。

自由画者，令各生自随己意，欲画何物而画之也。

补笔画者，教师画一物，有意少画几笔，使学生补之。

订正画者，教师所画之画形，有意误画之，使学生订正。

透写画者，即印范本而画也。此法不可常用，恐养成依赖性也。

改作画者，如画成不分浓淡之毛笔画，用铅笔改正其阴阳、明暗、反正之形态也。

手工与图案

将纸折成一物，贴于画图纸旁，按而临之。此手工与图画浑而为一，养成实业思想之起点，谓之手工画。图案则非仅以目前所见之物而摹写之，如欲绘一花纹，不依据旧法，独凭巧思所构。初用画尺、铅笔、圆规三物。翻变花样，运用不穷，由浅及深，非研究用器画不可。要而言之，讲求工艺，此种画最为重要。试看外国花纸样本，五金雕刻，瓷器翻新，绸绒提花等类，无一不由此入手。

中西画法之比较

西人之画，以照相片为蓝本，专求形似。中国画以作字为先河，但取神似，而兼言笔法。尝见宋画真迹，无不精妙绝伦。置之西人美术馆，亦应居上乘之列。

中画入手既难，而成就更非易易。自元迄今，称大家者，元则黄、王、倪、吴，明则文、沈、唐、仇、董，国朝则四王及恽、吴，共十五人耳。使中国大家而改习西画，吾决其不三五年，必可比踪彼国之名手。西国名手倘改习中画，吾决其必不能遽臻绝诣。盖凡学中画而能佳者，皆善书之人。试观石田作画，笔笔皆山谷；瓯香作画，笔笔皆登善。以是类推，他可知矣。若不能书而求画似，夫岂易得哉！是以日本习汉画者极多，不但无一大家，即求一大名家而亦不可得，职此之故，中国画亦分远近。惟当其作画之点，必删除目前一段境界，专写远景耳；西画则不同，但将目之所见者，无论远近，一齐画出，聊代一幅风景照片而已。故无作长卷者。余尝戏谓，看手卷画，犹之走马看山。此种画法，为吾国所独具之长，不得以不合画理斥之。

焦画法

焦画器械，为现在泰西最盛行之画具，又为最良之娱乐。故于绅士淑女间，颇欢迎之。殊不让油绘、水彩画与写真术也。

此器械因药品之作用，以火烧"ブテヂナ"之针，能在木、竹、象牙、角、革、厚和洋纸、天鹅绒等材料上作人物、花鸟、风景、模样（即图案）等，不论中西画法，皆能合式，可随意为之。

但在绒类上，须别用"镘"，套于针笔上。

器械有两种：

第一种：挥发坛，橡皮装送气器、橡皮管、酒精灯、针柄、针笔。

第二种：与第一种同，但不用酒精灯。仅于挥发坛塞子上装成灯头，可以点火，代酒精灯用。

注意，第一种使用法：

先将挥发油入于挥发坛中，将塞子塞好。再将酒精灯点起来，以右手握针柄（针须先冠好），在酒精灯上将针尖烧红为止。再以左手轻轻握送气器数回（但预先必须将橡皮管安在坛上），此时针尖火力加热放炎，酒精灯即可吹灭。但左手须握送空气不绝，则针尖之热炎必不至减少。又握力之强弱，与热炎之强弱有关系，作画时用笔有轻有重，须以握力为之也。

炭画法

用品

炭笔　炭笔略分三号（又名画图铅）：一号坚而淡，用画轻细线；二号乃通用者；三号软而黑，用画深浓处。

纸卷皮卷　用灰色纸卷制成者，谓之纸卷；用鹿皮制成者，谓之皮卷。皆藉以染炭笔之煤也。其深浓处，可用纸卷以加重，轻淡处则用皮卷以擦匀。

炭画放大法　放照欲求逼肖，须用九宫格，将干板浸入苏打水内，干板即成透明（软片及千层纸亦可）。将有药一面划成方格，乃为放照之主要品。

炭画保存法　将画成之照，取直蜡丁宜（洋菜及石花菜亦可）溶化于水，再加酒精十分之三，取其易干，用喷水管吹入画面，庶炭不脱落，可保久存。

注意　喷水管之制法，将细玻管两只，一长一短，合成曲尺形，长者一端略尖。

普通图画教育

是编前半，大致据黑田氏在经纬学堂所讲述者为蓝本。后半则多采他家之说，或加以管见。行文力求浅显，便初学也。初次起稿，信手挥写，不分章节。俟他日全编脱稿后，当再加以订正也。

图画为一种专门之学问，高深精微，无穷无尽。非吾辈浅学者所敢妄论，今择其关于普通教育之浅近者，述之如下。

图画与教育之关系及其方法

各科学非图画不明，故教育家宜通图画。学图画尤当知其种种之方法。如画人体，当知其筋骨构造之理，则解剖学不可不研究。如画房屋与器具，当知其远近距离之理，则远近法不可不研究。又，图画与太阳有最切之关系，太阳光线有七色，图画之用色即从此七色而生，故光学不可不研究。此外又有美术史、风俗史、考古学等，亦宜知其大略。

图画之目的

（甲）随意　凡所见之物，皆能确实绘诸纸上，故凡名山大川、珍奇宝物，人力所不能据为己有者，图画家则可随意掠夺其形色，绘入寸幅。长房缩地之术，愚公移山之能，图画家兼擅之矣。

（乙）美感　图画最能感动人之性情。于不识不知间，引导人之性格入于高尚优美之境。近世教育家所谓"美的教育"，即此方法也。

西洋画法草稿（一）

西洋画之类别

西洋画之类别，或依题目分之，或依技工分之，或依画幅分之。其依题目分者，表如左：（略）

依技工分者，表如左：（略）

依画幅分者，分大、中、小三等。此外，又有密画一种，为画幅之最小者。

以上之类别，据哈德曼氏所定。译名多从日本旧译。亦有以己意改订者。其定名之意义与界限，简略述之如下，以备初学者参考。

西洋画法讲义

总　论

天地万物，皆具自然之美。凡吾人目所见者，可以自由模写。其模写之美恶，实与其技术之巧拙相关系。非自然物有美恶之别也。

故作画者首重视力，辨别宜精细。

对于自然物，宜忠实，不可杜撰。学画之人往往有中途辍业者，皆由于薄视自然。故取法自然，为学画者第一义。

趣味人各不同。名手画家有专写下等社会之形状，及污秽之物者，然其趣味自高雅。盖绘画之趣味虽关于天然物，亦关于作画者之素养。记忆力亦重要。太阳之光线随时变化，吾人所见之自然物亦因之变化。无记忆力，必不能画瞬间之美。

初学描画，当知准备，今述之如下：

第一，位置：位置分两种：（一）天然之位置，如河海山林等。（二）

人工之位置，如静物画之类，皆由人手定其位置者是。然人工之位置，须成自然之形。倘位置无法，画笔虽巧，亦不能成为佳作。（详细见后构图说）。

第二，形：凡物以形为基础。绘画尤重形。故不能作正确之形者，必不能作画。画形须由大处着眼。

形成然后求面。初学作画，尤须着意画面。如明暗、平立等是。

第三，调子：凡表明物之圆扁、远近、软硬等色彩浓淡之度，谓之调子。

调子之原则，凡最明处所接之阴面必最暗，凡最暗处所接之阳面必最明。

又，近处明暗共强，远处明暗共弱。

学画调子，必须由大处着眼。

调子分强调子、弱调子；明调子、暗调子。初学作画，宜强宜明。

又，表明远近调子之原则，即近景最明，中景暗，远景较近景暗，较中景明。又如近处最暗，中景明，远景较中景稍暗。

第四，色：色与调子不可离，当与调子同时研究。

于画面之上，分色之善恶，有二种：

（一）画面全体之色；

（二）画面一部分之色。

但二者之中，以第一种为重。倘一部分之色虽佳，全体之色甚恶，决非佳作。

色彩当取法天然，多用暖色为宜。绘画大家，或有喜多用冷色者，然初学大不相宜。

暖色赤黄之类。

冷色青绿之类。

此外，又分透明色、不透明色、半透明色三类。

透明色如 Pink Madder 等

不透明色 Vermilion 等

半透明色 Cobalt 等

一般画家每于阴面用透明色，于阳面用不透明色。但彼此混用，亦无不可。

初学作画之色彩，宜华丽。绘画大家有专用涩色者，初学大不相宜。

第五，画题：画家作画，必先有画题。但练习作画时，可以不用。

第六，主客：一幅绘画之内，必有主客。如画人物，以人物为主，人物以外者皆为客；如描几上之果物，以果物为主，其旁所有之玻璃杯等，皆为客。作画时，不可以客位夺主位。务使主客分明为要。

第七，构图：以前所述之主客，为构图第一要义。否则，看画者之目力，不能专注于画面之一处、其画即失之于散漫无章。

（未完）

羽造花

日本造花店，用各种鸟毛，染以彩色；花瓣剪成圆形，叶片形式，各如其花之形态而定。闻染色之时用胶水涂之，取其鲜明而牢固。南京劝业会暨南馆亦有之，但不如日本所造之佳。

丁香编物

新加坡教会女学堂中，以丁香编织各物为最妙。如花篮、花瓶、小船、镜架等种种，以丁香穿于细铜丝，扎成细工。古雅芳香，甚为可爱。

通花剪花

绘水彩画于大通草上，则通草经受湿处，花纹自然突起，依样剪下，粘贴于鸟绒之上，装于镜架，十分美观。曾见于直隶馆中。

木嵌画

用各种天然有色之木，依山川形色而雕刻之，亭台木石，深深浅浅，镶刻于白木之中，而又以彩色烘托之。思想高尚，何与伦比。日本东京艺术学会有此制品。

冻石画

浙江温州所制之冻石画，其法与木嵌画同。用各色之冻石，雕刻各种人物山水，镶嵌于木屏中，凹凸玲珑，真奇妙也。

铁画

温州亦产铁画。用细铁条，锤成梅兰竹菊，或简易山水，涂以光漆，用白木屏装嵌于其上，远望花纹突起，苍古异常。

麦杆画

工艺馆有阙尹氏所制麦杆画。用麦柴劈为细丝，先用胶水画工细人物于绢上，将麦丝按图细腻匀贴，丝毫无误。真创见之作也。

美术界杂俎

世界名优亨利阿文格氏

氏英人,今年十月十四日以急病死,英王、美大统领佥致词吊唁。氏生时,于学靡不窥,肄业达柏林、康布利几两大学,授文学博士号。又,格辣斯大学授法律博士号。以故盛名传遐迩。日本名优游英者,无不以得亲颜色为幸。氏性高尚,善雄辩。登场献技,喜为悲剧之音,与日本团十郎相仿佛。英国剧界改良,氏之力为多。今赍志以没,识者佥谓英国丧一大光明云。

日本洋画大家三宅克已氏

氏阿波国德岛人。幼时酷嗜绘画,殆废寝食。十七岁,游于大野幸彦氏之门,专修洋画。明治二十四年,氏看英人今勃利氏水彩画展览会,忽发感触，遂决定专门研究水彩画。顾日本工此者鲜，靡自取法。后往欧美，与彼都名士游，究心探讨，其技以是大成。归国后画名益著，推为水彩画之山斗。氏著作甚富，余所及见者数种，附志于左。世有同好，愿先睹焉。

日本洋画杂志一斑

日本画派有两种：日本画、洋画。日本画发达最早，已出版之杂志，不下数十种。洋画近年始发达，进步甚迅，杂志出版者亦有十余种。右所记载，不无挂漏，然亦可窥见一斑矣。

日本近日美术会汇记

日本美术协会第三十八回展览会，在上野同会列品馆，由十月十一日至十一月三十日止。

日月会展览会，由八月十五日至九月二十八日止，在上野第五号开会。出品之种类：绘画、雕塑、图案、新古参考品等。新作中最著者，有根本雪逢氏之花鸟屏风一双，小川荣达氏之美国贵宾入京、两国川开等。

白马会展览会由九月二十一日开会，在上野。新作品有和田英氏之《衣通媛》、冈田三郎助氏之《神话》、中泽弘光氏之《风景》、小林千古氏之《寺院之装饰》、《巴里之色》、《日本之色》等。

二叶会例会八月十二日开，在本乡麟祥院。出品之画，受赏者，一等，高桥广湖；二等，那须丰庆；三等，中仓玉翠。

日本绘叶书展览会由九月十八日开会。每日入场观览者，有五百余人，可云极盛。（绘叶书即邮政片加以绘画者。）

东京音乐学校音乐会十月二十八日开会。

（一）管弦合奏 Ouverture "IkhigeniainAulio"。

（二）合唱

（甲）光由东方；

（乙）墓前之母；

（丙）菊之杯。

（三）（甲）管弦合奏 Menuett；

（乙）弦乐合奏 Serenade。

（四）独唱 Oria。唱者，研究科女学生小室千笑。

（五）洋琴管弦合奏 Concerts。

（六）管弦合奏

（甲）Marchefunebre；

（乙）Sohengrin。

（七）唱歌、管弦合奏鞭声肃萧。

释美术

兹有告者，游艺会节目，分手工部为美术手工、教育手工、应用手工，云云。似未适当。某君评语，"手工宜注意恩物一门，勿重美术"，是亦分手工恩物与美术为二，似为不妥。西学入中国，新名词日益繁，或袭日本所译，或由学者所订，其能十分适当者，盖鲜。学子不识西字，仅即译名之字义，据为定论者，姑无论已。或深知西字，而于原字种种之意义，及种种之界限，未能明了，亦难免指鹿为马也。美术之字义，西儒解释者众，然多幽玄之哲理。非专门学者，恒苦不解。今姑从略。请以通俗之说，述之如下：

美，好也，善也。宇宙万物，除丑恶污秽者外，无论天工、人工，皆可谓之美术。日月霞云，山川花木，此天工之美术也；宫室衣服、舟车器什，此人工之美术也。天无美术，则世界浑沌；人无美术，则人类灭亡。泰古人类，穴居野处，迄于今日，文明日进。则美术思想有以致之。故凡宫室衣服，舟车器什，在今日，几视为人生所固有，而不知是即古人美术之遗物也。古人既制美术之物，遗我后人。后人摹造之，各竭其心思智力，补其遗憾，日益精进，互以美术相竞争。美者胜，恶者败，胜败起伏，而文明以是进步。故曰，美术者，文明之代表也。观英、法、德诸国，其政治、军备、学术、美术，皆以同一之程度，进于最高之位置。彼目美术为奢华，为淫艳、为外观之美者，是一孔之见，不足以概括美术二字也。

综而言之，美术字义，以最浅近之言解释之，美，好也；术，方法也。美术，要好之方法也。人不要好，则无忌惮；物不要好，则无进步。美术定义，如是而已！

以手制物，谓之手工。无术不能成。恩物亦手工中之一门，以手制造者，故恩物亦无术不能成。此固尽人皆知，非仆所强为牵合者。手工恩物既无术不能成，而独晓晓以重美术为戒，夫万物公例无中立，嗜美嗜恶，必居其一。不重美术，将以丑恶污秽为贵乎，仆知必不然也。

以上所解释美术者，虽属广义，然仆敢断定，手工恩物为应用美术之一种，此固毫无疑义者也。

美术之定义与界限，以上所言者，不过十之二三。他日有暇，当撰完全之美术论，以备足下参考。

辛丑北征泪墨

　　游子无家，朔南驰逐。值兹离乱，弥多感哀。城郭人民，慨怆今昔。耳目所接，辄志简编。零句断章，积焉成帙。重加厘削，定为一卷。不书时日，酬应杂务。百无二三，颜曰：《北征泪墨》，以示不从日记例也。辛丑初夏，惜霜识于海上李庐。

光绪二十七年春正月，拟赴豫省仲兄。将启行矣，填《南浦月》一阕海上留别词云：

　　杨柳无情，丝丝化作愁千缕。惺忪如许，萦起心头绪。谁道销魂，尽是无凭据。离亭外，一帆风雨，只有人归去。

越数日启行，风平浪静，欣慰殊甚。落日照海，白浪翻银，精采眩目。群鸟翻翼，回翔水面。附海诸岛，若隐若现。是夜梦至家，见老母室人作对泣状,似不胜离别之感者。余亦潸然涕下。比醒时,泪痕已湿枕矣。

途经大沽口,沿岸残垒败灶,不堪极目。《夜泊塘沽》诗云:

杜宇声声归去好,天涯何处无芳草。春来春去奈愁何?流光一霎催人老。

新鬼故鬼鸣喧哗,野火磷磷树影遮。月似解人离别苦,清光减作一钩斜。

晨起登岸,行李冗赘。至则第一次火车已开往矣。欲寻客邸暂驻行踪,而兵燹之后,旧时旅馆率皆颓坏。有新筑草舍三间,无门窗床几,人皆席地坐,杯茶盂馔,都叹缺如。强忍饥渴,兀坐长喟。至日暮,始乘火车赴天津。路途所经,庐舍大半烧毁。抵津城,而城墙已拆去,十无二三矣。侨寄城东姚氏庐,逢旧日诸友人,晋接之余,忽忽然如隔世。唐句云:"乍见翻疑梦,相悲各问年。"其此境乎!到津次夜,大风怒吼,金铁皆鸣,愁不成寐,诗云:

世界鱼龙混,天心何不平!岂因时事感,偏作怒号声。烛尽难寻梦,春寒况五更。马嘶残月坠,笳鼓万军营。

居津数日,拟赴豫中。闻土寇蜂起,虎踞海隅,屡伤洋兵,行人惴惴。余自是无赴豫之志矣。小住二旬,仍归棹海上。

天津北城旧地,拆毁甫毕。尘积数寸,风沙漫天,而旷阔逾恒,行道者便之。

晤日本上冈君,名岩太,字白电,别号九十九洋生,赤十字社中人,今在病院。笔谈竟夕,极为契合,蒙勉以"尽忠报国"等语,感愧殊甚。因成七绝一章,以当诗云:

杜宇啼残故国愁，虚名遑敢望千秋。男儿若论收场好，不是将军也断头。

越日，又偕赵幼梅师、大野舍吉君、王君耀忱及上冈君，合拍一照于育婴堂，盖赵师近日执事于其间也。

居津时，日过育婴堂，访赵幼梅师，谈日本人求赵师书者甚多，见予略解分布，亦争以缣素嘱写。颇有应接不暇之势。追忆其姓名，可记者，曰神鹤吉、曰大野舍吉、曰大桥富藏、曰井上信夫、曰上冈岩太、曰塚崎饭五郎、曰稻垣几松。就中大桥君有书名，予乞得数幅。又丐赵师转求千郁治书一联，以千叶君尤负盛名也。海外墨缘，于斯为盛。

北方当仲春天气，犹凝阴积寒。抚事感时，增人烦恼。旅馆无俚。读李后主《浪淘沙》词"帘外雨潺潺，春意阑珊。罗衾不耐五更寒"句，为之怅然久之。既而，风雪交加，严寒砭骨，身着重裘，犹起栗也。《津门清明》诗云：

一杯浊酒过清明，觞断樽前百感生。辜负江南好风景，杏花时节在边城。

世人每好作感时诗文，余雅不喜此事。曾有诗以示津中同人。诗云：

千秋功罪公评在，我本红羊劫外身。自分聪明原有限，羞从事后论旁人。

北地多狂风，今岁益甚。某日夕，有黄云自西北来，忽焉狂风怒号，飞沙迷目。彼苍苍者其亦有所感乎！

二月杪，整装南下，第一夜宿塘沽旅馆。长夜漫漫，孤灯如豆，填《西江月》一阕词云：

残漏惊人梦里，孤灯对景成双。前尘渺渺几思量，只道人归是谎。谁说春宵苦短，算来竟比年长。海风吹起夜潮狂，怎把新愁吹涨。

越日，日夕登轮。诗云：

感慨沧桑变，天边极目时。晚帆轻似箭，落日大如箕。风卷旌旗走，野平车马驰。河山悲故国，不禁泪双垂。

开轮后，入夜管弦嘈杂，突惊幽梦。倚枕静听，音节斐靡，飒飒动人。昔人诗云："我已三更鸳梦醒，犹闻帘外有笙歌。"不图于今日得之。

舟泊烟台，山势环拱，帆樯云集，海水莹然，作深碧色。往来渔舟，清可见底。登高眺远，幽怀顿开。诗云：

澄澄一水碧琉璃，长鸣海鸟如儿啼。晨日掩山白无色，□□□青天低。

午后，偕友登烟台岸小憩，归来已日暮。□□□开轮。午餐后，同人又各奏乐器，笙琴笛管，无美不□。迭奏未已，继以清歌。愁人当此，虽可差解寂寥。然河满一声，奈何空唤；适足增我回肠荡气耳。枕上口占一绝，云：

子夜新声碧玉环，可怜肠断念家山。劝君莫把愁颜破，西望长安人未还。

中国学堂课本之编撰

学堂用经传,宜以何时诵读,何法教授,始能获益?

吾国旧学,经传尚矣。独夫秦汉以还,门户攸分,人主出奴,波未已。逮及末流,或以笺注相炫,或以背诵为事。骛其形式,舍其精神。而矫其弊者,则又鄙经传若为狗,因噎废食,必欲铲除之以为快。要其所见,皆偏于一,非通论也。乃者学堂定章,特立十三经一科。迹其方法,笃旧已甚,迂阔难行,有断然者。不佞沉研兹道有年矣,姑较所见,以着于篇。知言君子,或有取于是焉。

(甲)区时。我国旧俗,乳臭小儿,入塾不半稔,即授以《学》、《庸》。夫《大学》之道,至于平天下,《中庸》之道极于无声臭,岂弱龄之子所及窥测!不知其不解而授之,是大愚也。知其不解而强授之,是欺人也。今别其次序,区时为三:一蒙养,授十三经大意。此书尚无编定本,宜由通人撮取经传纲领总义,编辑成书。文词尚简浅,全编约三十课。每课不逾五十字,俾适合于蒙养之程度。凡蒙学堂末一年用之,每星期授一课,一年可读毕三十课,示学者以经传之门径。二小学,授

《孝经》、《论语》、《尔雅》。《孝经》为古伦理学，虽于伦理学全体未完备，然其程度适合小学。《论语》为古修身教科书，于私德一义，言之綦翔。庄子称"孔子内圣之道在《论语》"，极有见。《尔雅》为古辞典，为小学必读之书。读此再读古籍，自有左右逢源之乐。三中学，授《诗》、《孟子》、《书》、《春秋》三《传》、三《礼》、《易》、《中庸》。《诗经》为古之文集（章诚斋《诗教篇》翔言之）。有言情、达志、敷陈、讽谕、抑扬、涵泳诸趣意，宜用之为中学唱歌集。其曲谱取欧美旧制，多合用者。（余曾取《一剪梅》、《喝火令》、《如梦令》诸词，填入法兰西曲谱，亦能合拍。可见乐歌一门，非有中西古今之别。）如略有参差，则稍加点窜，亦无不可。欧美曲谱，原有随时编订之例，毋待胶柱以求也。《孟子》于政治、哲学金有发明。近人有言曰："举中国之百亿万群书，莫如《孟子》"，持论至当。《书经》为本国史，《春秋》三《传》为外交史，皆古之历史也。刘子元判史体为六家，而以《尚书》、《春秋》、《左传》列焉，可云卓识。三《礼》皆古制度书，言掌故者所必读。晰而言之，《周礼》属于国，《仪礼》属于家，《礼记》条理繁富，不拘一格，为古学堂之普通读本。此其异也。若夫《易经》、《中庸》，同为我国古哲学书。汉儒治《易》喜言数，宋儒治《易》喜言理。然其立言，皆不无偏宥，学者宜会通观之。《中庸》自《汉书·艺文志》裁篇别出，后世刊行者皆单行本。其理想精邃，决非小学所能领悟，中学程度授之以此，庶几近之。

（乙）窜订。笃旧小儒，其斥人辄曰："离经叛道"，是谬说也。经者，世界上之公言，而非一人之私言。圣人不以经私诸己，圣人之徒不以其经私诸师。兹理至明，靡有疑义。后世儒者，以尊圣故，并尊其书。匪特尊其书，并其书之附出者亦尊之，故十三经之名以立。而扬雄作《法言》，人讥其拟《论语》；作《太玄》，人讥其拟《易》。王通作《六籍》，人讥其拟圣经。他若毛奇龄作《四书改错》，人亦讥其非圣无法。以为圣贤之言，亘万古，袤九垓，断无出其右者，且非后人可以拟议之者。虽然，前人尊其义，因重其文；后儒重其文，转舍其义。笺注纷出，门户互争。《大学》"明德"二字，汉儒据《尔雅》，宋儒袭佛典，其考据动数千言。秦延君说《尧典》篇目，两字之说十万言。说"曰若稽古"四字三万言。甚至一助词、一接续词之微，亦反复辩论，不下千言。一若前人所用一助词、一接续词，其间精义，已不可枚举。亦知圣贤之微言大义，断不在此区区文字间乎！矧夫晚近以还，新学新理，日出靡已，所当研究者何限，其理想超轶我经传上者又何限！而经传所以不忍遽废者，亦以国粹所在耳。一孔之儒，喜言高远，犹且故作伟论，强人以难。夫强人以难，中人以下之资，其教育断难普及，是救其亡，适以促其亡也。与其故作高论促其亡，曷若变通其法蕲其存！变通其法，舍删窜外无他求。删其冗复，存其精义；窜其文词，易以浅语，此删窜之法也。若夫经传授受之源流，古今经师之家法，诸儒笺注之异同，必一一研究，最足害学者之脑力，是求益适以招损。今编订经传释义，皆以通行之注释为准，凡异同之辨，概付阙如，免淆学者之耳目。此订正之法也。

《孝经》、《论语》皆小学教科书，删其冗复，存者约得十之六七。易其章节体为问答体（如近编之《地理问答》、《历史问答》之格式是）。眉目清晰，条理井然，学者读之，自较章节体为易领会。唯近人编辑问答教科书，其问题每多影响之处。答词不能适如其的，不解名学故也。脱以精通名学者任编辑事，自无此病。

《尔雅》前四篇，鲜可删者，其余凡有冷僻名词不经见者，宜酌为删去。原文简明，甚便初学，毋俟润色。《尔雅图》，可以助记忆之力，宜择其要者补入焉。

《诗经》作唱歌用，体裁适合，无事删润。

《孟子》亦宜改为问答体，删润其原文，以简明为的。近人《孟子微》，颇有新意，可以参证。

《尚书》原文，最为奥衍。宜用问答体，演成浅近文字。

《春秋》三《传》，唯《左传》纪事最为翔实。刘子元《申左篇》尝言之矣。今当统其事实之本末，编为问答体（或即用《左传纪事本末》为蓝本，而删润其文）。以为课本。其《公》《谷》二《传》，用纪事本末体，略加编辑，作为参考书。

近人孙诒让撰《周礼政要》，取舍綦当，比附亦精，颇可用为教科书。近今学堂用者最多。唯论词太繁。宜总括大义，加以润色。每节论词，不可逾百字。

《仪礼》宜删者十之八，仅通大纲已足。《礼记》宜删者十之六。以上两种，皆用问答体。

我国言《易》、《中庸》，多涉理障。宜以最浅近文理，用问答体为之。日儒著《支那文明史》、《支那哲学史》，言《易》理颇有精义，可以参证。

问答体教科书，欧日小学堂有用之者。我国今日既革背诵之旧法，而验其解悟与否，必用问答以发明。唯经传意义艰深，条理紊杂，以原本授学者，行问答之法，匪特学者不能提要钩元，为适合之答词，即教者亦难统括大意，为适合之问题。（今约翰书院读《书经》、《礼记》、《孟子》、《论语》等，金用原本教授，而行问答之法。教者、学者两受其窘。）吾谓，编辑经传教科书，泰半宜用问答体，职是故也。

乌乎，处今日之中国，吾不敢言毁圣经，吾尤不忍言尊圣经。曷言之？过渡时代，青黄莫接。向之圣经，脱骤弃之若敝屣，横流之祸，吾用深惧。然使千百稔后，圣经在吾国犹如故，而社会之崇拜圣经者，亦如故。是尤吾所恫心者也。不观英儒颉德之言乎："物不进化，是唯母死。死也者，进化之母。其始则优者胜，劣者死，厥后最优者出。向所谓优者，亦寝相形而劣而死。其来毋始，其去毋终。递嬗靡已，文化以进。"我族开化早于他国，二千稔来，进步盖鲜。何莫非圣经不死有以致之欤！一孔之士，顾犹尊之若鬼神，宝之若古董，譬诸日月经天，江河行地。是亦未审天演之公例也。前途茫茫，我忧孔多。撰《学堂用经传议》既竟，附书臆见如此。愿与大雅宏达共商榷焉。

行己有耻使于四方不辱君命论

　　间尝审时度势，窃叹我中国以仁厚之朝，而出洋之臣，何竟独无一人能体君心而达君意者乎？推其故，实由于行已不知耻也。《记》曰："哀莫大于心死。"心死者，诟之而不闻，曳之而不动，唾之而不怒，役之而不惭，刲之而不痛，縻之而不觉。则不知耻者，大抵皆心死者也。其行不甚卑乎！

　　……然而我中国之大臣，其少也不读一书，不知一物，以受搜检。抱八股韵，谓极宇宙之文。守高头讲章，谓穷天人之奥。是其在家时已恬然无耻也。即其仕也，不学军旅，而敢于掌兵。不识会计，而敢于理财。不习法律，而敢于司理。瞽聋跛疾，老而不死；年逾耄颐，犹恋栈豆。接见西官，栗栗变色。听言若闻雷，睹颜若谈虎。其下焉者，饱食无事，趋衙听鼓，旅进旅退，濡濡若驱群豕，曾不为耻。

　　是其行已如是。一旦衔君命，游四方……见有开矿产者，有习格致者，有图制作者，彼将曰区区小道，吾儒不屑为也。其实彼则不识时务者也。……此所以辱君命者。然则所耻者何？亦耻己之所不能者耳。己之所不能者，莫如各国之时务。首考其地理，次问其风俗，继稽夫人心。又必详察夫天文，观其分野而知其地舆。今日者，人臣苟能于其所不能而耻者……使于四方，又何至贻强邻之讪笑，而辱于君命乎？

吾尝考之：苏武使匈奴，匈奴欲降之，武不从，置窖中六日，武啮雪得不死。又迁之北海，卒不屈。是其不辱君命，非其行已有耻故乎！……虽羞恶之心，人皆有之。而何以今天下安于城下之辱，陵寝之蹂躏，宗社之震恐，边民之涂炭，而不思一雪，乃托虎穴以自庇。求为小朝廷，以乞旦夕之命，非明明无耻乎？朝睹烽燧，则苍黄瑟缩；夕闻和议，则歌舞太平。其人犹谓为有耻不得也。

乾始能以美利利天下论

《易》云："乾始能以美利利天下。"吾盖三复其词，而叹天之生材，有利于天下者，固不乏也，况美利乎！而今天下之美利，莫外于矿产，而中国之矿产，尤盛于他国。今山东之矿已为他人所笼。山西之矿，亦为西商所觊。若东三省之金，湖南、四川、云南，以及川滇界夷地番地之五金煤炭，最为丰饶。他省亦复不少。

……有矿之处，宜由绅商公议，立一矿学会。筹集斧资，公举数人出洋，赴矿学堂学习数年，学成回华，再议开采。察矿之质性，而后采矿。能不用西师固善，即仍用西师，我亦可辨其是非而不为所欺。……中国近年来部库空虚，司农几乎束手，而实逼处此，又不能不勉强支持。以故款愈绌而事愈多，事愈多而费愈重。除军警之饷需、文武之廉俸、各局厂委员司事之薪水、工食诸正款概不计算外，他若修铁路也、立学堂也、定造兵轮、购办枪炮，以及子弹火药也，种种要需，均属万不得已。

……扼要之图，厥有四事：

一曰习矿师。开矿之法，识苗为先。当日所延矿师，半系外洋无赖，夸张诡诈，愚弄华人，婪薪俸数万金，事后则飘然竟去。滇南延诸日本，受弊亦同。必须令出洋学生专门学习，参以西法，精心考验，明试以功，斯则丱人之选也。

二曰集商本。近日集股之事，闻者咸有戒心。苟有亏蚀，查究着偿。股票由商部印行，务使精美，不能作伪，乃能取信于民也。

三曰弭事端。众逾千人，派兵弹压，并矿丁团练，以防未然。秩之崇卑，视矿之大小，督抚兼辖。矿政如盐政之例，以一事权。矿中危险颇多，仍参仿西国章程办理。

四曰征税课。矿税不能定额，情形时有变迁，宜略仿泰西二十分抽一，信赏必罚，酌盈剂虚，因时制宜，随地立法。事之济否，首在得人矣。

……盖以士为四民之首，人之所以待士者重，则士之所以自待者益不可轻。士习端而后乡党视为仪型，风俗由之表率。务令以孝悌为本，才能为末。器识为先，文艺为后。

论语言之齐一

我国各地交通不便，语言因以参差。今汽车、汽船既未遍通，有何良策能使语言齐一欤？

语言之变迁，其与进化相关系欤！荒裔野人，匪谙言词。蟠屈其指，作式以代。蛮野之状，吾不论矣。独夫弱劣之族，啙窳寡识。国语歧异，每不相埒。又其甚者，邻毗之间，家各异言。室人告语，他人闻之，辄为瞠目。既靡合群之力，无复爱国之想。澌灭之原，实基于是。黑奴红种，其彰彰者。惟我祖国，语言杂遝；外人著述，颇有以是相讥讪者。晚近以还，躠踔之士，佥稔语言歧异之为我国大谬也，于是有改良语言之议。虽然，谋之不臧，获效靡自，余心恫焉。不揣梼昧，为撰中国语言齐一说。

语言岂历久而不变者欤？究语言之学，考世界国语所肇祖，奚不出自一干。乃递嬗递变，迄于今兹，其种类盖三千有奇矣。虽然，古昔之时，交通隔绝，其日趋于异也固宜。今则舟车交驰，千里俄顷。交通之利，邃古所无。向之由同而异者，今且有由异而同之势焉。特由异而同，其为变盖渐，匪吾人所及穷诘。然吾敢言，京垓年岁后，世界言语必有大同之一日也。我国国语，凡涉及新学术、新制造、新动植物，多假他国字音以为名，此亦一证。以一国言之，其变迁之迹，尤为凿凿可据。日本九州岛大阪，语言向与东京不相符。乃自交通频繁，不十余稔，骎骎有划一之风。变迁之迅，盖有如此。若以我国言之，进步之迅，远不逮日本。然其迹亦有可按者。自遂古迄近世，黄河流域，若豫，若鲁，若燕，若晋，若秦，佥为帝都，举中原衣冠之士凑集焉。故其语言多相若。厥后，隋炀浚运河，南北统一，而南方之语言一变。金陵为帝都垂四百年，长江之交通日繁，而南方之语言又一变。迄今长江流域与黄河流域之语言，相似者多，职是故也。自兹而外，若滇，若黔，若粤西，其民族土著盖鲜，来自他乡者居泰半，故语言变迁最着，无撑犁孤涂之病。若夫吴越南境，闽南粤东两省，晚近交通始盛，语言之变迁，犹未显着，故与他省较然不相似。以上所言，盖其大略。晰而言之，彼黄河、长江流域之语言，虽曰略同，岂无歧异者在？矧夫以全国计之，语言之歧异者，实居其多数也。语言歧异，为国之羞。齐一之法，夫何可缓！汽船、汽车，既未遍通，听诸天然，近效莫得。无已，其假诸人力乎！

假诸人力，必自教育始矣。教育之道有二：（甲）设官话学堂；（乙）学堂设官话学科。准兹二者，则乙为优。设官话学科于中学、小学，不若设于蒙学。年愈稚，习语言愈易，其利一；教育普及，其利二；习此可以兼通文法大纲，官话教科书中，单字依文法大纲排列。其利三；蒙学毕业入小学，即一例用官话，凡寻常应对，课堂授受，无须再用土白，其利四；此其学制也。若夫教授之法，近人论者盖鲜。然以华人授外人土白之例行之，则未可也。今拟教授之法数端如左：

一、设官话师范讲习所。择通达国文而能操纯官音者，官音以北京官音为准，非指各地官音；言亦非指北京土音言。其间区别，通北京语言者，自能辨之。入堂讲习，授以教授之方法。盖精于语言者，未必长于教授。故师范讲习所必不可缺。

二、官话教科书当因地制宜。各省土音互异者无论矣。即一县之内，乡镇与城市，土音亦有微异者。宜专订教科书，无稍假借。盖教授官话，必用土音为之比较也。

三、教科书编辑法。大纲凡二：（甲）区别。区别为三类：一曰异音，即字同而音异者。如"黄"字，沪音作 wong，官音作 whong 之类是；二曰异字，分两种。意同而用字异者，如沪称"晓得"，官话作"知道"之类是；用字反背者，如有人持柬速驾，沪语则应之曰"就来"。官话则应之曰"就去"。"来"与"去"为反背词。此种异字虽少，然亦不可不知。三曰异文法，即句法微异者。如沪语"侬阿曾晓得？"官话作"你知道吗？""阿曾"即"吗"字，皆有疑问口吻，唯一则列于中间，一则列于语尾之不同是。（乙）次序。每课次序，如英文法程序，最便初学。首列单字，括有异音、异字两类。其排列秩序，宜依通行文法为之分类。例如，第一课单字，皆列名词；第二课，皆列形容词。与英文法程单字排列法相同。唯排列既依文法例，则异音、异字两类，不妨掺杂，可以助学者强记之力。单字下列异文法。唯此种无多，不必每课皆列入。次列官话十数句，即用从前已读之字拼成者。教授时，教员口诵，由学者译成文理默出，如近日学堂课程中译俗之例。约翰书院中文课程有"译俗"一门，其法，由教员用土白诵文一首，学者译成文理默出。今则易土白为官话，是其稍异处。又次，列土白十数句，即用从前已读之字拼成者。教授时，教员口诵土白，由学者口译为官音。

四、练习法。习官话半年，寻常应对，即可通用官话。偶有讹误，无须苛责。练习既久，自能纯一。期年小成，二年大成。苟教授得法，虽中材以下，亦能臻此程度。（按：蒙学堂学期泰半四年，官话学科宜编入第三年蒙学课程内，每星期占二时。）

乌乎，英墟印度，俄吞波兰，佥以灭绝国语为首务。然则国语顾不重哉！文明之进步系于是，国家之安危亦系于是。改良齐一，未可缓也。我国数稔以还，负牀之孙，乳臭未脱，辄能牙牙学西语。趋承彼族，伺其颦笑，极奴颜婢膝之丑态。及闻本国语言，反多瞠目不解者。沉沉支那，哀哀同胞，其将蹈印度之覆辙邪，抑将步波兰之后尘耶？乌乎，吾国民其何择！

春柳社演艺部专章

报章朝刊一言，夕成舆论。左右社会，为效迅矣。然与目不识丁者接，而用以穷。济其穷者，有演说，有图画，有幻灯（即近时流行影戏之一种）。第演说之事迹，有声无形；图画之事迹，有形无声；兼兹二者，声应形成，社会靡然而向风，其惟演戏欤！晚近号文明者，曰欧美，曰日本。欧美优伶，靡不向学，博洽多闻，大儒愧弗及，日本新派优伶泰半学者，早稻田大学文艺协会有演剧部，教师生徒，皆献技焉。夫优伶之学行有如是，而国家所以礼遇之者亦至隆厚，如英王、美大统领之于亨利阿文格。（氏英人，前年死，英王、美大统领皆致词吊唁，葬遗骸于寺院。生时曾授文学博士与法律博士学位。）日本西园寺侯之于中村芝翫辈（今年二月，西园寺侯宴名优芝翫辈十余人于官邸，一时传为佳话）。皆近事卓著者。吾国倡改良戏曲之说有年矣，若者负于赀，若者迷诸途，虽大吏提倡之，士夫维持之，其成效卒莫由睹。走辈不揣梼昧，创立演艺部，以研究学理，练习技能为的。艺界沉沉，曙鸡晓晓，勉旃同人，其各兴起！息霜诗曰："誓渡众生成佛果，为现歌台说法身。"

愿吾同人共矢兹志也。专章若干则如右：

一、本社以研究各种文艺为的，创办伊始，骤难完备。兹先立演艺部，改良戏曲，为转移风气之一助。

一、演艺之大别有二：曰新派演艺（以言语动作感人为主，即今欧美所流行者）。曰旧派演艺（如吾国之昆曲、二黄、秦腔、杂调皆是）。本社以研究新派为主，以旧派为附属科（旧派脚本故有之词调，亦可择用其佳者，但场面、布景必须改良）。

一、本社无论演新戏、旧戏，皆宗旨正大，以开通智识、鼓舞精神为主。偶有助兴会之喜剧，亦必无伤大雅，始能排演。

一、舞台上所需之音乐、图画及一切装饰，必延专门名家者，平日指导，临时布置，事后评议，以匡所不逮。

一、本社创办伊始，除醵资助赈、助学外，惟本社特别会事（如纪念、恳亲、送别之类），可以演艺，用佐余兴。若他种团体有特别集会，嘱托本社演艺，亦可临时决议。至寻常冠婚庆贺琐事，本社员虽以个人资格，亦不得受人请托，滥演新戏，以蹈旧时恶习。

一、本社所出脚本，必屡经社员排演后，审定合格，始传习他人，出版发行。所有版权，当于学部、民政部禀明存案，严防翻刻。

一、入社者分三种：

1. 正社员。凡愿担任演艺事务，及有志练习者属之。

2. 协助社员。凡捐助本社经费，或任各职务者属之（凡正社员、协助员，本社均备有徽章。惟现在经费未充，所有徽章价值，乞各社员自给）。

3. 名誉赞成员。凡中外士人，赞成本社宗旨，扶持本社事务者属之。

一、本社临演艺之时，或有人愿扮脚色，与赞助其它各执事者，虽平日未入本社，但有社员绍介，本社即当以客员相待。赞助本社出版事业，无论翻译、撰述或承赠书画及写真等，有裨于本社之印刷物者，亦皆以客员相待，概不收会费。

一、应办之事，约分二类。

1. 演艺会。每年春秋开大会二次，此外或开特别会临时决议。（开会时，正社员、协助员皆佩徽章入场，另呈赠特别优待券二枚，以备家族观览。客员、名誉赞成员，各呈赠特别优待券一枚。）

2. 出版部。每年春秋刊行杂志二册（或每季一册，另有专章）。又，随时刊行小说、脚本、绘叶书各种。（凡正社员、协助员、客员、名誉赞成员，所有本社出版物，每种皆呈赠一份。）

一、无论社员、客员、名誉赞成员，于本社事务有特别劳绩者，本社公同商决，当认为优待员，敬赠特别勋章一枚，以答高义。更须公议，以本社印刷物若干，为相当之酬报（仅捐资者，不在此例）。

一、正社员每月须出社费二元以下，三十钱以上（均于阳历每月初交本社会计处）。协助员愿按月捐助与否随意。

一、春柳社事务所暂设于东京下谷区泡之端七轩町二十八番地钟声馆。若有寄信件者，请直达钟声馆，由本社编辑员李岸收受不误。

此专章已经同人公认，应各遵守。其有未能详审处，当随时商酌改定。

广告丛谈

小序

英国大文豪马可累之言曰："广告之于商业，犹蒸气力之于机械，有伟大之推进力。"美国大商家奥古登之言曰："商业之要件有三：（一）商品；（二）事务；（三）广告。广告尤为三者之原动力"云。

盖商家研究广告，犹军士研究战略。商业为平和之战争，广告即平和战争之战略。值兹优胜劣败之时代，犹墨守数十年前之战略，鲜有不失败者。故吾社特倡最新式广告，属不佞承其乏，每日拟稿数通，就正有道。公余多暇，更拟辑录《广告丛谈》，随时记入报尾。研究日浅，苦不能为精当之言，大雅宏达，幸不暇弃，有以匡其不逮焉。

一

广告之意义，分狭义与广义两种。狭义之广告凡商品卖出，及银行会社之决算、报告等，有广告于公众之目的者，皆属于此类。即吾人普通所谓之广告是。至广义之广告，其界限殆难确定。凡社会上之现象，殆皆备广告之要素。如妙龄女子，雅善修饰，游行于市衢，直可确认为广告。

关于广义广告之论述，于英人维廉思地德所著之《广告术》中有论文一首，译之如下：

当社会未进步时，其广告之方法颇极粗杂，但不得谓为非广告。如美利坚印度人之酋长，以羽毛饰身，正示其部下，广告其身为酋长之意。迨社会既进步，广告方面亦因之发达。由其职业与地位，其广告之方法特异。故无论何人，皆有相应之广告。社会之进步，盖有如是。

上至神圣不可犯之女皇陛下，下迄徘徊市衢拭靴之贱夫，无人无广告者。女皇之广告行于国内。凡《宫廷录事》，记录女皇之一举一动，殆详尽无遗。又皇室之纹章，女皇之雕像，皆传诸万世，成为不朽之广告。

用广告于货币，非一私人所能为，仅女皇能之。无论金货、银货、铜货，皆刻有女皇之肖像。天下最宏大、适切之广告，殆无有逾于是者。

次于货币为邮票，是立女皇之广告。盖邮票皆揭女皇有像。邮票通行世界，女皇肖像亦遂为世界各人种所熟视。是盖与普通商人署己之名于明信片、印己之肖像于广告函者，无以异。

此外，征诸政治界，凡政治家之演说，及其它政治上之行动，亦可确认为有效之广告。此种广告，始现于口舌，继揭诸报纸。故政治家每审慎周详，甄其谋之臧否，殆与业工商者，究心其广告之方法无稍异。

政治家将胜其政敌，不得不假力于广告，工商业将胜其竞争者，亦不得不张大其广告。广告之用大矣哉！

以上为英人维廉思地德之说，虽言近奇矫，然广义广告宽大之范围，于此可窥一斑矣！

二

广告为科学欤？技术欤？其有研究之价值欤？广告学之存在，尚未经人道及，故难断言广告为科学。然其支配之原理、原则，确凿可证。又未可斥为单纯之技术。广告发达，实在晚近，只供工商家实用而已。学者评究，殆所罕闻。譬犹经济学，逮至今日，靡不认为科学之一。然于百四十年前，殆无人识其为科学者。为萌为芽，行将结良实，缀佳果。"广告科学"必有宣言于世界之一日，是固可为假定者也。

谓广告非单纯之技术，可以"簿记"喻之。簿记或谓为学，或谓为术。学子主张，各据一理。逮至近世，主张"簿记学"者殆居多数。广告性质与簿记酷似，谓簿记为学，宁可卑广告为单纯之技术邪！

民法关于广告有定则，于法学上可据精妙之理，详切论定。更以商品买卖论之，凡商业经济学中，论货物之交换，或交通，广告实占重要之部分。又商业经营学中，论商店整理，广告亦唯一之要素。此外，如希望广告，绍介广告有无相通，为人生所必需。盖广告实为经济之枢纽，绝非单纯之技术所可限定者也。

三

广告分类，由种种方面别之，为类至繁。重用绘画者，谓之绘画广告；重用文字者，谓之文字广告；或直接达其目的者，谓之直接广告；

间接达其目的者（药房登录来函，医士署同人公启者，属此类），谓之间接广告。又，用于商业者，谓之营业广告；否则，可谓之非营业广告。此外，如大广告、小广告；长期广告、短期广告等。此种之分类，皆由于广告之目的，或广告之方法，然不得谓为适切之分类也。

适切之分类，可即其性质上别之为二：一为移动广告，一为定置广告。迹其发达之历史，两者划然各异其渊源。分类之良法，殆无有逾于是者。

移动广告，如新闻广告之类是。新闻印刷既竟，必经送递，乃可收广告之效果。故此类广告，当视其移动之迟速，判其效力之多寡。属于此类者，有传单广告、信片广告、样本广告等。

定置广告，与前正相反，有不能移动之性质，如广告板之类是。广告板矗立市衢，炫其华彩，往来行人，游睇相属，广告之效力乃显。属于此类者，有招牌广告、舞台围幕广告、公园椅子广告、电车广告等。

移动广告为自动的，定置广告为他动的。此外，又有兼自动、他动二性者，谓之中性广告。例如，月份牌广告，赠送之际，属于移动广告；及悬诸梁壁，为座右之装饰，则又属于定置广告。属于此类者，有扇子广告、酒杯广告、手巾广告等。

又，以上三种之界限，亦有相混合者。如寻常递送之新闻，为移动广告；存贮于公众阅报处之新闻，为中性广告；新闻社前所张挂之新闻，为定置广告之类是也。

四

广告为招徕顾客之良法。往往有同一商品，同一实价。善用广告者昌，不善用广告者亡，是固事实之不可掩者。虽廉其价，美其物，匪假力于广告，必不可获迅速之效果。反是，以广告为主位，虽无特别之廉价，珍异之物品，然能夸大言于报纸，植绘板于通衢，昼则金鼓喧阗，夜则电光炫耀。及夫顾客偕来，叮咛酬应，始啜以佳茗，继赠以彩券。选择不厌，退换不拒，其商业未有不繁昌者。

广告之重要有如此。然广告之方法，以何者为最适切欤？今大别之为三：曰货币广告；曰邮票广告；曰新闻杂志广告。

一、货币广告

货币为一般人所通用。无论贵贱、男女、老幼，不用货币者，殆无其人。故货币之效力，可以普及全国，流通不歇，占广告中第一位。今以一万枚货币，与一万张新闻纸比较，其效力如下：

货币之流通，以每一日移入一人手计之，有一万枚货币，十日间可通过十万人手，百日间可通过百万人手。由是类推，远逮数十百年，货币之流通，正无穷期。广告之效力，亦日益扩大。新闻纸则不然。依西洋学者计算，每一张新闻纸，平均阅者八人，有一万张新闻纸，计阅者八万人。然新闻之流通，仅在当日，逮及翌朝，阅者殆稀。故谓，新闻纸一万张，阅者仅八万人，蔑不可也。较诸货币之流通，由一万而十万，而百万，其效力之多寡，何可以道里计！又，货币为人所宝贵，故遗失损坏者较少。若新闻纸，则一览无余，弃若敝屣。其寿命之延促，相去为何如邪！

昔有英国商人，于法国小银货上镌印己名，散布各处，颇得良好之效果。然用广告于货币，每为政府所禁，今无行之者。

二、邮票广告

邮票流通之效力，虽逊于货币，然货币仅能流通于内国，邮票则凡万国邮便联合国界内，皆可流通、自由。货币广告为内国的，邮票广告为世界的。故业外国贸易者，用邮票广告，效力尤着。但私人无制造邮票权，此不第吾国然也，世界各国靡不如是。

三、新闻杂志广告

新闻杂志广告，其效力虽劣于前二者，然简便易于实行。其利有三：

甲、流通最广广告牌广告，限于一定之位置。电车广告，限于铁道之范围。手巾广告，不入贵显之堂。信札广告，不入家族之目。若新闻杂志，则无论贵族平民、老幼男女，不限于阶级，不界于远近，靡不购读传观。故新闻杂志之广告，确为实用广告之上乘。

乙、费用最廉无论如何精妙之广告，倘费用太昂，必亏及本利。若新闻杂志广告，较他种为廉。例如，发明信片广告十万张，需资千元，此外，尚有印刷费、发送费等。若新闻广告以半版计，上海普通价值约二十元以内，其费用相差有如是。

丙、制造最速手巾广告、板画广告等，制造需时甚久。今日商业世界，每竞争于分秒间。此种广告，殆不适于活用。若新闻广告，能于数小时内登出，故传递消息最捷。杂志广告所以次于新闻广告者，亦在此。

以上所述广告之方法，理论上首货币，邮票次之；以实行言，当推新闻杂志。又新闻广告尤为第一良法云。

五

广告之分类，于第三章已举其略。兹更综其要者，别为二十。详论如下：

一、新闻杂志；

二、传单；

三、书籍目录；

四、书籍附张；

五、营业招徕；

六、定价表；

七、画、明信片、信封等；

八、时宪书、月份牌、日记簿、星期表等；

九、火车；

十、电车；

十一、广告伞；

十二、广告塔；

十三、板画；

十四、音乐队；

十五、舞台围幕；

十六、山林；

十七、公园椅子；

十八、电柱；

十九、扇子、酒杯、食箸、火柴等；

二十、衣帽、手巾、包袱等。

一、新闻杂志广告

新闻杂志，种类綦繁，性质各殊，读者亦异。故登广告者，当审其新闻杂志之性质，与己所广告者适合与否，乃可收良好之效果。以上海报界论之，如《新闻报》之于商界，《民立报》之于学界，《妇女时报》之于女界，《教育杂志》之于教育界，佥有密切之关系。又征诸日本报界，如《时事新报》读者多商人，《日日新闻》读者多官吏，《读卖新闻》读者多文学家，《万朝报》读者多中学生，《都新闻》读者多优人、艺伎。人类不同，需用之物品亦各异其趣。登纸烟广告于儿童杂志，鲜有不失败者。

二、传单广告

传单广告之效力，虽逊于新闻杂志，然独适用于内地商店。盖内地与都市迥殊，营业规模至为狭隘。倘登广告于新闻杂志，虽名达都市，当地识者殆稀。若传单广告，最为适用。印费既廉，送递亦易。良善之法，当无有逾于是者。

三、书籍目录广告

书店广告，当以是为主位。故发行所或发卖所皆印有书籍目录，以备购者索取。普通书籍目录，年刊一次，或月刊一次，或用单张纸幅，或另装订成册。（下缺）

呜呼！词章！

本文一九五年秋作于日本东京，后收入李叔同编辑的《音乐小杂志》。

予到东后，稍涉猎日本唱歌，其词意袭用我古诗者，约十之九五（日本作歌大家，大半善汉语）。我国近世以来，士习帖括、词章之学，佥蔑视之。挽近西学除入，风靡一时，词章之名辞几有消灭之势……追见日本唱歌，反啧啧称其理想之奇妙，凡我古诗之唾余，皆认为岛夷所固有，既出冷于大雅，亦贻笑于外人矣（日本学者皆通《史记》、《汉书》，昔有日本人举"史""汉"事迹置诸吾国留学生，而留学生茫然不解其所谓，且不知《史记》、《汉书》为何物，至使日本人传为笑柄）。

图画修得法

我国图画，发达盖章。黄帝时史皇作绘，图画之术，实肇乎是。是周聿兴，司绘置专职，兹事浸盛。汉唐而还，流派灼著，道乃烈矣。顾秩序杂，教授鲜良法，浅学之士，靡自窥测。又其涉想所及，狃于故常，新理眇法，匪所加意，言之可为于邑。不佞航海之东，忽忽逾月，耳目所接，辄有异想。冬夜多暇，掇拾日儒柿山、松田两先生之言，间以己意，述为是编。夫唯大雅，倘有取于斯欤？

第一章　图画之效力

浑浑圆球，汶汶众生，洪荒而前，为萌为芽，吾靡得而论矣。迨夫社会发达，人类之思想浸以复杂。而达兹思想者，厥有种种符号。思想愈复杂，符号愈精密。其始也蟠屈其指，作式以代，艰苦万状，阙略滋繁。厥后代以语言，发为声响，凡一己之思想感情，金能婉转以达之，为用便矣。然范围至狭，时间綦促，声响飘忽，霎不知其所极，其效用犹未为完全也。于是制文字、尚纪录，传诸久远，俾以不朽。虽然社会者，经岁月而愈复杂者也。吾人之思想感情，亦复杂日进，殆鲜底止，而语言文字之功用，有时或穷。例如今有人千百，状人人殊。必一一形容其姿态服饰，纵声之舌、笔之书，匪涉冗长；即病疏略，殆犹不毋遗憾。而所以弥兹遗憾、济语言文字之穷者，是有道焉。厥道为何？曰唯图画。

图画者，为物至简单，为状至明确。举人世至复杂之思想感情，可以一览得之。挽近以还，若书籍、若报章、若讲义，非不佐以图画，匪文字语言之不逮。效力所及，盖有如此。

说者曰：图画者，娱乐的，非实用的。虽然，图画之范围綦广，匪娱乐的一端所能括也。夫图画之效力，与语言文字同，其性质亦复相似。脱以图画属娱乐的，又何解于语言文字？倡优曼辞独非语言，然则闻倡优曼辞，亦谓语言，属娱乐的乎？小说传奇独非文字，然则诵小说传奇，亦谓文字，属娱乐的乎？三尺童子当知其不然矣。人有恒言曰：言语之发达，与社会之发达相关系。今请易其说曰：图画之发达，与社会之发达相关系，蔑不可也。人有恒言曰：诗为无形之画，画为无声之诗。今请易其说曰：语言者，无形之图画，图画者，无声之语言，蔑不可也。若以专门技能言之，图画者，美术工艺之源本。脱疑吾言，曷鉴泰西？一千八百五十一年，英国设博览会，而英产工艺品居劣等。揆厥由来，则以笁守旧法故。爰憬然自省，定图画为国民教育必修科。不数稔，而英国制造品外观优美，依然震撼全欧。又若法国，自万国大博览会以来，不惜财力、时间、劳力，以谋图画之进步，置图画教育视学官，以奖励图画，而法国遂为世界大美术国。其他若美若日本，金模范法国，其美术工艺，亦日益进步。夫一叶之绢，一片之木，脱加装饰，顿易旧观。唯技术巧拙，各不相埒，价值高下，爰判等差。故有同质同量之物，其价值不无轩轾者，盖有由也。匪直兹也，图画家将绘某物，注意其外形姑勿论，甚至构成之原理、部分之分解，纵极纤屑，靡不加意。故图画者可以养成绵密之注意，锐敏之观察，确实之知识，强健之记忆，著实之想象，健全之判断，高尚之审美心（今严冷之实利主义，主张审美教育，即美其情操，启其兴味，高尚其人品之谓也）。此图画之效力关系于智育者也。若夫发审美之情操，图画有最大之伟力。工图画者其嗜好必高尚，其品性必高洁。凡卑污陋劣之欲望，靡不扫除而淘汰之，其利用于宗教、教育、道德上为尤著，此图画之效力关系于德育者也。又若为户外写生，旅行郊野，吸新鲜之空气，览山水之佳境，运动肢体，疏渝精气，手挥目送，神为之怡，此又图画之效力关系于体育者也。今举前所述者，括其大旨，表之如下：

图画之效力 { 实质上 { 普通之技能 / 专门之技能 形式上 { 智育上 / 德育上 / 体育上

第二章　图画之种类

图画之种类至繁赜，匪一言所可殚。然以性质上言之，判图与画为两种。若建筑图、制作图、装饰图模样等，又不关于美术工艺上者，有地图、海图、见取图（即示意图）、测量图、解剖图等，皆谓之图，多假器械补助而成之。若画者，不以器械补助为主。今吾人所习见者，若额面（即带框的画）、若轴物、若画帖，皆普通画也。又以描写方法上言之，判为自在画与用器图两种。凡知觉与想象各种之象形，假目力及手指之微妙以描写者，曰自在画。依器械之规矩而成者，曰用器图。

之二者为近今最普通之名称。表其分类之大略如下：

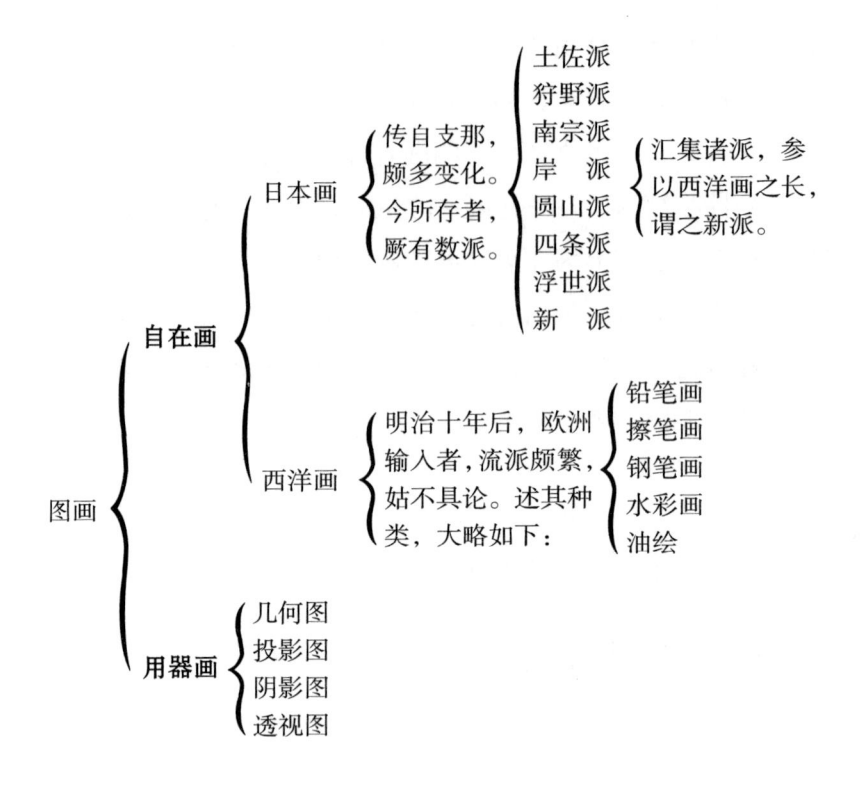

图画 {	自在画 {	日本画 { 传自支那，颇多变化。今所存者，厥有数派。	{ 土佐派 狩野派 南宗派 岸　派 圆山派 四条派 浮世派 新　派 { 汇集诸派，参以西洋画之长，谓之新派。
		西洋画 { 明治十年后，欧洲输入者，流派颇繁，姑不具论。述其种类，大略如下：	{ 铅笔画 擦笔画 钢笔画 水彩画 油绘
	用器画 { 几何图 投影图 阴影图 透视图		

第三章　自在画概说

一、精神法　吾人见一画，必生一种特别之感情。若者严肃，若者滑稽；若者激烈，若者和蔼；若者高尚，若者潇洒；若者活泼，若者沉着。凡吾人感情所由发，即画之精神所由在。精神者千变万幻，匪可执一以掬之者也。竹茎之硬直，柳枝之纤弱，兔之轻快，豚之鲁钝，其现象虽相反，其精神正以相反而见。殊于成心求之，真矣。故作画者必于物体之性质、常习、动作研核翔审，握管写，庶几近之。

二、位置法　论画与画面之关系曰位置法。普通之式，画面上方之空白，常较下方为多。特别之式，若飞鸟、轻气球等自然之性质偏于上方，宜于下方多留空白，与普通之式正相反。又若主位偏于一方，有一部歧出，其歧出之地之空白，宜多于主位。其他，向左方之人物，左方多空白；向右方之人物，右方多空白。位置大略，如是而已。

三、轮廓法　大宙万类，象形各殊。然其相似之点正复不少。集合相似之点，定轮廓法凡七种。

甲　竿状体　火箸、鞭、杖、棒、旗竿、钓竿、枪、笔、铅笔、帆樯、弓、矢、笛、锹、铳、军刀、筏乘等之器用；竹、蔺草、女郎花等之禾本类隶焉。

乙　正方体（立方平板体、长立方体属此类）　手巾、包袱、石板、书籍、书套、算盘、皮箱、箱子、方盒、砚台、笔袋、镜台、方圆章、方瓶、大盆、烟草盆、刷毛、尺、桥床、几、方椅、方凳、马车、汽车、汽船、军舰、帆船、衣服折等之器用；马、牛、鼠、鹿、猫、犬等之兽类隶焉。

丙　球（椭圆卵形属此类）　日、月、蹴球、达摩、假面、茶壶、茶碗、釜、地球仪、瓢帽、眼镜等之器用；桃、李、橘、梨、橙、柿、栗、枇杷、西瓜、南瓜、茄子、葫芦、水仙根、玉葱等之果实野菜类；鸠、家鸭、莺、燕、百舌、鹤、雀、鹭等之鸟类；各种之花类；有姿势之兔、鼠、金鱼、龟、茧等隶焉。

丁　方柱　道标、桥栏、邮筒、书箱、纪念碑、五重塔、阶段、家屋等隶焉。

戊　方锥　亭、街灯、金字塔、炭斗或家屋、建筑物等隶焉。

己　圆柱　竹筒、印泥盒、饭桶、灯笼、鼓、手卷、千里镜、笔筒等之器用类；乌瓜、丝瓜、胡瓜、白瓜、萝卜、藕、荚豆等之野菜类；鳅、鳗、鲇等之鱼类隶焉。

庚　圆锥　独乐、喇叭、笠、伞、蜡烛、桶、洋灯、杯、壶、臼、杵、锥、锚、电灯罩等隶焉。

又有结合七种之形态，成多角体之轮廓。凡花草、虫鱼、鸟兽、人物、山水等，属此类者甚多。

本文一九五年秋作于日本东京。

水彩画略论

西洋画凡十数种，与吾国旧画法稍近者，唯水彩画。爰编纂其画法大略，凡十章。以浅近切实为的，或可为吾国自修者之一助焉。

第一章　水彩画材料

第一节　绘具箱

绘具箱即颜料盒，铁叶制，外涂黑色，内涂白色，中以铁叶分划隔开，贮各种绘具（即颜料）。

绘具有两类。（甲）干制之绘具，与吾国之颜料相似。久藏不变色。惟用时须以笔搅之，易与它色相掺杂不能十分纯洁。然价值较廉，日本中小学校多用之。（乙）炼制之绘具，以溶解之颜料入铅管贮之，用时挤出少许，用毕所余之残色，弃去不再用。故其色清洁纯粹，无污染之虞。今日本水彩画家皆用之。

水彩绘具共有七十余种，必备者约十六色，其名如下：

法名 / 英名

一、Blanc de Chine/Chinese white

二、Jaune de Citron/Lemon yellow

三、Cadmium Clair/Cadmium yellow pale

四、Cadmium fonce/Cadmium yellow deep

五、Ochre jaune/Yellow ochre

六、Vermilion/Vermilion

七、Grance fonce/Rose madder

八、Grance rose dore/Pink madder

九、Ronze de Pouzzolle/Light red

十、Violet demars/Mars violet

十一、Vert emeraude/Veronese green

十二、Vert Vegetal/Hookers green

十三、Indigo/Indigo

十四、Bleu de Prusse/Prussian blue

十五、Bleu de Cobalt/Cobalt blue

十六、Bleu dontremer/French ultramarine

今更说明其颜色并用法如左（下）：

（一）Chinese white（以下皆单举英名）其质细而纯白，即吾国之铅粉。水彩画家常用之，与它色混合，不损它色。大抵光线极强之部分，与远景之空气，用之最为合宜。

（二）Lemon yellow 淡黄色，混红色能得肉色。空之部分，又草叶树叶之柔和调子，尝用之。

按：调子者，色彩调和之谓，与音乐家所用之名词"调子"、文章家所用之名词"格调"，同一意义。

（三）（四）Cadmium yellow pale and deep 亦黄色，混红色或青色，能得华丽之色彩。（三）较淡，（四）较深。

（五）Yellow ochre 不透明之柔黄色，与 Ultramarine 混和，得绿色。

（六）Vermilion 不透明之朱色，混黄色彩用于明之部分，混 Cobalt 或 ultramarine 之蓝色，用于暗之部分。

（七）Rose madder 玫瑰红色，无论明部或暗部皆可用之。与 Lemon yellow 或 Cadmium yellow 混合得肤色。

（八）Pink madder 亦美丽之淡红色，绘人体或花卉必用之具。

（九）Light red 灰红色，与吾国所用之赭石相似，其用甚广，与 ultramarine 混合，得灰色。

（十）Mars violet 半透明之肉色，与它色混，能得美丽之色。

（十一）Veronese green 美丽之绿色，绘人体或树木山野，不论明暗部分，皆可用之。

（十二）Hookers green 亦绿色，较前稍深，其用甚广。

（十三）Indigo 不透明之暗蓝色，与黄色混，得绿色。

（十四）Prussianblue 透明强蓝色，混黄色，得美绿色。又画天空与水面，得清澈之趣。

（十五）Cobalt blue 半透明之美蓝色，不论明部暗部，皆可用之。混朱或红，得紫色，少加黄色，得温灰色。又画天空或水面，常用之。

（十六）French ultramarine 半透明之青色，阴影部分多用之。混黄色，得种种之绿色。

以上所言，特其大略。至配合之方法，皆在自己实地试验，神而明之，存乎其人。故不赘述。

其绘具箱之价值，最廉者一角八分，笔二支，干制颜色十色附（日本制），然粗劣不适用。最昂者约十元左右（英制或法制），炼制颜色十余色附。

第二节　笔

毛笔以貂毛为最良。此种笔专为水彩画制，大小有十数种。择购三四种已可敷用。其价值不甚昂，日本制者尤廉。

海绵笔洗画上之颜色用，大小有数种。

铅笔画草稿用。H者，硬之记号；B者，柔之记号。若记号递加者，其硬柔之度亦递加。学者择与自己顺手者用之，不必拘泥。

第三节　纸

第一种 O W 纸此种纸为英国水彩画协会之特制，在日本购，每张四角。

第二种 Whatman 纸（译为"画用纸"）此种用者最多，其价亦稍廉。

此外各种纸，皆不适用。不赘述。

第四节　画板

有大小数种，或自制亦佳。惟木料须坚而平，俾不致有凸起之虞。

未画之前，将画纸裁好，铺画板上，用净水拂拭数次。迨纸质湿透，用纸条抹浆糊，贴其四周，待干后再着色彩。

第二章　水彩画之临本

欧美新教授法，初学绘画，即由写生入手，不用临本。然吾国人知识幼稚，以不谙画法者，强其写生，如坠五里雾中，有无从着手之势。况水彩着色，最为复杂。倘不先用临本，知其颜料配合之大概，即从事写生，亦有朱墨颠倒之虞。故初学水彩画，当先用临本。迨稍谙门径，然后从事写生，较为便利。日本水彩画临本，无佳者。以余所见，英国伦敦出版水彩画帖数种尚适用。胪列其名如下：

Vere Foster's water Colour books

（1）Landscape Painting for Beginners First Stage（山水）

（2）Landscape Painting for Beginners Second stage（山水）

（3）Animal Painting for Beginners（动物）

（4）Flower Painting for Beginners（花卉）

（5）Simple Lessons in Flower Painting（花卉）

（6）Simple Lessons in Marine Painting（海景）

（7）Simple Lessons in Landscape Painting（山水）

（8）Studies of Trees（树木）

（9）Advanced Studies in Flower Painting（花卉）

（10）Advanced Studies in Marine Painting（海景）

以上一至七，皆浅近者；八至十，皆稍深者。以上各种，日本东京丸善株式会社有售者，每册价值约在一元以外。

每册有画十数幅。每画一幅，有说明论一篇。虽英文，然甚浅近。不通英文者，不妨略之。

本文一九〇五年冬作于日本东京，又名《水彩画法说略》。

近世欧洲文学之概观

中世古典派文学（Classic）瑰伟卓绝，磅礴大宇，及十八世纪初期，其势力犹不少衰。操觚簪笔家佥据是为典则。其后承法兰西革命影响，而热烈真挚之诗风，乃发展为文艺界一大新思潮，即传奇派（Romantic）是。迨至十九世纪，基于自己之进步，现实观之发达，乃更尚精致之描写，及确实之诗材，而写实主义与自然主义遂现于十九世纪后半期。及夫末叶，反动力之新理想派，乃萌芽于欧洲。

以上其概略。更分述之如左（下）：

第一章　英吉利文学

当十八世纪之末叶，冷索单调之诗文，浸即衰废。研究古诗民谣者日益众，故其文学富于清新之趣。至一七九八年 W．Wordsworth 与 S.T.Cikerudge 合著之《抒情诗集》（《Lyrical Bollades》）乃现于世。两氏唱诗文之革新，为真挚文学之先驱，世称为近世诗学之祖，又谓一七九八年为英吉利文学诞生之年。W.Wirdsirth（1770–1850）之作品不炫奇异，然清新高远，热情奔放为其特长。S.T.Cikerudge（1772–1834）学问深邃，思想幽渺，且具锐利之批评眼，其作品以格调之真挚、押韵之自由为世所叹赏，门人友戚受彼之感化者甚众。

其后Wakter Scott（1771–1832）、George Gordon Byron（1778–1824）两大家出。Scott有戏曲的天才，其文雄健，其诗丰丽，为历史小说之祖。Byron之诗，久传诵于世界大陆，近世文学颇受其感化。Byron氏贫困又苦于家室之累，因于一八二四年去故国，投希腊独立军，遂死其地。

Percy Bysshe Shelley（1792–1822）亦因教权之压抑，避居南欧，为薄命理想之诗人。其作品幽婉高妙，且示神秘之倾向。

承大革命影响之诗风，止于Shelley。其时又有以卓绝之才识开辟一新诗风者，即John Keats（1795–1821）是。Keats氏所著之诗，凡古典之精神及绚烂之色彩，两者兼备。故外形内容皆纯洁完美，无毫发憾。

Alfred Tennyson（1809–1892），世称为十九世纪集大成之诗家。其名著《The Princess》（1847年出版）、《In Memoriam》（1850年出版）、《Idylls of the King》（1859年出版）为世所传诵。

Robert Browning（1812–1889）与Tennyson齐名，以笔力之怪郁、涉相之高峻称于世。

此外Dante Gabriel Rossetti（1828–1882）及Wukkuam Morris（1834–1896）共于绘画界受PreRaphaelitism派之感化。其抒情诗篇，写中古之趣味及敬虔之信念。

Algernan Charles Swinburne（1837–1909），亦属此派，学问深邃，以诗歌之形式美，卓绝于现代之文坛。

本世纪之小说界，Scott颇负盛名，至Victoria时代，Charles Dickens（1812–1870）及William Makepeace Thackeray（1811–1863）两大家出，前者善描写市街之光景及下民之状态，后者善以轻妙之语调描写上流绅士社会之表里，共于小说界放一异彩。

George Eliot（1816-1880）及 Charles Kingslay（1819-1875）亦以思想之高远与语调之雄浑名于时。至最近 Stavanson（1850-1894）以劲健洒脱之文体，作美文小说。Meradith（1828-1909）以高远之思想，精微之观察，雄飞于现代文坛。其他，Charles Lemb（1775-1834）、De Quencey（1785-1859），共以独特之散文、随笔负盛名。

至本世纪之中叶，英吉利批评大家有 Carlyle 及 Macaulay，其后 Ruskin、Arnold、Pater、Symonds 等相继兴起，为评论界放灿烂之光彩。

Carlyle（1791-1881），思想雄浑，笔力遒劲，著有《英雄崇拜论》（《Hero worship》）传诵一时。彼始于文艺批评，其后渐进于社会批评、文明批评之方面。

Macaulay（1800-1859），其前半生为政界之伟人，作印度帝国之基础；后半生为批评家，执评坛之牛耳。其大作《英吉利史》为不朽之名著。

Ruskin（1819-1900），世称为十九世纪之预言家，于英吉利为美术评论之先辈。其代表之大作为《近世画家论》（《MordernPainters》），力持自然主义，为美术界所惊叹。此外，研究艺术之著述有《建筑七灯》（《The Seven Lamp Architecture》）等，评论正确，文章亦幽丽可诵。

Arnold（1820-1888），思想雄大高峻，且富于雅趣，实在 Ruskin 之上。一八六五年出版之《批评论集》（《Essays in Criticism》）为其代表之作。

以上所述之 Ruskin 及 Arnold 二氏，为十九世纪中叶以后批评坛之代表。

Pater（1839-1894），精于修辞，其文体足冠近代。著有《文艺复兴史之研究》（《Studies in the His tory of Renaissance》）。关于文学美术，研究精审，颇多创解。

Symonds（1840-1893）与 Pater 同精于文艺复兴期之研究，著有《意大利文艺复兴论》（《The Renaissance in Italy》）。Symonds 氏于评论

文学美术外，兼及于政治宗教之方面。

十九世纪剧坛名家，以Pnero（1855）、Henry、Arthur Johns（1851）、Shaw(1856）等最负盛名。

此文原有多章，因《白阳》只出诞生号一期，故仅刊出《英吉利文学》第一章，余已散失。

本文一九一三年春作于杭州浙江一师。

石膏模型用法

第一章　石膏模型为学图画者最良之范本

　　自来图画专门之练习，每取古代制作品及其复制品为范本。但近来于普通教育图画之练习，亦采用此法。其范本以用石膏制之模型为主。

　　普通教育设图画科，不仅练习手法，当以练习目力为主。此说为今日一般教育家所公认。因眼所见之物体，须知觉其正确之形状。此种知觉之能力，为一般人所不可缺。但依旧式临画之方法以养成此种之能力，至为困难。于是近年以来，欧美各国之普通教育，以实物写生为图画之正课，即用兼习临画者，亦加以种种限制。因临画之教式，教以一定之描写法，利用小巧之手技似甚简便；然能减杀初学者之独创力，生依赖定式之恶习惯，且于目力之练习毫无裨益。故学图画者，当确信实物写生为第一良善之方法。

　　实物写生，取日常所用简单之器具为范本，固属有益。但初学者练习画线，以单纯之直线曲线构成之物体为宜。又练习阴影，以纯白之物体为宜。石膏模型，仿实物之形状，以美妙之直线与曲线构成，其色纯白，阴影处无色彩错乱之虞，阴阳浓淡之程度，容易判别。故学图画者，当确信石膏模型为实物写生用的第一完全之范本。

石膏模型分二种：

一、摹仿古今雕塑之名品杰作之复制品。

二、作者摹仿实物之创作品。

写生练习用，以第一种为宜。因以艺术上之名作为范本，自能悟解线形及骨相纯正之状态，且可以养成审美之智识。

第二章　收藏法

石膏模型，质甚脆弱，最易破坏，且图画用之模型，以纯白为适用，故须注意收藏，不可使受尘埃及油烟。其它污点斑纹亦不可有。石膏模型当贮藏于标本室，不可陈列于图画讲堂。因生徒常见此种标本，日久将毫无新奇之感情，故须另设收藏室，临画时再搬入讲堂。

第三章　教室之选定及室内之设备

写生用教室须高广，向北一面开玻璃窗。如以寻常教室充用，当由一面取光线。倘由二面或三面光线混入，模型之阴影将紊乱，初学者甚困难。室内之设备，当依其室内之形状酌定，无一定之程式，模型或近壁或在室之中央。如近壁时，壁面以浓色为宜，否则亦可挂布幕以为模型之背景，俾生徒观察物形之外线能十分明了。模型台之高低，当与多数生徒之视线在同一之平位为适宜（生徒座位前列低，后列高，最后列者每直立，故视线之高低不能统一）。

第四章　图画之材料

　　普通学校图画用纸，虽无一定之限制，但须择其纸质强固、纸面不甚光滑者为宜。描写之材料，有铅笔、木炭及黑粉笔等。但其中以木炭为最适用。故西洋各普通学校皆专用木炭。日本之普通学校，从前专用铅笔，近亦兼用木炭。

　　　　　　　　　　　　　　本文一九一三年春作于杭州浙江一师。

文学精品选

诗词曲赋

李叔同精品选

短诗（三十二）

断　句

人生犹似西山日，
富贵终如草上霜。

步原韵和宋贞题《城南草堂图》

门外风花各自春，
空中楼阁画中身。
而今得结烟霞侣，
休管人生幻与真。

轮中枕上闻歌口占

子夜新声碧玉杯，

可怜肠断念家山。
劝君莫把愁颜破，
西望长安人未还。

感　时

杜宇啼残故国愁，
虚名况敢望千秋？
男儿若论收场好，
不是将军也断头。

津门清明

一杯浊酒过清明，
觞断樽前百感生，
辜负江南好风景，
杏花时节在边城。

赠津中友人

千秋功罪公评在，
我本红羊劫外身。
自分聪明原有限，
羞将后事论旁人。

登轮感赋

感慨沧桑变，
天涯极目时。
晚帆轻似箭，
落日大如箕。
风卷旌旗走，
野平车马驰。
河山悲故国，
不禁泪双垂。

赠谢秋云

风风雨雨忆前尘，
悔煞欢场色相因。
十日黄花愁见影，
一弯眉月懒窥人。
冰蚕丝尽心先死，
故国天寒梦不春，
眼界大千皆泪海，
为谁惆怅为谁颦？

望日歌筵

莽莽风尘地遮，
乱头粗服走天涯。
樽前丝竹销魂曲，
眼底歌娱薄命花。
浊世半生人渐老，
中原一发日西斜。
只今多少兴亡感，
不独隋堤有暮鸦。

书　愤

文采风流四座倾，
眼中竖子遂成名。
某山某水留奇迹，
一草一花是爱根。
休矣著书俟赤鸟，
悄然挥扇避青蝇。
众生何用肝宵哭，
隐隐朝庭有笑声。

帘　衣

帘衣一桁晚风轻，
艳艳银灰到眼明。
薄幸吴儿心木石，
红衫娘子唤花名。

秋于凉雨燕支瘦，
春入离弦断续声。
后日相思渺何许？
芙蓉开花老石城。

重游小兰亭口占

重游小兰亭，风景依稀，心绪殊恶，口占二十八字题壁，时九月望前一日也。

一夜西风蓦地寒，
吹将黄叶上栏干。
春来秋去忙如许，
未到晨钟梦已阑。

春　风

春风几日落红堆，
明镜明朝向发催。
一颗头颅一杯酒，
南山猿鹤北山莱。

秋娘颜色娇欲语，
小雅文章凄以哀。
昨夜梦游王母国，
夕阳如血染楼台。

醉　时

醉时歌哭醒时迷，
甚矣吾衰慨风兮。
帝子祠前芳草绿，
天津桥上杜鹃啼。

空梁落月窥华发，
无主行人唱大堤。
梦里家山渺何处，
沉沉风雨暮天西。

昨　夜

昨夜星辰人倚楼，
中原咫尺山河浮。
沉沉万绿寂不语，
梨花一支红小秋。

初　梦

鸡犬无声天地死，
风景不殊山河非。
妙莲花开大五尺，
弥勒松高腰十围。

恩仇恩仇若相忘，
翠羽明珠绣两裆。
隔断红尘三万里，
先生自号水仙王。

《茶花女遗事》演后感赋

东邻有儿背佝偻，
西邻有女犹含羞。
蟪蛄宁识春与秋，

金莲鞋子玉搔头。

誓度众生成佛果,
为现歌台说法身。
孟旃不作吾道绝,
中原滚地皆胡尘。

无 题

黑龙王气黯然消,
莽莽神州革命潮。
甘以清流蒙党祸,
耻于亡国作文豪。

咏 菊

姹紫嫣红不耐霜,
繁华一霎过韶光。
生来未藉东风力,
老去能添晚节香。

风里柔条频损绿,
花中正色自含黄。
莫言冷淡无知己,
曾有渊明为举觞。

题《梦仙花卉》横幅

梦仙大姐幼学于王韬园先辈，能文章诗词。又就灵鹣京卿学，画宗七芗家法而能得其神韵，时人以出蓝誉之。是画作于庚子九月，时余方奉母城南草堂，花晨月夕，母辄召大姊说诗评画。引以为乐，大姊多病，母为治药饵，视之如己出。壬寅荷花生日，大姊逝。越三年，母亦弃养。余乃亡命海外，放浪无赖。回忆曩日家庭之乐，唱和文雅，恍惚殆若隔世矣。今岁幻园姻兄示此幅索为题辞，余恫逝者之不作，悲生者之多艰，聊赋短什，以志哀思！

人生如梦耳，
哀乐到心头。
洒剩两行泪，
吟成一夕秋。
慈云渺天末，
明月下南楼。
寿世无长物，
凡青片羽留。

书示伯铨

世界鱼龙混，
天心何不平？

岂因时事感，
偏作怒号声。
烛尽难寻梦，
春寒况五更。
马嘶残月坠，
笳鼓万军营。

二月望日歌筵赋此叠韵

莽莽风尘窣地遮，
乱头粗服走天涯。
樽前丝竹销魂曲，
根底合欢薄命花。
浊世半生人渐老，
中原一发日西斜。
只今多少兴亡感，
不独隋堤有暮鸦。

五　绝

我到为植种，
我行花未开。
岂无佳色在？
留待后人来。

悬　梁

日暖春风和，
策杖游郊园。
双鸭泛清波，
群鱼戏碧川。
为念世途险，
欢乐何足言？
明朝落纲罟，
系颈陈市廛。
思彼刀砧苦，
不觉悲泪潸。

凄　音

小鸟在樊笼，
悲鸣音惨凄。
恻恻断肠语，
哀哀乞命词。
向人说困苦，
可怜人不知。
犹谓是欢娱，
娱情尽日啼。

母之羽

雏儿依残羽,
殷殷恋慈母。
母亡儿不知,
犹复相环守。
念此亲爱情,
能勿凄心否?

平和之歌

昔日互残杀,
今朝共舞歌。
一家庆安乐,
大地颂平和。

夫　妇

人伦有夫妇,
家禽有牝牡。
双栖共和鸣,
春风拂高柳。
盛世乐太平,
民康而物阜。

万类咸嗃嗃,
同浴仁恩厚。

蚕的刑具

残杀百千命,
完成一袭衣。
唯知求适体,
岂毋伤仁慈。

为老妓高翟娥作

残山剩水可怜宵,
慢把琴樽慰寂寥。
顿老琵琶妥娘曲,
红楼暮雨梦南朝。

人 病

人病墨未干,
南风六月寒。
肺枯红叶落,
身瘦白依宽。
入世儿侪笑,
当门景色阑。
昨宵梦王母,

猛忆少年欢。

朝游不忍池

凤泊鸾飘有所思,
出门怅惘欲何之?
晓星三五明到眼,
残月一痕纤似眉。
秋草黄枯菡萏国,
紫薇红湿水仙祠。
小桥独立了无语,
瞥见林梢升曙曦。

赠语心楼主人二首

天末斜阳淡不红,
虾蟆陵下几秋风?
将军已死圆圆老,
都在书生倦眼中。

道左朱门谁痛哭,
庭前枯木已成围。
只今憔悴江南日,
不似当年金缕衣。

《滑稽列传》题词四绝

淳于髡

斗酒亦醉石亦醉,
到心惟作平等观。
此中消息有盈朒,
春梦一觉秋风寒。

优　孟

中原一士多奇姿,
纵横宇合卑莎维。
人言毕肖在须眉,
茫茫心事畴谁知?

优　游

婴武伺人工趣语，
杜鹃望帝凄春心。
太平歌舞且抛却，
来向神州气陆沉。

东方朔

南山豆苗肥复肥，
北山猿鹤飞复飞。
我欲蹈海乘风归，
琼楼高处斜阳微。

为沪学会撰《文野婚姻新戏》册既竟系之以诗

床笫之私健者耻,
为气任侠有奇女。
鼠子胆裂国魂号,
断头台上血花紫。

东邻有儿背佝偻,
西邻有女犹含羞。
蟪蛄宁识春与秋,
金莲鞋子玉搔头。

河南河北间桃李,
点点落红已盈咫。

自由花开八千春,
是真自由能不死。

誓度众生成佛果,
为现歌台说法身。
孟旃不作吾道绝,
中原滚地皆胡尘。

戏赠蔡小香四绝

眉间愁语烛边情,素手掺掺一握盈。
艳福者般真羡煞,佳人个个唤先生。

云鬓蓬松粉薄施,看来西子捧心时。
自从一病恹恹后,瘦了春山几道眉。

轻减腰围比柳姿,刘桢平视故迟迟。
佯羞半吐丁香舌,一段浓芳是口脂。

愿将天上长生药,医尽人间短命花。
自是中郎精妙术,大名传遍沪江涯。

遇风愁不成寐

到津次夜，大风怒吼，金铁皆鸣，愁不成寐。

世界鱼龙混，
天心何不平？
岂因时事感，
偏作怒号声。

燃尽难寻梦，
春寒况五更。
马嘶残月堕，
笳鼓万军营。

题丁悚绘《黛玉葬花图》二首

收拾残红意自勤,
携锄替筑百花坟。
玉钩斜畔隋家冢,
一样千秋冷夕曛。

飘零何事怨春归?
九十韶光花自飞。
寄语芳魂莫惆怅,
美人香草好相依。

孤山归寓成小诗书扇
贻王海帆先生

文字联交谊,
相逢有宿缘。
(前年五月,南社同人雅集湖上,始识先生)
社盟称后学,
(先生长余三十二年)
科第亦同年。
(岁壬寅,余与先生同应浙江乡试,先生及第)
抚碣伤禾黍,
(今岁,余侍先生游孤山,先生抚古墓碑,视"皇清"二字未磨灭,感喟久之)
怡情醉管弦。
(孤山归来,顾曲于湖上歌台)
西湖风月好,

不慕赤松仙。

（近来余视现世为乐土，先生也赞此说）

《护生画集》配诗

众 生

是亦众生,
与我体同。
应起悲心,
怜彼昏蒙。
普劝世人,
放生戒杀;
不食其肉,
乃谓爱物。

生的扶持

一蟹失足，
二蟹持扶。
物知慈悲，
人何不如！

今日与明朝

日暖春风和，
策杖游郊园。
双鸭泛清波，
群鱼戏碧川。
为念世途险，
欢乐何足言？
明朝落网罴，
系颈陈市廛。
思彼刀砧苦，
不觉悲泪潸。

儿戏（其二）

教训子女，
宜在幼时。
先入为主，
终身不移。
长养慈心，
勿伤物命。
充此一念，
可为仁圣。

沉　溺

莫谓虫命微，
沉溺而不援。
应知恻隐心，
是为仁之端。

暗杀（其一）

若谓青蝇污，
挥扇可驱除。
岂必矜残杀，
伤生而自娱。

决别之音

落华辞枝,
夕阳欲沉。
裂帛一声,
凄入秋心。

生离欤？死别欤？

生离尝恻恻,
临行复回首。
此去不再还,
念儿儿知否？

倘使羊识字……

倘使羊识字,
泪珠落如雨。
口虽不能言,
心中暗叫苦。

乞　命

吾不忍其觳觫,

无罪而就死地。
普劝诸仁者，
同发慈悲意。

农夫与乳母

忆昔襁褓时，
尝啜老牛乳。
年长食稻粱，
赖尔耕作苦。
念此养育恩，
何忍相忘汝？

西方之学者，
倡人道主义。
不啖老牛肉，
淡泊乐蔬食。
卓哉此美风，
可以昭百世。

示　众

景象太凄惨，
伤心不忍睹。
夫复有何言，
掩卷泪如雨。

喜庆的代价

喜气溢门楣,
如何惨杀戮。
唯欲家人欢,
那管畜生哭。

残废的美

好花经摧折,
曾无几日香。
憔悴胜残枝,
明朝弃道旁。

生　机

小草出墙腰,
亦复饶佳致。
我为劝灌溉,
欣欣有生意。

囚徒之歌

人在牢狱,
终日愁歇。
鸟在樊笼,
终日悲啼。
聆此哀音,
凄入心脾。
何如放舍,
任彼高飞。

投 宿

夕日落江渚,
炊烟起村野。
小鸟亦归家,
殷殷恋旧主。

雀巢可俯而窥

人不害物,
物不惊扰。
犹如明月,
众星围绕。

诱 杀

水边垂钓,
闲情逸致。
是以物命,
而为儿戏。
刺骨穿肠,
于心何忍。
愿发仁慈,
常起悲悯。

倒 悬

始而倒悬,
终以诛戮。
彼有何辜,
爱此荼毒!
人命则贵,
物命则微。
汝自问心,
判其是非。

老陆稿荐

见其生不忍见其死，
闻其声不忍食其肉。
应起悲心，
勿贪口腹。

开　棺

恶臭陈秽，
何云美味。
掩鼻伤心，
为之坠泪。
智者善思，
能勿悲愧。

昨晚的成绩

是为恶业，
何谓成绩！
宜速忏悔，
痛自呵责。
发起善心，
勤修慈德。

惠而不费

勿谓善小，
不乐为之。
惠而不费，
亦曰仁慈。

醉人与醉蟹

肉食者鄙，
不为仁人。
沉复饮酒，
能令智昏。
誓于今日，
改过自新。
长养悲心，
成就慧身。

忏　悔

人非圣贤，
其孰无过？
犹如素衣，
偶著尘浣。

改过自新，
若衣拭尘。
一念慈心，
天下归仁。

冬日的同乐

盛世乐太平，
民康而物阜。
万类咸喁喁，
同浴仁恩厚。

昔日互残杀，
而今共爱亲。
何分物与我，
大地一家春。

东京十大名士追荐会即席赋诗

之 一

苍茫独立欲无言，
落日昏昏虎豹蹲。
胜却穷途两行泪，
且来瀛海吊诗魂。

之 二

故国荒凉剧可哀，
千年旧学半尘埃。
沉沉风雨鸡鸣夜，
可有男儿奋袂来。

春游曲

之 一

春风吹面薄于纱,
春人妆束淡于画。
游春人在画中行,
万花飞舞春人下。

之 二

梨花淡白菜花黄,
柳花委地芥花香。
莺啼陌上人归去,
花外疏钟送夕阳。

和补园居士韵，又赠坭香

一

慢将别恨怨离居，
一幅新愁和泪书。
梦配扬州狂杜牧，
风尘辜负女相如。

二

马缨一树个侬家，
窗外珠帘映碧妙。
解道伤心有司马，
不将幽怨诉琵琶。

三

伊谁情种说神仙,
恨海茫茫本孽缘。
笑我风怀半消却,
年来参透断肠禅。

四

闲愁检点赋新诗,
岁月惊心鬓已丝。
取次花丛懒回顾,
休将薄幸怨微之。

《续护生画集》题词

中秋同乐会

朗月光华，
照临万物。
山川草木，
清凉纯洁。
蠕动飞沉，
团黻和悦。
共浴灵辉，
如登乐国。

鹬蚌相亲

世间有渔翁,
鹬蚌始相争。
若无杀生者,
鹬蚌自相亲。

归　市

尔不害物,
物不害尔。
杀机一去,
饥虎可尾。

凤在列树

凤鸟来仪,
兵戈不起。
偃武修文,
万邦庆喜。
凤兮凤兮,
何德之美。

短词（十首）

清平乐·赠许幻园

城南小住，情适闲居赋。文采风流合倾慕，闭户著书自足。
阳春常驻山家，金樽酒进胡麻。篱畔菊花未老，岭头又放梅花。

老少年曲

梧桐树，西风黄叶飘。夕阳疏林杪，花事匆匆，零落凭谁吊？
朱颜镜里凋，白发愁边绕。一霎光阴底是催人老。有千金难买韶华好。

南浦月·北行留别海上同人

杨柳无情,丝丝化作愁千缕。惺松如许,萦起心头绪。
谁道销魂,尽是无凭据。离亭好,一帆风雨,只有人归去。

西江月·宿塘沽旅馆

残漏惊人梦里,孤灯对影成双。前尘渺渺几思量,只道人归是谎。
谁说春宵苦短,算来竟比年长。海风吹起夜潮狂,怎把新愁吹涨?

题陈师曾画荷花小幅

一花一叶,孤芳致洁。昏波不染,成就慧业。
师曾画荷花,昔藏余家,癸丑之秋以贻欣泉先生同学。今再展玩,为缀小词。时余将入山坐禅,慧业云云,以美荷花,亦以是自劭也。丙辰寒露。

废 墟

看一片平芜,家家衰草迷残砾。玉砌雕栏溯往昔,影事难寻觅。千古繁华,歌休舞歇,剩有寒稜泣。

高阳台·忆金娃娃

十日沉愁，一声杜宇，相思啼上花梢。春隔天涯，剧怜别梦迢遥。前溪芳草经年绿，只风情、辜负良宵。最难抛，门巷依依，暮雨萧萧。而今未改双眉妩，只江南春老，红了樱桃。忒煞迷离，匆匆已过花朝。游丝若挽行人驻，奈东风、冷到溪桥。镇无聊，记取离愁，吹彻琼箫。

喝火令·哀国民心之死也

故国鸣鸲鹆，垂杨有暮鸦。江山如画日西斜。新月撩人透入碧窗纱。

陌上青青草，楼头艳艳花。洛阳儿女学琵琶。不管冬青一树属谁家。不管冬青树底影事一些。

满江红·民国肇造

皎皎昆仑山顶月，有人长啸。看囊底，宝刀如雪，恩仇多少？双手裂开鼷鼠胆，寸金铸出民权脑。算此生不负是男儿，头颅好！

荆轲墓，咸阳道；聂政死，尸骸暴。伫大江东去，余情还绕。魂魄化成精卫鸟，血花溅作红心草。看从今，一担好山河，英雄造！

金缕曲·赠歌郎金娃娃

江南秋老矣，忒匆匆，春余梦影，樽前眉底，陶写中年丝竹耳，走马胭脂队里，怎到眼都成余子？片玉昆山神朗朗，紫樱桃，慢把红情系，愁万斛，来收起。

泥他粉墨登场地，领略那英雄气宇，秋娘情味。雏凤声清清几许？销尽填胸荡气，笑我亦布衣而已。奔走天涯无一事，问何如声色将情寄？休怒骂，且游戏！

菩萨蛮·忆杨翠喜二首

一

燕支山上花如雪,燕支山下人如月。额发翠云铺,眉弯淡欲无。夕阳微雨后,叶底秋痕瘦;生小怕言愁,言愁不耐羞。

二

晓风无力垂杨懒,情长忘却游丝短。酒醒月痕低,江南杜宇啼。痴魂销一捻,愿化穿花蝶。帘外隔花荫,朝朝香梦沉。

金缕曲·别友好东渡

披发佯狂走,莽中原,暮鸦啼彻,几行衰柳。破碎河山谁收拾?零落西风依旧,便惹得离人消瘦。行矣临流重叹息,说相思,刻骨双红豆。愁黯黯,浓于酒。

漾情不断淞波溜,恨年来絮飘萍泊,遮难回首。二十文章惊海内,毕竟空谈何有?听匣底苍龙狂吼!长夜凄风眠不得,度众生那惜心肝剖?是祖国,忍孤负!

南南词·赠黄二南

在昔佛菩萨，趺坐赴莲池。始则拈花笑，继则南南而有辞。南南梦呗不可辨，分身应化天人师。或现比丘，或现沙弥，或现优婆塞，或现优婆夷。或现丈夫女子宰官诸相为说法，一一随意随化皆天机。

以之度众生，非结贪嗔病，色相声音空不染，法语喃喃尽皈依。春江花月媚，舞台妆演奇，偶逢南南君，南南是也非？听南南，南南咏昌霓；见南南，舞折枝。南南不知之，我佛行深般若婆罗密多时。

玉连环影·题陈师曾为夏丏尊画《小梅花屋图》

屋老，一树梅花小。住个诗人，添个新诗料。爱清闲，爱天然，城外西湖，湖有青山。

附：夏丏尊作金缕曲，自题《小梅花屋图》："已倦吹箫矣，走江湖，饥来驱我，嗒伤吴市。租屋三间如艇小，安顿妻孥而已。笑落魄萍踪如寄，竹屋竹窗清欲绝，有梅花慰我荒凉意。自领略，枯寒味。此生但得三弓地，筑蜗居，梅花不种，也堪贫死。湖上青山青到眼，摇荡烟光眉际，只不是家乡山水。百事输人华发改，快商量，别作收场计。何郁郁，久居此？"

文学精品选

歌词

李叔同精品选

短曲（二十二）

祖国歌

上下数千年，一脉延，文明莫与肩。
纵横数万里，膏腴地，独享天然利。
国是世界最古国，民是亚洲大国民。
呜呼，大国民，呜呼，唯我大国民！
幸生珍世界，琳琅十倍增声价。
我将骑狮越昆仑，驾鹤飞渡太平洋，谁与我仗剑挥刀？
呜呼，大国民，谁与我鼓吹庆升平？

大中华

万岁！万岁！万岁！赤县膏腴神明裔。
地大物博，相生相养，建国五千余岁。
振衣昆仑之巅，濯足扶桑之漪。
山川灵秀所钟，人物光荣永垂。
猗欤哉！伟欤哉！仁风翔九畿。
猗欤哉！伟欤哉！威灵振四夷！
万岁！万岁！万万岁！

忆儿时

春去秋来，岁月如流，游子伤漂泊。
回忆儿时，家居嬉戏，光景宛如昨。
茅屋三椽，老梅一树，树底迷藏捉。
高枝啼鸟，小川游鱼，曾把闲情托。
儿时欢乐，斯乐不可作。
儿时欢乐，斯乐不可作。

男儿（前调）

男儿自有千古，
莫等闲觑。
孔佛耶回精谊，

道毋陂岐。
发大愿作教皇,
我当炉冶群贤。
功被星球十方,
赞无数年。

留别（二部合唱）

满斟绿醑留君住,
莫匆匆归去!
三分春色二分愁,
更一分风雨。
花开花落都来几许,
且高歌休诉!
不知来岁牡丹时,
再相逢何处!

春郊赛跑

跑!跑!跑!
看是谁先到。
杨柳青青,
桃花带笑,
万物皆春,
男儿年少。
跑!跑!跑!

跑！跑！
锦标夺得了。

春游曲（三部合唱）

春风吹面薄于纱，
春人妆束淡于画。
游春人在画中行，
万花飞舞春人下。
梨花淡白菜花黄，
柳花委地芥花香。
莺啼陌上人归去，
花外疏钟送夕阳。

早　秋

十里明湖一叶舟，
城南烟月水西楼。
几许秋容娇欲流，
隔着垂杨柳。
远山明净眉尖瘦，
闲云飘忽罗纹绉。
天末凉风送早秋，
秋花点点头。

秋 夜

眉月一弯夜三更，
画屏深处宝鸭篆烟青。
唧唧唧唧，
唧唧唧唧，
秋虫绕砌鸣。
小簟凉多睡味清。

秋 感

（一）

黄沙烈烈吹南风，燕啄王孙将母同。洛阳门前铜驼泣，会见汝在荆棘中。

（二）

新亭名士泪沾衣，风景不殊江河非。金狄已去冬青死，犹有寒蝶东园飞。

悲　秋

西风乍起黄叶飘，
日夕疏林杪。
花事匆匆，梦影迢迢，
零落凭谁吊。
镜里朱颜，愁边白发，
光阴暗催人老。
纵有千金，纵有千金
千金难买年少。

冬

一帘月影黄昏后，
疏林掩映梅花瘦。
墙角嫣红点点肥，
山茶开几枝。
小阁明窗好伴侣，
水仙凌波淡无语。
领头不改青葱葱，
犹有后凋松。

莺

喜春来日暖风和,
园林花放新莺啼。
喜春来日暖风和,
园林花放新莺啼。
听花音清音百啭,
呖呖呖呖。
听花间清音百啭,
呖呖呖呖。
呖,呖呖呖呖呖呖,
呖呖呖。

长　逝

看今朝树色青青,
奈明朝落叶凋零。
看今朝花开灼灼,
奈明朝落红飘泊。
惟春与秋其代序兮,
感岁月之不居。
老冉冉以将至,
伤青春其长逝。

幽　居

唯空谷寂寂，有幽人抱贞独。
时逍遥以徜徉，在山之麓。
抚磐石以为床，翳长林以为屋。
眇万物而达观，可以养足。
唯清溪沉沉，有幽人怀灵芬。
时逍遥以徜徉，在水之滨。
扬素波以濯足，临清流以低吟。
睇天宇之寥廓，可以养真。

挽　歌

月落乌啼，
梦影依稀，
往事知不知？
泊半生哀乐之长逝兮，
感亲之恩其永垂。

化　身

化身恒河沙数，
发大音声，
尔时千佛出世。

瑞霭氤氲,
欢喜欢喜人天。
梦醒兮不知年,
翻到四大海水,
象生皆仙。

人与自然界(三部合唱)

严冬风雪擢贞干,
逢春依旧郁苍苍。
吾人心志宜坚强,
历尽艰辛不磨灭,
惟天降福俾尔昌!
浮云掩星星无光,
云开光彩逾芒芒。
吾人心志宜坚强,
历尽艰辛不磨灭,
惟天降福俾尔昌!

爱

爱河万年终不涸,
来无源头去无谷。
滔滔圣贤与英雄,
天地毁时无终穷。
愿我爱国家,

愿国家爱我。
愿国家爱我,
灵魂不死者我。

婚姻祝辞

诗三百,
关雎第一。
伦理重婚姻,
夫妇制定家族成,
进化首人群。
天演界,
雌雄淘汰权力要平分。
遮莫说男尊女卑,
同是一般国民。

浙江第一师范学校校歌

人人代谢靡尽先后觉新民,
可能可能陶冶精神道德润心身。
吾侪同学负斯重任相勉又相亲,
五载光阴学与俱进磐固吾根本。
叶蓁蓁,木欣欣,
碧梧万枝新。
之江西,西湖滨,
桃李一堂春。

厦门市第一届运动会会歌

禾山苍苍,鹭水荡荡,国旗遍飘扬!
健儿身手,各显所长,大家图自强。
你看那,外来敌,多么猖獗!
请大家想想,请大家想想,切莫再仿徨。
请大家,在领袖领导之下,把国事担当。
到那时,饮黄龙,为民族争光;
到那时,饮黄龙,为民族争!

我的国

（一）

东海东，波涛万丈红。朝日丽天，云霞齐捧，五洲惟我中央中。二十世纪谁称雄？请看赫赫神明种。我的国，我的国，我的国万岁，万岁万万岁！

（二）

昆仑峰，缥缈千寻耸。明月天心，乘星环拱，五洲惟我中央中。二十世纪谁称雄？请看赫赫神明种。我的国，我的国，我的国万岁，万岁万万岁！

哀祖国

小雅尽废兮,
出车采薇矣。
豺狼当途兮,
人类其非矣。
凤鸟兮,
河图兮,
梦想为劳矣。
冉冉老将至兮,
甚矣吾衰矣。

朝阳（男声四部合唱）

观朝阳耀灵东方兮，
灿庄严伟大之灵光。
彼长眠之空暗暗兮，
流绛彩以辉煌。
观朝阳耀灵东方兮，
灿庄严伟大之灵光。
彼冥想之海沉沉兮，
荡金波以飞扬。
惟神、惟神，
创造世界，
创造万物，
赐予光明，
赐予幸福无疆。
观朝阳耀灵东方兮，
感神恩之久长。

送别歌

长亭外,古道边,
芳草碧连天。
晚风拂柳笛声残,
夕阳山外山。
天之涯、地之角,
知交半零落;
一觚浊酒尽余欢,
今宵别梦寒。
长亭外,古道边,
芳草碧连天。
晚风拂柳笛声残,
夕阳山外山。

秋　夜

　　日落西山，一片罗云隐去。万种情怀，安排何处？却妆出嫦娥，玉宇琼楼缓步。天高气清，满庭风露。问耿耿银河，有谁引渡。四壁凉蛩，如来相语。尽遣了闲愁，聊共月华小住。如此良宵，人生难遇！
　　寒蝉吟罢，蓦然萤火飞流。夜凉如水，月挂帘钩。爱星河皎洁，今宵雨敛云收。虫吟侑酒，扫尽闲愁。听一枝长笛，有谁人倚楼。天涯万里，情思悠悠。好安排枕簟，独寻睡乡优游。金风飒飒，底事悲秋？

梦

哀游子茕茕其无依兮，在天之涯。惟长夜漫漫而独寐兮，时恍惚以魂驰。梦偃卧摇篮以啼笑兮，似婴儿时。母食我甘酪与粉饵兮，父衣我以彩衣。

哀游子怆怆而自怜兮，吊形影悲。惟长夜漫漫而独寐兮，时恍惚以魂驰。梦挥泪出门辞父母兮，叹生别离。父语我眠食宜珍重兮，母语我以早归。

月落乌啼，梦影依稀，往事知不知？泪半生哀乐之长逝兮，感亲之恩其永垂。

月

仰碧空明明,朗月悬太清。
瞰下界扰扰,尘欲迷中道!
惟愿灵光普万方,荡涤垢滓扬芬芳。
虚渺无极,圣洁神秘,灵光常仰望!
惟愿灵光普万方,荡涤垢滓扬芬芳。
虚渺无极,圣洁神秘,灵光常仰望!
仰碧空明明,朗月悬太清。
瞰下界暗暗,世路多愁叹!
惟愿灵光普万方,拔除痛苦散清凉。
虚渺无极,圣洁神秘,灵光常仰望!
惟愿灵光普万方,拔除痛苦散清凉。
虚渺无极,圣洁神秘,灵光常仰望!

月 夜

纤云四卷银河净,
梧叶萧疏摇月影。
剪径凉风阵阵紧,
暮鸦栖止未定。
万里空明人意静,
呀!是何处,敲彻玉磬,
一声声清越度幽岭。
呀!是何处,声相酬应,
是孤雁寒砧并。
想此时此际幽人应独醒,
倚栏风冷。

落 花

纷，纷，纷，纷，纷，纷……
惟落花委地无言兮，化作泥尘；
寂，寂，寂，寂，寂，寂……
何春光长逝不归兮，永绝消息。
忆春风之日暄，芳菲菲以争妍。
既乘荣以发秀，倏节易而时迁，春残。
览落红之辞枝兮，伤花事其阑珊，已矣！
春秋其代序以递嬗兮，俯念迟暮。
荣枯不须臾，盛衰有常数！
人生之浮华若朝露兮，泉壤兴衰；
朱华易消歇，青春不再来。

天风（二部合唱）

云瀚瀚，云瀚瀚，拥高峰。气葱葱，极宠穸。苍耸耸，苍耸耸，凌绝顶，侧足缥缈乘天风。咳唾生明珠，吐气嘘长虹。俯视培塿之垒垒，烟斑黛影半昏蒙。仰视寥廓之明明，天风回碧空。

漭洋洋，漭洋洋，浮巨溟。纷曚曚，纷曚曚，接苍穹。浪淘淘，浪淘淘，攒铓锋。扬泄汗漫乘天风。散发粲云霞，长啸惊蛟龙。俯视积流之茫茫，百川四渎齐朝宗。仰观寥廓之明明，天风回碧空。

天风荡吾心魄兮，绝于尘埃之外游神太虚。

天风振吾衣袂兮，超乎万物之表与世长遗。

丰年（二部合唱）

（一）五日一风，十日一雨，太平乐利赓多黍。谷我妇子，娱我黄耇，欢腾熙洽歌大有。年丰国昌，惟天降德垂嘉祥。穰穰穰穰穰穰，惟天降德垂嘉祥。穰穰穰穰穰穰，岁复岁兮富康。岁复岁兮富康。

（二）我仓既盈，我庾惟亿，颂声载路庆丰给。万宝告成，万物生茂，跻堂称觞介眉寿。年丰国昌，惟天降德垂嘉祥。穰穰穰穰穰穰，惟天降德垂嘉祥。穰穰穰穰穰穰，岁复岁兮富康。岁复岁兮富康。

采莲（三部合唱）

采莲复采莲，
莲花莲叶何蹁跹！
露华如珠月如水，
十五十六清光圆。
采莲复采莲，
莲花莲叶何蹁跹！

归燕（四部合唱）

几日东风过寒食，
秋来花事已阑珊。
疏林寂寂双燕飞，
低徊软语语呢喃。
呢喃，呢喃，
雕梁春去梦如烟，
绿芜庭院罢歌弦。
乌衣门巷捐秋扇，
树杪斜阳淡欲眠。
天涯芳草离亭晚，
不如归去归故山。
故山隐约苍漫漫。
呢喃，呢喃，
不如归去归故山。

西湖（三部合唱）

　　看明湖一碧，六桥锁烟水。塔影参差，有画船自来去。垂杨柳两行，绿染长堤。飏晴风，又笛韵悠扬起。

　　看青山四围高峰南北齐。山色自空濛，有竹木媚幽姿。探古洞烟霞，翠扑须眉霅暮雨，又钟声林外起。

　　大好湖山美如此，独擅天然美。明湖碧无际，又青山绿作堆。漾晴光潋滟，带雨色幽奇。靓妆比西子，尽浓淡总相宜。

晚钟（三部合唱）

大地沉沉落日眠，平墟漠漠晚烟残。
幽鸟不鸣暮色起，万籁俱寂丛林寒。
浩荡飘风起天杪，摇曳钟声出尘表。
绵绵灵响彻心弦，幽思凝冥杳。
众生病苦谁持扶？尘网颠倒泥涂污。
惟神悯恤敷大德，拯吾罪过成正觉；
誓心稽首永皈依，瞑瞑入定陈虔祈。
倏忽光明烛太虚，云端仿佛天门破；
庄严七宝迷氤氲，瑶华翠羽垂缤纷。
浴灵光兮朝圣真，拜手承神恩！
仰天衢兮瞻慈云，忽现忽若隐。
钟声沉暮天，神恩永存在。
神之恩，大无外！

清凉歌五首

（一）清凉

清凉月，月到天心光明殊皎洁。今唱清凉歌，心地光明一笑呵。清凉风，凉风解愠暑气已无踪。今唱清凉歌，热恼消除万物和。清凉水，清水一渠涤荡诸污秽。今唱清凉歌，身心无垢乐如何。清凉，清凉，无上究竟真常。

（二）山色

近观山色苍然青，其色如蓝。远观山色郁然翠，如蓝成靛。山色非变，山色如故，目力有长短，山近渐远，易青为翠。自远渐近，易翠为青。时常更换，是山缘会。幻想现前，非幻翠幻，而青亦幻。是幻，是幻，万法皆然。

（三）花香

庭中百合花开，昼有香，香淡如，入夜来，香乃烈。鼻观是一，何以昼夜浓淡有殊别。自昼众喧动，纷纷俗务萦。目视色，俗务萦。目视色，耳听声，鼻观之力，分于耳目丧其灵。心清闻妙香，用志不分，乃凝于神，古训好参详。

（四）世梦

却来观世间，犹如梦中事。人生自少而壮，自壮而老。俄入胞胎，俄出胞胎，又入又出无穷已。生不知来，死不知去，蒙蒙然，冥冥然，千生万劫不自知。非真梦欤。枕上片时春梦中，行尽江南数千里。今贪名利，梯山航海，岂必枕上尔。庄生梦蝴蝶，孔子梦周公，梦时固是梦，醒时何非梦。旷大劫来，一时一刻皆梦中。破尽无明，大觉能仁，如是乃为梦醒汉，如是乃名无上尊。

（五）观心

世间学问义理浅，头绪多似易而反难。出世学问义理深，线索一虽难而似易，线索为何，现在一念心性应寻觅。试观心性，在内欤，在外欤，在中间欤，过去欤，现在欤，或未来欤，长短方圆欤，青黄赤白欤，觅心了不可得，便悟自性真常。是应直下信入，未可错下承当。试观心性，内外中间，过去现在未来，长短方圆，青黄赤白。

三宝赞

（一）人天长夜，宇宙黯暗谁启以光明？三界火宅，众苦煎迫谁济以安宁？大悲大智大雄力；南无佛陀耶！昭朗万有，衽席群生，功德莫能名！今乃知，唯此是，真正归依处。尽形寿，献身命。信受勤奉行！

（二）二谛总持，三学增上恢恢法界身。净德既圆，染患斯寂荡荡涅槃城。众缘性空唯识现，南无达摩耶！理无不彰，蔽无不解，焕乎具大明。今乃知，唯此是，真正归依处。尽形寿，献身命。信受勤奉行！

（三）依净律仪，成妙和合灵山遗芳型。修行证果，弘法利世焰续佛灯明。三乘圣贤何济济？南无僧伽耶！统理人众，一切无碍，住持正法城。今乃知，唯此是，真正归依处。尽形寿，献身命。信受勤奉行！

文学精品选

书信

李叔同精品选

致毛子坚

一

（一九二一年阴历三月初五，杭州）

子坚居士文席：

顷获手书，欣慰无似！音以杭地多故旧酬酢，将偕道侣程、吴二居士之温，觅清净兰若，息心办道。经营伊始，须资至多。程、吴二居士家非丰厚，音不愿使其独任是难。故托白民君代为筹谋，须资约计三百，以助其不足。至音寻常日用之资，为数至纤，不足为虑。仁者卖字之说，固是一法，然今非其时；俟他年大事已了，游戏世间俗事，则一切无碍矣。

上海有正书局，寄售《印光法师文钞》正续篇，极明显切实，希仁者请奉披诵。新闸坤范女学校自初八日始，每晚请范古农大士讲经，希仁者往听。一染识田，永为道种。人身难得，佛法难闻，能亲承范大士之圆音，尤非多生深植善根，不易值也。范大士解行皆美，具正知见，为末法之善知识。

音数年以来，亲近是公，获益匪浅。音于当代缁素之中，最崇服者于僧则印光法师，于俗则范大士。仁者如未能于晚间闻法，或于暇时访范大士一谈亦可。音与仁者多生有缘，故敢以是劝请。今后仁者善根重发，皈心佛法，倘有所咨询，音当竭诚以答。或愿阅诵经论，音当写其名目，记其扼要，以奉青览。今后通函，寄杭城内万安桥下银洞巷四号。廿日左右，当来沪，临时必可一晤也。率复，不具。

演音 三月初五日

东山、建藩诸居士，希为致念。

二

（一九二一年阴历十一月十八日，温州）

子坚居士：

末由省展，霜寒，比自何如？普陀印光长老及诸上善人劝送《安士全书》，匡益世道，祛发昏曚，猥辱累嘱，为之绍于知识。铭兹典诲，伏深赞庆。谨致文告，希垂省察。倘值有缘，幸为劝勉，随喜功德。

江山辽夐，岂复委宣。

演音 十一月十八日

会稽黄道尹处，希为致书劝告。春间晤白民，谓邑庙湖心亭放生池有未如法事，曾属白民代达仁者，未识已改善否？极念。

致刘质平

一

（一九一六年阴历八月十九日，杭州）

质平仁弟：

来函诵悉。日本留学生向来如是，虽亦有成绩佳良者，然大半为日本作殿军或并殿军之资格亦无之。故日人说起留学生辄作滑稽讪笑之态。不佞居东八年，固习见不鲜矣。君之志气甚佳，将来必可为吾国人吐一口气。但现在宜注意者如下：

（一）宜重卫生，俾免中途辍学（习音乐者，非身体健壮之人不易进步。专运动五指及脑，他处不运动则易致疾。故每日宜为适当之休息及应有之娱乐，适度之运动。又宜早眠早起，食后宜休息一小时，不可即弹琴）。

（二）宜慎出场演奏，免人之忌妒（能不演奏最妥，抱璞而藏，君子之行也）。

（三）宜慎交游，免生无谓之是非（留学界品类尤杂，最宜谨慎）。

（四）勿躐等急进（吾人求学须从常规，循序渐进，欲速则不达矣）。

（五）勿心浮气躁（学稍有得，即深自矜夸；或学而不进（此种境界他日有之），即生厌烦心，或抱悲观，皆不可。必须心气平定，不急进，不间断。日久自有适当之成绩）。

（六）宜信仰宗教，求精神上之安乐（据余一人之所见，确系如此，未知君以为如何？）

附录格言数则呈阅。

不佞近来颇有志于修养，但言易行难，能持久不变尤难，如何如何！

今秋因经先生坚留，情不可却，南京之兼职似可脱离。君暇时乞代购マンドリン弦E二根、A二根、D三根、G二根，封入信内寄下。六七日内拟江款五圆存尊处，尚有他物乞代购也。君如须在沪杭购物，不佞可以代办，望勿客气，随时函达可也。

君在校师何人？望示知。听音乐会之演奏，有何感动？此不佞所愿闻者也。此复，即颂

旅吉。

李婴

八月十九日

门先生乞为致意，他日稍暇，当作书奉候。并谓现在不佞求学不得，如行夜路，视门先生如在天上矣。

二

(一九一七年阴历一月十八日，杭州)

手书诵悉，清单等皆收到。

愈学愈难，是君之进步，何反以是为忧！B氏曲君习之，似躐等，中止甚是。试验时宜应试，取与不取，听之可也。不佞与君交谊至厚，何至因此区区云对不起？但如君现在忧虑过度，自寻苦恼，或因是致疾，中途辍学，是真对不起鄙人矣。从前鄙人与君函内解劝君之言语，万万不可忘记，宜时时取出阅看。能时时阅看，依此实行，必可免除一切烦恼。

从前牛山充入学试验，落第四次，中山晋平落第二次，彼何尝因是灰心？

总之，君志气太高，好名太甚，"务实循序"四字，可为君之药石也。

中学毕业免试科学，是指毕业于日本中学者；君能否依此例，须详询之。证明书容代为商量。五日后返沪，补汇四圆廿钱。前君投稿于《教育周报》，得奖银十六元，此款拟汇至日本可否？望示知！此复，即颂近佳！

李婴上

一月十八日

(再者)鄙人拟于数年之内，入山为佛弟子(或在近一二年亦未可知，时机远近，非人力所能处也)。现已络续结束一切。君春秋尚盛，似不宜即入此道，但如现在之遇事忧虑，自寻苦恼，恐不久将神经混杂，得不治之疾，鄙人可以断言。鄙意以为，君此时宜详审坚决，如能痛改此习，耐心向学，最为中正之道；倘自己仍无把握，不能痛改此习，将来必至学而无成，反致恶果；不如即抛却世事入山为佛弟子，较为安定也。

叨在至好，故尽情言之。阅后付丙。

三

（一九一七年，杭州）

质平仁弟足下：

来书诵悉。《菜根谭》及 M 经，前已收到，曾致复片，计已查收。

官费事可由君访察他人补官费之经过情形，由君作函寄来，上款写经、夏二先生及不佞三人，函内详述他省补费之办法。此函寄至不佞处，由不佞与经、夏二先生商酌可也。

君在东言行谨慎，甚佳。交友不可勉强，宁无友不可交寻常之友（或不尽然），虽无损于我，亦徒往来酬酢，作无谓之谈话，周旋消费力学之时间耳。门先生忠厚长者，可以为君之友人。此外不再交友，亦无妨碍。始亲终疏，反致怨尤，故不如于始不亲之为佳也。不佞前致君函有应注意者数条，宜常阅之。

又格言数则，亦不可忘。不佞无他高见，惟望君按部就班用功，不求近效。进太锐者恐难持久。不可心太高，心高是灰心之根源也。心倘不定，可以习静坐法。入手虽难，然行之有恒，自可入门（君有崇信之宗教，信仰之尤善，佛、伊、耶皆可）。

音乐书前日已挂号寄奉。附一函乞转交门先生。此复，即颂

近佳！

李　婴

四

（一九一七年，杭州）

质平仁弟：

前日寄一函，计达览。昨晤经先生，将尊函及门先生函呈去（本拟约夏先生同往，据夏先生云：前得君函时，已为经先生谈过，故此次不愿再去）。经先生将尊函阅一过，门先生之函并未详阅。据云：此函无意思，因会长不能管此事也（此说不必与他人道）。总之，经先生对于此事颇冷淡。先云："须由君呈请，余不能言"；后鄙人再四恳求，始允往询。但因新厅长初到任甚忙，现在不便去，何日去难预定也。

鄙人谓浙江女生补费之事，可否援以为例？经先生云："不能。"后经先生遂痛论请补官费之难，逆料必不成功。又有"荐一科长与厅长尚易，请补一官费生殊难"之说。鄙人不待其辞毕，即别去，不欢而散，殊出人意外也。但平心思之，经先生事务多忙，本校毕业生甚多，经先生倘一一为之筹画，殊做不到。

故以此事责备经先生，大非恕道。经先生人甚直爽，故能随意畅谈。若深沉之士，则当面以极圆滑之言敷衍恭维，其结果则一也。故经先生尚不失为直士。若夏先生向来不喜管闲事，其天性如是。总之官费事，以后鄙人不愿再向经先生询问。鄙人于数年之内，决不自己辞职。如无他变，前定之约，必实践也。望安心求学，毋再以是为念！

此信阅毕望焚去。言人是非，君子不为。今述其详。愿君如此事之始末。

婴上

五

（一九一七年，杭州）

质平仁弟：

昨上一函一片，计达览。请补官费之事，不佞再四斟酌，恐难如愿。不佞与夏先生素不与官厅相识，只可推此事于经先生。经先生多忙，能否专为此事往返奔走，亦未可知。即能任劳力谋，成否亦在未可知之数（总而言之，求人甚难）。此中困难情形，可以意料及之也。

君之家庭助君学费，大约可至何时？如君学费断绝，困难之时，不佞可以量力助君。但不佞窭人也，必须无意外之变，乃可如愿。因学校薪水领不到时，即无可设法。今将详细之情形述之如下：

不佞现每月入薪水百零五圆
出款：
　上海家用四十圆年节另加
　天津家用廿五圆年节另加
　自己食物十圆
　自己零用五圆
　自己应酬费买物添衣费五圆

如依是正确计算，严守此数，不再多费，每月可余廿圆。

此廿元即可以作君学费用。中国留学生往往学费甚多，但日本学生每月有廿圆已可敷用。不买书、买物、交际游览，可以省钱许多。将来不佞之薪水，大约有减无增。但再减去五圆，仍无大妨碍（自己用之款内，可以再加节省），如再多减则觉困难矣。

又不佞家无恒产，专恃薪水养家，如患大病不能任职，或由学校辞职，或因时局不能发薪水；倘有此种变故，即无法可设也。以上所述，为不佞个人之情形。

倘以后由不佞助君学费，有下列数条，必须由君承认实行乃可。

一、此款系以我辈之交谊，赠君用之，并非借贷与君。因不佞向不喜与人通借贷也。故此款君受之，将来不必偿还。

二、赠款事只有吾二人知，不可与第三人谈及。家族如追问，可云有人如此而已，万不可提出姓名。

三、赠款期限，以君之家族不给学费时起，至毕业时止。但如有前述之变故，则不能赠款（如减薪水太多，则赠款亦须减少）。

四、君须听从不佞之意见，不可违背。不佞并无他意，但愿君按部就班用功，无太过不及。注重卫生，俾可学成有获，不致半途中止也。君之心高气浮是第一障碍物（自杀之事不可再想），必痛除。

以上所说之情形，望君详细思索，写回信复我。助学费事，不佞不敢向他人言，因他人以诚意待人者少也，即有装面子暂时敷衍者，亦将久而生厌，焉能持久？君之家族尚不能尽力助君，何况外人乎？若不佞近来颇明天理，愿依天理行事，望君勿以常人之情推测不佞可也。此颂近佳！

李　婴

此函阅后焚去。

六

（一九三五年，泉州）

质平居士道鉴：

惠书诵悉。承施十金及心经像页，感谢无尽！近来无有病苦，稀释怀可耳。

《心经》，友人请求者甚多，乞再寄下二三包。音乐书面，十日内可以写好邮奉。歌集能于今年出版为宜，诸友屡屡询问也。出版时，乞往佛学书局（胶州路七号）与沈彬翰居士接洽一切。印法形式，皆可由仁者主之，并随时检校样本（此最要紧）。仁者认为十分满意后，乃以付印。佛学书局有分局数处，流通甚广，较开明为适宜也。印刷诸费，亦可由佛学书局负任，诸乞与沈居士商酌可也。近托彼处印《地藏菩萨九华垂迹图》一部（卢居士画十二页，用十三色珂罗版印，余题字十二页，用一色珂罗版印），中华书局印刷，每部实费五元，为吾国罕见之彩色印本。其印费悉由沈居士筹备，样本已印就，不久即可出版也，以后惠书，乞寄厦门南普陀寺，不宣。

音　启

七

（一九三六年，鼓浪屿）

质平居士道席：

前后明信，想已收到。歌集出版，乞惠施十册（寄南普陀广洽法师转）。余近居鼓浪屿闭关，其地为外国租界，至为安稳。但通信仍寄前写之处转交也。

嘱写小联纸，尚未收到。俟秋凉时，用心书写，并拟写多页结缘物也。以后与仁者通信，寄至宁波四中妥否？乞示知。附奉上拙书一页，为今年旧元旦晨，朝起床坐床边所写。其时大病稍有起色，正九死一生之时，其时共写四页，今以一页赠与仁者，可为纪念也。

此次大病，为生平所未经历，亦所罕闻。自去年旧十一月底，发大热兼外症，一时并作。十二月中旬，热渐止，外症不愈。延至正月初十，乃扶杖勉强下床步行（以前不能下床）。中旬到厦门就医，医者为留日医学博士黄丙丁君（泉州人），彼久闻余名（人甚诚实），颇思晤谈。今请彼医，至为欢悦，十分尽心。至旧四月底（旧历有闰三月）共百余目，外症乃渐痊愈。据通例须医药电疗注射（每日往电疗一次）等费约五六百金，彼分文不收，深可感也。

谨陈，不宣。

演音疏

八

（一九四〇年阴历正月十九，永春）

质平居士智鉴：

　　惠书诵悉至用欣慰。承施资，领受敬谢。兹奉达数事如下：

　　《华严集联》书册，宜改为长形，与《四分律戒相表记》相同，上下多留空白，至要！补记。

　　寄上写件一包，乞收入，以后再络续邮奉。包裹用之年皮纸及细麻绳，皆缺乏，此次寄上者，乞仍寄还。尊处如存有旧牛皮纸及绳，亦乞一并寄下，以备需用。乞检无用之书籍寄下，即以此牛皮纸多层包裹，再以许多之麻绳缚之，即可妥寄。

　　朽人之字件，四边所留剩之空白纸，于装裱时，乞嘱裱工万万不可裁去。因此四边空白，皆有意义，甚为美观。若随意裁去，则大违朽人之用心计划矣。

　　对联之句皆重复，但不可乱配。因笔画字体各有不同。兹由朽人于每联用纸贴合之，各对别贴，乞细心轻轻检查。

　　《清凉歌集》已绝版，将来时局平靖，乞仁者托上海慕尔鸣路一百十一弄六号大法轮书局陈海量居士经理，重印流通，以摄影制版为宜。共印资请彼向菲律宾性愿法师商酌，决无困难。《华严集联》亦可重印，托陈海量居士最妥。字宜缩小，上下之空白纸宜多，乃美观也。余俟后陈，不宜。

致夏丏尊

一

（一九二九年阴历四月十二日，温州）

丏尊居士：

前奉上二片，想已收到。铜模已试写三十页。费尽心力，务求其大小匀称。但其结果，仍未能满意。现余经详细思维，此事只可中止。其原因如下：

（一）此事向无有创办，其中必有困难之处。今余试之，果然困难。因字之大小与笔画之粗细及结体之或长或方或扁，皆难一律。今余书写之字，依整张之纸看之，似甚齐整。但若拆开，以异部之字数纸（如口卩亻亠儿等），拼集作为一行观之，则弱点毕露，甚为难看。余曾屡次试验，极为扫兴，故拟中止。

（二）去年应允此事之时，未经详细考虑，今既书写之时，乃知其中有种种之字，为出家人书写甚不合宜者。如刀部中残酷凶恶之字甚多；又女部中更不堪言；尸部中更有极秽之字，余殊不愿执笔书写。此为第二之原因（此原因甚为重要）。

（三）余近来眼有病，戴眼镜久，则眼痛。将来或患增剧，即不得不停止写字。则此事亦终不能完毕。与其将来功亏一篑，不如现在即停止。此为第三之原因。

余素重然诺，决不愿食言。今此事实有不得已之种种苦衷。务乞仁者向开明主人之前，代为求其宽怒谅解，至为感祷。所余之纸，拟书写短篇之佛经三种（如《心经》之类是），以塞其责，聊赎余罪。前寄来之碑帖等，余已赠与泉州某师。又《新字典》及铅字样本并未书写之红方格纸，亦乞悉赠与余。至为感谢。余近来精神衰颓，远不如去秋晤谈时之形状，质平前属撰之《歌集》，亦屡构思，竟不能成一章。止可食言而中止耳。余年老矣。屡为食言之事。日夜自思，殊为抱愧，然亦无可如何耳。务乞多多原谅。至感至感。已写之三十张奉上，乞收入。

演音上 旧四月十二日

二

（一九二九年阴历八月二十九日，上虞白马湖晚晴山房）

丏尊居士：

惠书诵悉。至白马湖后，诸事安适，至用欣慰。厕所及厨灶已动工构造。厨房用具等，拟于明后日，请惟净法师偕工人至百官购买。彼有多年理事之经验，诸事内行，必能措置妥善也。山房可以自炊，不用侍者。今日拟向章君处领洋十五元，购厨房用具及食用油盐米豆等物。其将来按月领款办法，俟与仁者晤面时详酌。立会经理此款资，甚善。拟即请发起人为董事。其名目乞仁者等酌定。以后每月领取之食用费，作为此会布施之义而领受之（每月数目不能一定，因有时住二人，或有时仅一人，或三人。此事晤面时详酌）。以后自炊之时，尊园菜蔬，由尊处斟酌随时布施（此事乞于便中写家书时提及，由便人送来，不须每日送）。一切菜蔬皆可食，无须选择也。

草草复此，余俟面谈。联辉居士竭诚招待一切，至可感谢。不宣。

演音上 旧八月廿九日

外五纸乞交子恺居士。

三

（一九二九年阴历九月初九，上虞白马湖）

丏尊居士：

惠书忻番一一。摄影甚美，可喜。山房建筑，于美观上甚能注意，闻多出于石禅之计划也。石禅新居，由山房望之，不啻一幅画图（后方之松树配置甚妙）。彼云：曾费心力，惨淡经营。良有以也。

现在余虽未能久住山房，但因寺院充公之说，时有所闻，未雨绸缪，早建此新居，贮蓄道粮，他年寺制或有重大之变化，亦可毫无忧虑，仍能安居度日。故余对于山房建筑落成，深为庆慰。甚感仁等护法之厚意也（秋后往闽闭关之事，是为宿愿，未能中止。他年仍可来居山房，终以此处为久居之地也）。

以上之意，如仁者与发起诸居士及施资诸居士晤面之时，乞为代达。因恐他人以新居初成，即往他方或致疑讶者，故乞仁者善为之解释，俾令大众同生欢喜之心也。数日以来，承尊宅馈赠食品，助理杂务，一切顺适，至用感谢！顺达，不具。

四（与致丰子恺信合）

（一九二九年阴历十月三日，上虞白马湖）

丏尊、子恺居士同览：

前日寄奉一函，想已收到。至白马湖后，承夏宅及诸居士辅助一切，甚为感谢。前者仁等来函，曾云山房若住三人，其经费亦可足用云云。朽人因思，现在即迎请弘祥师来此同住，以后朽人每年在外恒勾留数月，则山房之中居住者有时三人，有时二人，其经费当可十分足用也。

仁等于旧历九月月望以后（即阳历十月十七八日以后）来白马湖时，拟请由上海绕道杭州，代朽人迎请弘祥师，偕同由绍兴来白马湖。弘祥师之行李，乞仁等代为照料。至用感谢。迎请弘祥师时，其应注意者，如下数则：

（一）仁等往杭州时，宜乘上午火车至闸口，即至闸口虎跑寺，访弘祥师。仁等即可居住虎跑寺一宿。次晨，偕同过江，往绍兴。所以欲仁等正午到杭州者，因可令弘祥师于下午收拾行李，俾次晨即可动身。

（二）仁等晤弘祥师时，乞云："今代表弘一师迎请弘祥师往他处闭关用功。其地甚为幽静，诸事无虑，护法之人甚多；但不是寺院，亦不能供养多人，仅能请弘祥师一人，往彼处居住。倘有他位法师欲偕往者，一概谢绝。即请弘祥法师收拾行李，所有物件，皆可带去。明晨，即一同动身云云。"

（三）弘祥师倘问，其地在何处？仁等可答云："现在无须问，明日到时便知。"其余凡有所问，皆不必明答。朽人之意，不欲向他僧众传扬此事。因恐他僧众倘有来白马湖访问者，招待对付之事甚为困难，故不欲发表住处之地址也。

（四）并乞仁等告知弘祥师云："此次动身他往，不必告知弘伞师。"恐弘伞师挽留，反多周折也。

（五）朽人自昔以来，凡信佛法、出家、拜师傅等，皆弘祥师为之指导一切，受恩甚深，无以为报，今由仁等发起建此山房，故欲迎养，聊报恩德于万一也。弘祥师所有钱财无多，其由闸口至白马湖种种费用，皆乞仁等惠施，感同身受。

（六）朽人有谢客启，附奉上一纸，托弘祥师代送虎跑库房，令众传观。以上所陈诸琐碎事，皆乞鉴察。

种种费神，感谢无尽！再者，朽人于今者，已与苏居士约定，于晚秋冬初之时，往福建一行。故拟于阳历九月底即往上海，或小住数日，或即乘船而行。并乞仁等便中代为询问，太古公司往厦门及往福州之轮船，其开行之时间，是否有一定之规例（如宁波船决定五时开，长江船决定半夜开之例。此所询问者，为时间，因日期可阅报纸也）。琐陈，草草不宣。

演音上 十月三日

五

（一九三〇年阴历四月二十八日，温州）

丐尊居士：

顷诵尊函，并金二十元，感谢无尽。余近来衰病之由，未曾详告仁者，今略记之如下：

去秋往厦门后，身体甚健。今年正月（旧历，以下同），在承天寺居住之时，寺中驻兵五百余人，距余居室数丈之处，练习放枪并学吹喇叭，及其他体操唱歌等。有种种之声音，惊恐扰乱，昼夜不宁。而余则竭力忍耐，至三月中旬，乃动身归来。轮舟之中，又与兵士二百余人同乘（由彼等封船）。种种逼迫，种种污秽，殆非言语可以形容。共同乘二昼夜，乃至福州。余虽强自支持，但脑神经已受重伤。故至温州，身心已疲劳万分，遂即致疾，至今犹未十分痊愈。

庆福寺中，在余归来之前数日，亦驻有兵士，至今未退。楼窗前二丈之外，亦驻有多数之兵。虽亦有放枪喧哗等事，但较在福建时则胜多多矣。所谓"秋荼之甘，或云如荠"也。余自念此种逆恼之境，为生平所未经历者，定是宿世恶业所感，有此苦报。故余虽身心备受诸苦，而道念颇有增进。佛说八苦为八师，洵精确之定论也。余自经种种摧折，于世间诸事绝少兴昧，不久即正式闭关，不再与世人往来矣（以上之事，乞与子恺一谈。他人之处，无须提及为要）。以后通信，唯有仁者及子恺、质平等。

其他如厦门、杭州等处，皆致函诀别，尽此形寿不再晤面及通信等。以后他人如向仁者或子恺询问余之踪迹者，乞以"虽存如殁"四字答之，并告以万勿访问及通信等。质平处，余亦为彼写经等，以塞其责，并致书谢罪。现在诸事皆已结束，惟有徐蔚如编校《华严疏钞》，属余参订，须随时通信。返山房之事，尚须斟酌，俟后奉达（临动身时当通知）。山房之中，乞勿添制纱窗，因余向来不喜此物。山房地较高，蚊不多也。余现在无大病，惟身心衰弱，又手颤眼花，神昏，臂痛不易举，凡此皆衰老之相耳。甚愿早生西方。谨复，不具一一。

演音 旧四月廿八日

马居士石图章一包，前存子恺处，乞托彼便中交去，并向马居士致诀别之意。今后不再通信及晤面矣。

六

（一九三六年阴历正月初八，泉州）

丏尊居士道席：

一月半前，因往乡间讲经，居于黑暗室中，感受污浊之空气，遂发大热，神志昏迷，复起皮肤外症极重。

此次大病，为生平所未经过，虽极痛苦，幸佛法自慰，精神上尚能安也。其中有数日病势凶险，已濒于危，有诸善友为之诵经忏悔，乃转危为安。近十日来，饮食如常，热已退尽，惟外症不能速愈，故至今仍卧床不能履地，大约再经一二月乃能痊愈也。

前年承护法会施资请购日本古书（其书店，为名古屋中区门前町其中堂），获益甚大。今拟继续购请。乞再赐日金六百元，托内山书店交银行汇去，"购书单"一纸附奉上，亦乞托内山转寄为感。此次大病，居乡间寺内，承寺中种种优待，一切费用皆寺中出，其数甚巨；又能热心看病，诚可感也。乞另汇下四十元，交南普陀寺广洽法师转交弘一收（但信面乞写广洽法师之名，可以由彼代拆信代领款也）。此四十元，以二十元赠与寺中（以他种名义），其余二十元自用。屡荷厚施，感谢无尽！

演音启 旧正月初八日

以后通信，乞寄"厦门南普陀寺养正院广洽法师转交"。余约于病愈春暖后，移居厦门。又白。

七（与致李圆净信合）

（一九四〇年阴历六月六日，永春）

丏尊、圆晋居士同览：

养疴山中，久疏音问。近以友人请往檀林乡中，结夏安民，故得与仁者特殊通信，发起一重要之事。以《护生画集》正续编流布之后，颇能契合俗机。丰居士有续绘三四五六编之弘愿，而朽人老病日增，未能久待。拟提前早速编辑成就，以此稿本存藏上海法宝馆中，俟诸他年络续付印可也。兹拟定办法大略如下。乞仁者广征诸居士意见，妥为核定，迅速进行，至用感祷。

（一）前年丰居士来信，谓作画非难，所难者在于觅求画材。故今第一步为征求三四五六集之画材。于《佛学半月刊》及《觉有情》半月刊中，登载广告，广征画材。其赠品以朽人所写屏幅、中堂、对联及初版印《金刚经》（珂罗版印，较再版为优。今犹存十余册）等为酬奖。

（一）此事拟请仁者及范古农、沈彬翰、陈无我、朱苏典六居士，负责专任其事。仍请圆净居士任总编辑。

（一）预定三集画七十张，四集八十张，五集九十张，六集一百张。每画一张，附题句一段。

（一）已刊布之初二集，画风既有不同，以下三四五六集亦应各异。俾全书六集各具特色，不相雷同。据鄙意，以下四集中，或有一集用连环画体裁，或有一集纯用语体新文字题句，其画风亦力求新颖，或有一集纯用欧美事迹。此为朽人随意悬拟，不足为据。仍乞六居士妥为商定，务期深契时机，至为切要。

（一）每集画旁之题句，字数宜少。或仅数字，至多不可超过四五十字。因字数多者，书写既困难，缩印亦未便。

（一）征求画材之广告文，乞六居士酌定。征求既毕，应审核优劣，分别等第，亦乞六居士酌定。至其画材能适于作画否，乞稣典居士详核之。

（一）以上且据登广告征求画材而言。依朽人悬揣，应征之人未必多，寄来之稿亦恐罕能适用。则登广告征求画材一事，将无结果，殊为可虑。不知专请四位负责，各位各编一集之画材，如是或较为稳妥也。乞六居士详审之。以后关于此事之通信，乞寄与性常法师转交朽人至感。

音启 农历六月六日

八

（一九四一年阳历十月一日，泉州）

丏尊居士慧览：

惠书诵悉一一。子恺处已久不通信，闻友人云，彼之通讯处，为重庆沙坪坝国立艺术专校（据彼八月廿五日之信云云）。

闽中平静如常。仁者能入闽任职，则生活可无虑矣。泉州物价之昂，自昔以来，冠于全闽。但米价每石亦仅一百七十圆左右。其他闽中产米之区，如漳州及闽东等处，则仅五十圆左右。泉州街市无乞丐（另设乞丐收容所），物价亦不甚昂。华侨家族生活亦大致可维持，因努力种植，生产量甚富也。

统观全闽气象，与承平时代相差无几。朽人于十四年前，无意中居住闽南（本拟往暹罗，至厦门而中止），至今衣食丰足，诸事顺遂，可谓侥幸，至用惭愧。唯从前发愿编辑律宗诸书，大半未成就。拟于双十节后，即闭关著书，辞谢通信及晤谈等事。以后于尊处亦未能通信。仁者欲知朽人之近状者，乞常访问上海慕尔鸣路一百十一弄六号大法轮书局陈无我居士及彼处同住之陈海量居士。因泉州诸僧，常与海量通信，彼深知朽人之近状也。

朽人近作，屡载《觉有情》半月刊中（无我所办），乞仁者定此月刊一份（自今年正月始尤善，每年一圆余），即可常阅览朽人之近作也。苏慧纯居士，亦为海量之旧友，仁者能常与海量晤谈，当获益匪浅也（指导生活，安慰心灵）。不宣。

音启 十月一日

附呈相一纸，为去秋九月所摄。佛名二纸，乞结缘。

致堵申甫

（一九二六年阴历二月五日，杭州）

申父居士丈室：

　　昨承枉谈，至用欣慰！装订《华严经》事，今详细思维，如不重切者，则装订之时亦甚困难。因此经共二十七册，原来刀切偏斜者，以前数册为甚，以后渐渐端正。至后数册，大致不差。故装订时，裁剪书面（即书皮子）及衬纸（每册前后之白纸），须逐册比量，甚为费事。又此书原来刀切偏斜之处，朽人曾详细审视，非是直线，乃是曲线。下方向上而曲，上方亦向上而曲。此等之处，如装订时，欲使书面及前后之衬纸一一与原书之形吻合，非用剪刀剪之不可。若以刀裁，即成直线，与原书之形未能合也。以是之故，此书若不重切，则装订之时，极为困难，且不易得美满之结果。

　　今思有二种办法：其一、为冒险重切；其二、则不重切，即将原书旧有之书皮翻转，裱贴黄纸一层，俟干时用剪刀依旧书皮之大小剪之（其曲线处仍其旧式），即以此装订（但册数之先后次序，不可紊乱。例如第一册之书皮，仍订入第一册等。因此书全部前后样式稍参差也）。至于前后衬入之白纸，则只可省去。因此白纸，若一一剪成曲线之形，极为不易，必致参差不齐也（若依第一种办法，冒险重切者，则仍每册前后衬白纸四页）。若冒险重切者，订书处如不能切，或向昭庆经房，请彼处切之如何（原书即系昭庆经房自切者）。诸乞仁者酌之。

再者，昨云签条黑边外留白纸约二分者，指另印夹宣纸之签条而言。若橘黄色之签，因外衬白纸，固不须太阔也。叨在旧友，又以装订经典为胜上之功德，故琐缕陈诸仁者，不厌繁细。诸希鉴谅至幸。新昌片旁字，宜以佛经句为宜，乞商之。此未宣具。

胜臂疏 二月五日

致李圣章

（一九二二年阴历四月初六，温州）

圣章居士慧览：

二十年来，音问疏绝，昨获长简，环诵数四，欢慰何如！

任杭教职六年，兼任南京高师顾问者二年，及门数千，遍及江浙。英才蔚出，足以承绍家业者，指不胜屈，私心大慰。弘扬文艺之事，至此已可作一结束。

戊午二月，发愿入山剃染，修习佛法，普利含识。以四阅月力料理公私诸事：凡油画、美术、图籍，寄赠北京美术学校（尔欲阅者可往探询之），音乐书赠刘质平，一切杂书零物赠丰子恺（二子皆在上海专科师范，是校为吾门人辈创立）。布置既毕，乃于五月下旬入大慈山（学校夏季考试，提前为之），七月十三日剃发出家，九月在灵隐受戒，始终安顺，未值障缘，诚佛菩萨之慈力加被也。出家即竟，学行未充，不能利物。因发愿掩关办道，暂谢俗缘（由戊午十二月至庚申六月，住玉泉清涟寺时较多。）

庚申七月，至新城贝山（距富阳六十里），居月余，值障缘，乃决意他适。于是流浪于衢、严二州者半载。辛酉正月，返杭居清涟。三月如温州，忽忽年余，诸事安适；倘无意外之阻障，将不它往。当来道业有成，或来北地与家人相聚也。

音拙于辩才，说法之事，非其所长，行将以著述之业终其身耳。比年以来，此土佛法昌盛，有一日千里之势。各省相较，当以浙江为第一。附写初学阅览之佛书数种，可向卧佛寺佛经流通处请来，以备阅览。拉杂写复，不尽欲言。

释演音疏答 四月初六日

尔父处亦有复函，归家时可素阅之。

致蔡丏因

一

（一九二四年阴历八月二十五日，温州）

丏因居士丈室：

　　顷诵惠书欣悉一一。拙述《四分律比丘戒相表记》，今已石印流布。是书都百余大页，费五年之力编辑，并自书写细楷。是属出家比丘之戒律，在家人不宜阅览。但亦拟赠仁者及李居士各一册，以志纪念。开卷之时，不须研味其文义，唯赏玩其书法，则无过矣。又拙书《地藏菩萨本愿经见闻利益品》，书法较《回向品》为逊，今亦付石印以结善缘。尊宗禹泽居士，未审今居杭何处，希示知。拟以《四分律表记》二册及《华严疏钞》四册，送存彼处，俾便他日面奉仁者（《表记》册太大，不便邮寄。若《地藏经》早日印就，亦并交去，否则他日另寄）。尊印《回向品》共若干册，并乞示知。《四分律表记》其印千册（由穆居士以七百金左右独力印成）。以五百册存上海功德林佛经流通处，以三百二十册存天津佛经流通外，皆系赠送。如有僧众愿研求比丘律者，若居上等愿将以为纪念者，皆可托人向上海功德林就近领取。《地藏经》共印多少，如何分法，今尚未悉。朽人不久将往他方，今移居杭州城内银洞巷六号虎跑下院暂住，料理未了诸事。惠复乞寄上海江湾镇立达学园丰子恺居士转交，恐朽人不久或去杭也。承询所需，俟后有需，当以奉闻。敬谢厚意。此未宣具。

胜臂疏答 八月廿五日

二

（一九二四年阴历十二月初三，温州）

丐因居士丈室：

顷诵书，并承惠施毫笔四管，谢谢！

《华严经疏科文》十卷，未有刻本。日本《续藏经》第八套第一册、二册，有此科文。他日希仁者至戒珠寺检阅。疏、钞、科三者如鼎足，不可阙一。杨居士刻经疏，每不刻科文，厌其繁琐，盖未尝详细研审也（钞中虽略举科目，然或存或略，意谓读疏者必对阅科文，故不一一具出也）。今屏去科文而读疏钞，必至茫无头绪。北京徐居士刻经，悉依杨居士之成规，亦不刻科，所刻《南山律宗》三大部，为近百册之巨著，亦悉删其科文，朽人尝致书苦劝，彼竟固执旧见未肯变易，可痛慨也。

昙昉白 十二月初三日

《华严经疏钞》为光绪十年妙空大师于江北刻经处刊刻。妙空为杨居士之师，故杨居士所刻之经疏，亦多删其科文，依彼旧例。

三

（一九二六年阴历三月二十二日，杭州）

丏因居士：

初六日来杭，寓招贤寺。数日以来，与诸师友有时晤谈。自廿五日（立夏日）始，方便掩室，不见宾客。疏钞二十九册，印一方，乞收入。开示录三册，乞仁者受一册，其二转贻孙、李二居士。疏钞已阅竟者，便中托妥实之友人（由绍来杭之人甚多，故可不须付邮）带至杭州，送呈招贤寺（里西湖新新旅馆旁）住持弘伞法师（或弘伞法师出外者，乞交副寺师代收，须擎取收条乃妥）转交朽人。《往生论注》尚未由温州转到。谨达，不具一一。孙居士乞代致意，附一笺乞交李居士。

昙昉疏 三月廿二日

四

（一九二六年阴历五月十九日，杭州）

丏因居士丈室：

书悉。近与伞法师发愿重厘会修补校点《华严疏钞》（今之《会本》，为明嘉靖时妙明法师所会。彼时清凉排定之科文久佚，妙师臆为分配，故有未当处。妙师《会本》，后有人删节，甚至上下文义不相衔接。《龙藏》仍其误。今流通本又仍《龙藏》之误。已上据徐蔚如考订之说）。伞法师愿任外护并排版流布之事（伞法师谓排版为定，可留纸版，传之永久）。朽人一身任厘会修补校点诸务。期以二十年卒业，先科文十卷，次悬谈，次疏钞正文。

朽人老矣，当来恐须乞仁者赓续其业，乃可完成也。此事须于秋暮自庐山返后，再与伞师详酌。若决定编印，尚须约仁者来杭面谈一切。前存尊斋疏钞等，乞暂勿送返，是间有《续藏》可阅。伞师又将觅木版流通本以为编写之稿本（改正科会及增补原文之处，皆剪贴，即以此本排印，不须另写）。

近常与湛翁晤谈，彼诗兴甚佳。他日来杭，可往访也。

论月疏 五月十九日

五

（一九二六年阴历十二月六日，杭州）

丏因居士：

书悉。《华严疏钞》唯有仁者能读诵，故以奉赠。来书谦抑太甚，未可也。《疏钞》第十《回向章》及《十地品》初地前半共一册，乞寄下。《疏钞》中近须检阅者凡五册：一、《净行品》一册，《二十行品》二册，《三十回向品初回向章》一册，《四十回向章》一册，此五册迟数月后再邮奉尊斋。以外诸册，不久悉可寄上。《悬谈》在杭州，《疏钞》存上海，不久可以寄来。明后二年，谢客养静，未能通向，《回向初章》印就时，乞惠寄朽人五册，仍交丁居士家。并乞寄天津东南城角清修院清池大和尚三册，至为感谢！《回向》初章中听字写从壬，大误。后忽忽不及改写。切字从十者，依唐人《一切经音义》之说，以十表无尽也。）

月臂 十二月六日

六

（一九二六年阴历十二月十一日，杭州）

丐因居士丈室：

曩乞李居士奉上一书，想达慧览（仁者礼诵《华严》，于明年二月十五日，即释迦牟尼佛涅槃日始课，最为适宜。此前有暇，可以检查文字之音读。自是日始课者，绍隆佛种，担荷大法义也。仁者勉旃）。兹邮奉《礼诵日课》一叶，并《悬谈》八册，希受收。《日课》中说明甚简略，兹补记如下：

礼敬之前，应先于佛前焚名香供养，能供花尤善。偈赞所书者，为举其一例。所诵之偈赞，可以随时变易，以己意选择。《华严经》中偈文，悉可用也。诵《华严经》，用疏钞本诵亦可，若欲别请妥正本，以杭州昭庆慧空经房之本最善（句读稍有舛误，但讹字甚少，毛太纸本价四元八角，新连史本七元八角。若大字拓本，即俗称梵本者，价十八元。此本核对尤精）。三归依亦应延声唱诵。依此课程行持，约须一小时三十分。初行之时，未能熟悉者，至多亦不逾二小时。每日读《华严》一卷之外，并可以己意别选数品，深契己机者，作为常课，常常读诵（或日日诵，或分数日诵）。朽人读《华严》日课一卷以外，又奉《行愿品别行》一卷为日课，依此发愿。又别写录《净行品》、《十行品》、《十回向品》（初回向及第十回向章）作为常课。每三四日或四五日轮诵一遍。附记其法，以备参考。尊处或无适宜之佛像，今附邮奉日本名画《华严图》三页，又古画《阿弥图像》三页，以各一页奉与仁者供养。如李、孙二居士亦发心供养者，乞以其余转施与二居士，惟举置而不供养，则有所未可耳。

月臂疏 十二月十一日

七

（一九二八年阴历正月十四日，温州）

丏因居士丈室：

两书诵悉。《悬谈》八册，昨夕亦赍至。今邮奉《疏钞》十一册，又《往生论注》一册，亦并假与仁者研寻。杨仁山居士谓修净业者须穷研三经一论，论即《往生论》也。鸾法师注至为精妙。杨居士谓支那莲宗著述，以是为巨擘矣。附奉上《行愿品》一册，敬赠与仁者读诵，并希检受。《华严悬谈》文字古拙，颇有未易了解处，宜参阅宋鲜演《华严谈玄抉择》（共六卷，初卷佚失，今存五卷，收入《续藏经》中）及元普瑞《华严悬谈会玄记》（四十卷，常州刻经处刊行，共十册），反复研味，乃能明了。

仁者若欲穷研《华严》，于清凉疏钞外，复应读唐智俨《搜玄记》（共五卷，每卷分本末，第四卷之中已佚失，此残本，今收入《续藏经》中）及贤首《探玄记》（二十卷，金陵刻经处刊行，共三十册。徐蔚如厘会）。清凉疏钞多宗贤首遗轨，贤首复承智俨之学脉，师资绵续，先后一揆。三师撰述，并传世间，各有所长，宁可偏废。乃或故为轩轾，谓其青出于蓝，寻绎斯言，盖非通论。前贤创作者难，后贤依据成章，发挥光大，亦惟是缵其遗绪耳，岂果有逾于前贤者耶。至若慧苑《刊定记》（共十五卷，第六第七佚失，此残本今收入《续藏经》），反戾师承，别辟径路，贤宗诸德并致攻难，然亦未妨虚怀玩索，异义互陈，并资显发，岂必深恶而痛绝耶。

春寒甚厉，手僵墨凝，言岂尽意。

昙日方疏答 正月十四日

今后邮寄书籍，乞包以坚固之纸数层，外以坚固之麻绳束缚稳牢。

固绍至温,须数易舟车。包纸易致破碎,麻绳亦易磨断。附白。

八

（一九二九年阴历九月七日,温州）

丐因居士慧鉴：

惠书具悉。寄存之书,共十三包。其中大部之书,有晋唐译《华严经贤首探玄记》（此书极精要）,大本《起信论疏解汇集》等（有木夹板二副,晋译《华严》用）。是等诸书,朽人他日倘有用时,当斟酌取返数种。若命终者,即以此书尽赠与仁者,以志遗念。此外有奉赠结缘之书及零纸等五包（每包上有纸签写赠送二字）,乞随意自受,并以转施他人,共装入两在网篮（约重七八十斤）,拟托春晖中学杨君（数年前在绍兴同游若耶溪者）暂为收贮。将来觅便,赍奉仁者,未审可否？乞裁酌之。若可行者,希即致函杨君来此领取。朽人十日后即往闽中。

衰老日甚,相见无期,惟望仁者自今以后,渐脱尘劳,专心向道。解行双触,深入玄门。别奉上尊书简数纸,以赠铭绍诸子（附包入零纸中）。此未宣悉。

演音疏 九月七日

九

（一九三二年阴历正月十一日,镇海伏龙寺）

丐因居士智鉴：

惠书诵悉,至用欢慰。朽人近年已来,两游闽南各地,并吾浙甬、绍、温诸邑,法缘甚盛,甚慰慈念。惟以居处无定,故久未致书问讯耳。去岁夏间,曾立遗嘱,愿于当来命终之后,所有书籍,悉以奉赠于仁者

（若他人有欲得一二种以为纪念者，再向仁处领取）。是遗嘱当来由夏居士等受收耳。数日后，即返法界寺。秋凉仍往闽南。以后惠书，希寄绍兴转百官（若交民局寄者，乞将百官二字改为驿亭站；若交邮局寄者，宜用百官二字）横塘庙镇寿春堂药店转交法界寺弘一收。附邮奉拙书一束，内有五言联及佛力小额，奉赠仁者，此外乞随意转施。谨复，不宣。

演音疏 正月十一日

前存仁处《贤首国师墨迹》一册，近欲请回供养，乞附邮寄下为感。又《圆觉大疏》一部，前在闽时，以数月之力圈点，并节录钞文，乞仁者检出，觅暇阅之，当法喜充满也。附白。

十

（一九三六年阴历元旦，厦门）

丏因居士道席：

前复二明信，想悉收到。昨今二日，书写十件，附邮奉上。自今日始，为僧众讲律，约至旧四月八日圆满。其余诸纸，拟俟讲毕再加墨也。是间气候和暖，桃榴桂菊等一时并开，几不知其为何时序矣。谨陈，不具。

演音启 旧元旦夕

此函将发，独奉手书，诵悉一一。承施景印墓碣，甚感！南山律苑学侣约十五人，乞再寄下十五册。别所需者，由洽法师函达。附白。旧正月三日。

十一

（一九三六年阴历四月二十三日，厦门）

丐因居士道席：

惠书诵悉。将来共出几辑，似未可预定。若无有销路，主事者厌倦，即出二辑为止。否则可以续出。每辑之形式不同，未可分类标写部名（如经论等。此事前曾再四踌躇，以不标为妥，恐以后发生困难）。如第一辑所选者，以短、易解、切要，有兴味，有销路为标准，但如此类之佛书实不可多得。故第二辑以下须另编辑。且拟每辑变换面目，以引起读者之兴味也。第二辑拟专收音所辑编者三十种。第三辑拟专收佛教艺术（旧辑《华严集联》可编入。余可以编辑数种，此外由同人分任。共三十种）。所预定者大致如是。第一辑所收者经论杂集之部类略备。第二辑多为警策身心克除夕气之作。第三辑为佛教艺术。以后若续出者，每次变换面目。每两年出一辑。或全辑总售，或又零册分售。前定名曰《佛学丛书》，似范围太广大。今拟酌定曰《佛籍（典）小丛刊（刻）》，未知可否？乞裁酌之。定名之后，乞以示知，再书写签条及序言奉上也。

近自扶桑国请到佛像书数十册（及古版佛书近千册，多为希有之珍本），略为研求，乃知是为专门之学，未可率尔选择评论。第一辑、第二辑拟不用佛像，将来倘第三辑《佛教艺术》出版，可以多列诸像，附以说明也。

裴相《发菩提心文序》第十五行非"速行"也，应作"迷行"也。未页第七行普愿大众以下应提行另起。又第十三行启发以下之文宜与上行连续，不可提行。

年谱在世之时不可发表。幼年诸事，拟与高文显君言之（厦门大学心理系学生，与广洽师至契）。

去岁仲冬大病，内外症并发，为生平所未经历（卧床近两月，俗谓九死一生）。内症至季冬已愈，外症延至本月乃痊。此次大病，自己甚得利益。稍暇拟记写之。

以后惠书，乞写厦门南普陀寺养正院广洽法师转交弘一。不久拟移居古浪屿，但信件仍由广洽法师转送来。其寻常信件，由彼代复，或退还也。谨复，不宣。法华卷已收到，感谢！

演音疏 四月廿三日

十二

（一九三六年阴历六月十九日，厦门）

丏因居士道席：

惠书诵悉。前函未收到，以后若有要事以挂号为妥。签题及序文奉上。前月所拟第二三辑编订法，乃一时之理想。近为详思，殊难实行（且将来有种种困难）。将来编第二辑时，仍拟与第一次大致相似，先列短篇之经律论（律论或缺）译本，后列此土撰述，凡拙作及艺术等文酌选数种附于其后。第三辑以后，亦尔。如此变通办法，未知可否？乞与书局主事商之。便中示复为祷。所寄日本书三部，已收到。谨复，不备。

演音疏 六月十九日

十三

（一九三七年阴历六月五日，青岛）

丏因居士道鉴：

惠书诵悉。承施石垂笺、羊毫，已收到。敬谢！

丛刊续辑，拟俟秋凉返厦门时编定，因是间无书籍可检寻也。

拙书联幅等，约于旬日后递奉。其中有上款者数种，其余乞仁者与沈知方居士分受，转赠善友可耳。旬日后邮奉联幅等时，附讲稿二种（《青年佛徒应注意的四项》及《南闽十年之梦影》），皆在养正院所讲者（去年正月及今年二月）。

　　养正院创办于三年前，朽人所发起者教育青年僧众。今复或将与他院合并。养正之名，难可复存。此二讲稿可为养正院纪念之作品，为朽人居闽南十年纪念之作也。唯笔记未甚完美，拟请仁者暇时为之润色，（多多删改无妨，因所记录者亦不尽与演词同也），并改正其讹字、文法及标点。题目亦乞再为斟酌（"青年佛徒"等），更乞仁者为立一总名。即以此二篇讲稿合为一部书。虽非深文奥义，为大雅所不取，或亦可令青年学子浏览，不无微益也。此讲稿拟别刊行。世界书局或欲受刊者，广洽法师处存有数十元，愿以附印也。又拟请仁者撰序及题签，以为居南闽十年之纪念耳。谨陈，不宣。

演音疏 六月五日

十四

（一九三八年阴历正月十九日，泉州草庵）

丏因居士慧鉴：

　　惠书诵悉。尔来身心疲劳，拟于明日始，在此掩室数月静养。属题塔经，俟后兴致佳时写奉。

　　近有讲稿一篇，拟列于前二篇后，共三篇，题曰《养正院亲闻记》。能于旧历己卯明年付印为宜。明年朽人世寿六十，诸友人共印此书，亦可惜为纪念也。前寄上之印资数十元，为养正院师生等所施者，亦乞加入，并将姓名载于卷末。又奉化丁居士亦愿施资，附写介绍笺一纸，将来由仁者致函通知可也。印刷之格式，如去秋晤面时所谈。

演音启 正月十九日

　　养正院师生等施资者姓名（此人名务乞列入卷末，因经手募资人可有交代也）：佛教养正院前教导释广洽、高胜进，学僧释盛求、瑞伽、贤范、贤悟、传深、传扬、广根、道香、妙廉、妙皆、广慎、善琛、传声、心镜、瑞耀、如意、静渊、离尘、智静、广余，及护法王正邦、陈宗泮、施乌格、曾珠娟。共助印资□十元（此数目已忘记，乞填入）。以后通信，乞交与夏丐尊居士便中附寄。因掩关期内，仅收复居士之信札也。

致朱苏典

（一九三五年阴历九月十八日，永春）

苏典居士文席：

　　惠书欣悉一一。承施纸笔，皆已受领，感谢无尽。《护生画集》今承仁者等为之尽力负责，如能获圆满成就，如斯殊胜功德，诸佛菩萨出广长舌赞莫能穷，一切世间天人等皆大欢喜。诚为近今世界战云沉暗中，第一可欣可庆之事也。画集之资料，佛学书局出版之《物犹如是》（此四字即书名），颇可参考。仁者倘以前未定阅《佛学半月刊》者，即乞定阅。有二种：一、佛学书局出版者；二、慕尔鸣路一百十一弄六号大法轮书局出版者，名曰《觉有情》，皆半月刊也。能将数年以来出版者，悉皆补购尤善。其中时有戒杀放生之文字，又能常常阅是刊物，藉以熏修佛法，亦殊胜之因缘也。画集之题句，能于编辑时即一一标出尤感，则将来可无须再托人撰题句也。新编画集共四册，画幅甚多。倘丰居士未能速即绘就，拟稍变通。第六集画百幅者，请丰居士独立任之。此外三集、四集、五集之画幅，则乞仁者及转托诸善友合力作之。

如是则延至明年岁暮，或可圆满绘就也。谨复，不宣。

农历九月十八日 音疏答

致黄庆澜

(一九二六年阴历五月,杭州)

涵翁老居士慧鉴:

去温之时,曾奉一书,计达尊览。三月初旬至杭州,暂居招贤寺。前承属书《行愿品偈》,今已写就,附邮奉上,乞检受。笔墨久荒,书写工楷,气既不贯,字体大小,亦未能一律。几经修饰描改,益复损其自然之致,如何如何!去年陈伯衡居士,石印拙书《八大人觉经》,曾呈法雨老人阅览。老人以为折本太长(与今写者相同),未便放置,以后再印宜改短云云。故今所写《行愿品偈》,未写冠首之科文,及后附之释经名题。如是仅存大字经文,再将上下空白纸处缩短,则可与金陵折本行愿品,长短相似。藏置书架之上,应无折损之虞矣。又前年书写之《净行品偈》,亦可将已写冠首之科文及后附之释经名题删去,则卷尾之跋语行式太长,未能合宜。今别写一页奉上,乞以补入。

以上所陈拙见,未审当否?希裁酌之。

附奉陈者,前承惠施《续藏经》,暂存上海立达学园。此次返杭之后，立达主任夏、丰二居士即来杭晤谈，谆谆恳请，以此《续藏经》永存立达学园；并谓已订制书架，注意保藏，且有同学多人发心阅览云云。音察其情意诚挚，不忍违拂，已允其请；并由彼致函与衢州汪居士，说明此意。请汪居士欢赞其事。照此情形，是经存置立达，似颇稳妥。既能注意保存，且有多人阅览，较诸转送衢州，似合宜也。仁者闻之，想定欢喜赞许。今后学园诸子披阅经文，获植善根，或开慧解，悉出仁者之赐。檀施功德，宁有涯砜。附陈梗概，并鸣谢忱。音不久拟赴庐山，约在秋后乃可返杭。以后惠函，乞寄杭州里西湖招贤寺存交音手收，至妥！敬颂檀那，功德无量！

演音疏

致吕伯攸

（一九二六年阴历十二月十一日，杭州）

伯攸居士丈室：

前诵来书，欢悦无尽！兹写佛名三叶，以一叶奉与仁者，其一叶希转施胡居士寄尘，其他可随意赠与善友也。别奉旧写残纸数种，并乞受收。若自受，若转施他人。朽人尔来礼诵《华严》谢绝宾客，暂不通讯问。仁者受收是书后，乞暂勿答复。此未委宣。

月臂疏答 十二月十一日

又佛学文字数种附上。商务印书馆印行之《印光法师文钞》，乞请阅览。《听钟念佛法》，为朽人所撰述者。此数张中，惟改正讹字一张，其他乞仁者改写。朽人近年书写经典，付印者大半已送罄，惟吴幼潜处珂罗版印《阿弥陀经》或尚有余，乞仁者向上海宁波路渭水坊西泠印社吴君询问。又近为蔡丏因居士书写《华严初回向章》明春可以印就。乞预致函与蔡君约定，彼为浙江两级师范毕业生，今任绍兴中学教员。

致寄尘法师

（一九二九年阴历六月十六日，上虞白马湖）

尘法师：

惠书诵悉，欢慰无尽。明岁倘有胜缘，或能来九华亲近法座也。苏居士偕返温州，秋凉后将与居士往鼓山，印刷经典，或在鼓山过冬。

座下天性仁厚，待人和平，与古德云栖莲池大师气象最为相近。窃谓今后能于《云栖法汇》常常披阅，则学识当更有进。集中《缁门崇行录》、《僧训日记》、《禅关策进》三种，尤为切要。不慧披剃以来，奉此以为圭臬。滥厕僧伦，尚能鲜大过者，悉得力于此书也。愿与仁者共勉之。前月曾乞苏居士以《缁门崇行录》五十部，赠与闽南佛学院诸同学等，已托芝法师为之分致矣。《云栖法汇》金陵版较杭为善，上海功德林亦有流通者。敬复，不尽欲言。

顺颂

法利！

演音和南　旧六月十六日

致丰子恺

一

（一九二九年阴历八月十四日，温州）

子恺居士：

初三日惠书，诵悉。兹条复如下：

△周居士动身已延期，网篮恐须稍迟，乃可带上。

△《佛教史迹》已收到，如立达仅存此一份，他日仍拟送还。

△护生画，拟请李居士等选择（因李居士所见应与朽人同）。俟一切决定后，再寄来由朽人书写文字。

△不录《楞伽》等经文，李居士所见，与朽人同。

△画集虽应用中国纸印，但表纸仍不妨用西洋风之图案画，以二色或三色印之。至于用线穿订，拟用日本式，系用线索结纽者，与中国佛经之穿订法不同。朽人之意，以为此书须多注重于未信佛法之新学家一

方面，推广赠送。故表纸与装订，须极新颖警目，俾阅者一见表纸，即知其为新式之艺术品，非是陈旧式之劝善图画。倘表纸与寻常佛书相似，则彼等仅见《护生画集》之签条，或作寻常之佛书同视，而不再披阅其内容矣。故表纸与装订，倘能至极新颖，美观夺目，则为此书之内容增光不小，可以引起阅者满足欢喜之兴味。内容用中国纸印，则乡间亦可照样翻刻。似与李居士之意，亦不相违。此事再乞商之。

△李居士属书签条，附写奉上。

△"不请友"三字之意，即是如《华严经》云："非是众生请我发心，我自为众生作不请之友"之意。因寻常为他人帮忙者，应待他人请求，乃可为之。今发善提心者则不然，不待他人请求，自己发心，情愿为众生帮忙，代众生受苦等。友者，友人也。指自己愿为众生之友人。

△周孟由居士等谆谆留朽人于今年仍居庆福寺，谓过一天，是一天，得过且过，云云。故朽人于今年下半年，拟不他往。俟明年至上海诸处时，再与仁者及丐翁等，商量筑室之事。现在似可缓议也。

△近病痢数日，已愈十之七八。惟胃肠衰弱，尚须缓缓调理，仍终日卧床耳。然不久必愈，乞勿悬念。承询需用，现在朽人零用之费，拟乞惠寄十圆。又庆福寺贴补之费（今年五个月），约二十圆（此款再迟两个月寄来亦不妨）。此款请旧友分任之。至于明年如何，俟后再酌。

△承李居士寄来《梵网经》、万钧氏书札，皆收到。谢谢。

病起无力，草草复此。其余，俟后再陈。

八月十四日 演音上

二

（一九二九年阴历八月二十二日，温州）

子恺居士慧览：

今日午前挂号寄上一函及画稿一包，想已收到。顷又做成白话诗数首，写录于左：

（一）倘使羊识字

倘使羊识字，泪珠落如雨。

口虽不能言，心中暗叫苦！

因前配之古诗，不贴切。故今改做。

（二）残废的美

好花经摧折，曾无几日香。

憔悴剩残姿，明朝弃道旁。

（三）喜庆的代价

喜气溢门楣，如何惨杀戮。

唯欲家人欢，那管畜生哭！

原配一诗，专指庆寿而言，此则指喜事而言。故拟与原诗并存。共二首。或者仅用此一首，而将旧选者删去。因旧选者其意虽佳，而诗笔殊拙笨也。

（四）悬梁

日暖春风和，策杖游郊园。

双鸭泛清波，群鱼戏碧川。

为念世途险，欢乐何足言！

明朝落纲罟，系颈陈市廛。

思彼刀砧苦，不觉悲泪潸。

案此原画，意味太简单，拟乞重画一幅。题名曰《今日与明朝》。将诗中双鸭泛清波，群鱼戏碧川之景，补入。与系颈陈市廛，相对照，共为一幅。则今日欢乐与明朝悲惨相对照，似较有意味。此虽是陈腐之老套头，今亦不妨采用也。俟画就时，乞与其他之画稿同时寄下。

再者：画稿中《母之羽》一幅，虽有意味，但画法似未能完全表明其意，终觉美中不足。倘仁者能再画一幅，较此为优者，则更善矣。如未能者，仍用此幅亦可。

前所编之画集次序，犹多未安之处。俟将来暇时，仍拟略为更动，俾臻完善。

八月廿二日 演音上

些函写就将发，又得李居士书。彼谓画集出版后，拟赠送日本各处。朽意以为若赠送日本各处者，则此画集更须大加整顿。非再需半年以上之力，不能编纂完美，否则恐贻笑邻邦，殊未可也。但李居士急欲出版，有迫不及待之势。朽意以为如仅赠送国内之人阅览，则现在所编辑者，可以用得。若欲赠送日本各处，非再画十数页，从新编辑不可。此事乞与李居士酌之。

再者，前画之《修罗》一幅（即已经删去者），现在朽人思维，此画甚佳，不忍割爱，拟仍旧选入。与前画之《肉》一幅，接连编入。其标题，则谓为《修罗一》、《修罗二》（即以《肉》为《修罗一》，以原题《修罗》者为《修罗二》）。再将《失足》一幅删去。全集仍旧共计二十四幅。

附呈两纸，乞仁者阅览后，于便中面交李居士。稍迟亦无妨也。

廿三晨

三

（一九二九年阴历八月二十四日，温州）

子恺居士：

　　新作四首，写录奉览：

凄音

　　小鸟在樊笼，悲鸣音惨凄。
　　恻恻断肠语，哀哀乞命词。
　　向人说困苦，可怜人不知：
　　犹谓是欢娱，娱情尽日啼。

农夫与乳母

　　忆昔襁褓时，尝啜老牛乳。
　　年长食稻粱，赖尔耕作苦。
　　念此养育恩，何忍相忘汝！
　　西方之学者，倡人道主义。
　　不啖老牛肉，淡泊乐素食。
　　卓哉此美风，可以昭百世！

　　麟为仁兽，灵气所钟，不践生草，不履生虫。繄吾人类，应知其义，举足下足，常须留意，既勿故杀，亦勿误伤。去我慈心，存我天良。

　　附注：儿时读《毛诗·麟趾章》，注云："麟为仁兽，不践生草，不履生虫。"余讽其文，深为感叹。四十年来，未尝忘怀。今撰护生诗歌，引述其义。后之览者，幸共知所警惕焉。

我的腿（旧配之诗，移入《修罗二》）

我的腿，善行走。
将来不免入汝手，
盐渍油烹佐春酒。
我欲乞哀怜，
不能作人言。
愿汝体恤猪命苦，
勿再杀戮与熬煎！

画集中《倒悬》一幅，拟乞改画。依原配之诗上二句，而作景物画一幅（即是"秋来霜露……芥有孙"之二句。画题亦须改易，因原画之趣味，已数见不鲜，未能出色；不如改作为景物画较优美有意味也。再者《刑场》与《平等》二幅，或可删，亦可留，乞仁者酌之。

论月八月廿四日

四

（一九二九年阴历八月二十六日，温州）

子恺居士慧览：

将来排列之次序，大约是：

（一）《夫妇》；（二）《芦菔生儿芥有孙之画》（案芦菔俗称萝卜）；（三）《沉溺》；（四）《凄音》等。中间数幅，较前所定者，稍有变动。至《农夫与乳母》以下，悉仍旧也。

再者，《芦菔生儿芥有孙》之画，乞仅依"秋来霜露满东园，芦菔生儿芥有孙"二句之意画之。至末句中鸡豚，乞勿画入。

以前数次寄与仁者之信函，乞作画或改题者，兹再汇记如下：

△增画者《忏悔》、《平和之歌》，共二幅。

△改画者《芦菔生儿芥有孙之画》（旧题为《倒悬》，今乞改题）、《今日与明朝》（旧题为《悬梁》）、《母之羽》，共三幅。

△修改画题者《沉溺》（原作《溺》）、《凄音》（原作囚徒之歌》）、《诱惑》（原作《诱杀》）、《修罗一》（原作《肉》）、《修罗二》（原作《修罗》），共五处。

以上所写，倘有未明了处，乞检阅前数函即知。

八月廿六日 演音上

今年夏间，由嘉兴蔡居士寄玻璃版印《华严经》二册至尊处（江湾），想早已收到（当时仁者在乡里），前函未提及，故再奉询。

五

（一九二九年阴历八月二十九日，上虞白马湖）

子恺居士：

前日已至白马湖，承张居士代表招待一切，至用感慰！兹有四事，奉托如下：

一、乞画澄照律祖像一幅，别奉样式一纸，乞检阅。此像在《续藏经》中，今依彼原稿，略为缩小。如别纸中朱笔所画轮廓为限。如以原稿太繁密者，乞仁者以己意稍为简略。但仍以工笔细线画之为宜。画纸乞用拷碑纸，因将刻木板也。此画像，能于旧历九月中旬随夏居士返家之便带下，为感。

二、前存尊处之马一浮居士图章一包，乞于便中托人带至杭州，交还马居士。但此事迟早不妨，虽迟至数月之后亦可。马居士寓杭州联桥及弼教坊之间，延定巷旧第五号（或第四第六号）门牌内。

三、福建苏居士，今春在鼓山，定印《华严疏论纂要》多部（此书系康熙古版，外间罕有流传。每部大约六十册，实费二十圆）。拟以十二部分赠与日本各宗教大学及图书馆等，托内山书店代为分配及转寄。又以二部赠与上海功德林流通。附写信二纸，乞于便中转交内山书店及功德林佛经流通处为感。

四、有人以五圆托仁者向功德林代请购下记之书：《华严处会感应缘起传》一册。其余之资，皆请购（功德林藏版）《地藏菩萨本愿经》若干册及其邮费。此书代为邮寄"温州大南门外庆福寺因弘法师收"。无须挂号。此款乞暂为垫付，俟他日托夏居士带来。种种费神，感谢无惟！尽净法师偕来，诸事甚为妥善。秋后朽人或云游他方，仍拟请惟静法师在晚晴山房居住，管理物件及照料一切。彼亦有愿久住山房之意。闻仁者近就开明编辑之事，想甚冗忙，如少闲暇，九月中旬可以不来白马湖，俟他时朽人至上海，仍可晤谈也。俗礼幸勿拘泥，为祷。不俱。

演音疏 旧八月廿九日

六

（一九二九年阴历九月初四，温州）

子恺居士：

前复信片想达慧览。尚有白话诗二首，亦已作就，附写如下：

《母之羽》：雏儿依残羽，殷殷恋慈母。母亡儿不知，犹复相环守。念此亲爱情，能勿凄心否？

此下有小注，即述蝙蝠之事云云。俟后参考原文，再编述。

《平和之歌》：昔日互残杀，今朝共舞歌。一家庆安乐，大地颂平和。

附短跋云：李、丰二居士，发愿流布《护生画集》。盖以艺术作方便，人道主义为宗趣。虽曰导俗，亦有可观者焉。每画一页，附白话诗，选录古德者□首，余皆贤瓶道人补题。纂修既成，请余为之书写，并略记其梗概。

新作之诗共十六首，皆已完成。但所作之诗，就艺术上而论，颇有遗憾：一以说明画中之意，言之太尽，无有含蓄，不留耐人寻味之余地。一以其文义浅薄鄙俗，无高尚玄妙之致。就此二种而论，实为缺点。但为导俗，令人易解，则亦不得不尔。然终不能登大雅之堂也。

画稿之中，其画幅大小，须相称合。如《！！！》一幅，似太大。《母之羽》一幅，似稍小。仁者能再改画，为宜。虽将来摄影之时，可以随意缩小放大，但终不如现在即配合适宜，俾免将来费事。且于朽人配写文字时，亦甚蒙其便利也。

附二纸，为致李居士者。乞仁者先阅览一过。便中面交与李居士，稍迟未妨也。

九月初四日 演音上

七

（一九二九年阴历九月十二日，温州）

子恺居士：

昨晚获诵惠书，欣悉一一。兹复如下：

△续画之画稿，拟乞至明年旧历三月底为止，（因温州春寒殊甚，未能执笔书写。须俟四月天暖之后，乃能动笔）。由此时至明春三月，乞仁者随意作画，多少不拘。朽人深知此事不能限期求速就（写字作文等亦然）。若兴到落笔，乃有佳作。所谓"妙手偶得之"也。至三月底即截止。由朽人用心书写。大约五月间，可以竣事。仁者新作之画，乞随时络续寄下（又以前已选入之画稿及未选入者，并乞附入，便中寄下）。即由朽人选择。其选入者，并即补题诗句。

△白居易诗，"香饵"云云二句，系以鱼喻彼自己，或讽世人，非是护生之意。其义寄托遥深，非浅学所能解。乞勿用此诗作画。

△研究《起信论》，译佛教与科学之事，暂停无妨。礼拜念佛功课未尝间断，戒酒已一年，至堪欢喜赞叹。近来仁者诸事顺遂，实为仁者专诚礼拜念佛所致。念佛一声，能消无量罪，能获无量福。惟在于用心之诚恳恭敬与否，不专在于形式上之多少也。

△网篮迟至年假时带去，无妨。

△珂罗版《华严经》，乞赠李圆净居士一册。

△以后作画，无须忙迫。至画幅之多少，亦不必预计。如是乃有佳作。

△倘他日集中画幅再增多之时，则已删去之画，如《倒悬》、《众生》（又名《上法场》）等，或仍可配合选入，俟他日再详酌。

△许居士如愿出家，当为设法。

△明年大约仍可居住庆福寺，因公园以筹款不足，停止进行，故尚安静可住。承诸友人赠送之资，至为感谢。此次寄来之廿圆，拟留充明年自己之零用。至于明年，尚需贴补寺中全年食费约六十圆。又于地藏殿装玻璃门，及《续藏经》书柜之木架等费，朽人拟赠与寺中三十圆，共计九十圆。倘他日有友人送款资至仁者之处，乞为存积。俟今年阴历年底，朽人再斟酌情形。倘需用此款者，当致函奉闻，请仁者于明年春间便中汇下。此事须今年年底酌定，故所有款资，拟先存仁者之处，乞勿汇下。

△明年朽人能于秋间至上海否，难以预定。或不能来，亦未可知。因近来拟息心用功，专修净业。恐出外云游，心中浮动，有碍用功也。统俟明年再为酌定。

△明年与后年，两年之中，拟暂维持现状。至于夏居士所云建造房舍之事，俟辛未年，再行斟酌。

草草奉复。不具。

演音上 九月十二日

再者，以后惠函，信面之上，乞勿写和尚二字。因俗例，须本寺住持，乃称和尚。朽人今居客位，以称大师或法师为宜。

再者，愚夫愚妇及旧派之士农工商，所欢喜阅览者，为此派之画。但此派之画，须另请人画之。仁者及朽人，皆于此道外行。今所编之《护生画集》，专为新派有高等小学以上毕业程度之人阅览为主。彼愚夫等，虽阅之，亦仅能得极少份之利益，断不能赞美也。故关于愚夫等之顾虑，可以撇开。若必欲令愚夫等大得利益，只可再另编画集一部，专为此种人阅览，乃合宜也。

今此画集编辑之宗旨，前已与李居士陈说。

第一、专为新派智识阶级之人（即高小毕业以上之程度）阅览。至他种人，只能随分获其少益。

第二、专为不信佛法，不喜阅佛书之人阅览（现在戒杀放生之书出版者甚多，彼有善根者，久已能阅其书，而奉行惟谨。不必需此画集也）。近来戒杀之书虽多，但适于以上二种人之阅览者，则殊为希有。故此画集，不得不编印行世。能使阅者爱慕其画法崭新，研玩不释手，自然能于戒杀放生之事，种植善根也，鄙意如此，未审当否？乞仁等酌之。又白。

十

（一九二九年）

前迭上二函一片，想悉收到。昨今又续成白话诗四首。

《夫妇》：人伦有夫妇，家禽有牝牡。双栖共和鸣，春风拂高柳。盛世乐太平，民康而物阜。万类咸喁喁，同浴仁恩厚。

按：此诗虽不佳，而得温柔敦厚之旨。以之冠首，颇为合宜。

《暗杀一》：若谓青蝇污，挥扇可驱除。岂必矜残杀，伤生而自娱。

《蚕的刑具》：残杀百千命，完成一袭衣。唯知求适体，岂毋伤仁慈。

《忏悔》：人非圣贤，其孰无过。犹如素衣，偶著尘涴。改过自新，若衣拭尘。一念慈心，天下归仁。

按：此诗虽无佛教色彩，而实能包括拂法一切之教义。仁者当能知之。

此外，唯有《母之羽》及《平和之歌》二首，尚未作。拟俟仁者画稿寄来，再观察画之形状，然后著笔，较为亲切也。

朽人已十数年未尝作诗。至于白话诗，向不能作。今勉强为之。初作时，稍觉吃力。以后即妙思泉涌，信手挥写，即可成就。其中颇有可观之作，是诚佛菩萨慈力冥加，匪可思议者矣。但念生死事大，无常迅速，俟此册画集写华，即不再作文作诗及书写等。唯偶写佛菩萨名号及书签，以结善缘耳。

此画集中，题诗并书写，实为今生最后之纪念。而得与仁者之画及李居士之戒杀白话文合册刊行，亦可谓殊胜之因缘矣（但朽人作此白话诗事，乞勿与他人谈及）。

致性愿法师

一

（一九三〇年闰六月十一日，上虞白马湖）

愿法师慈鉴：

惠书敬悉一一。兹寄上《四分律表记》一册（此书仅存三册，不能多寄），《五戒相经笺要》（补释以下为拙辑）、拙辑《有部钞》等各一册（此二书存者尚多，如需者可以续寄）。拙书数幅，乞随意赠送。用宿墨写者，裱时须十分注意（最易抹污）。《安心头陀像赞》，乞赠与同学中喜乐者。李某临古墨迹印本，已印好，不久即可寄上三十册，乞赠尊社教职员、同学师各一册外，所余者乞赠：

开元寺副寺师一册，

苏、周、叶、黄居士各一册，

图书馆一册，

觉斌、广洽二师各一册。

此次考试平均成绩最优者，及品行最优者三人之名，乞于便中示知。上海李圆净居士近编印《饬终津梁》（临终助念等事），甚为切要，再嘱彼于出版后寄奉座下及周居士若干册，想不久即可寄上（样稿已印出）。率复，不具一一。顺颂

法安！

后学音和南　闰月十一日

和尚及广心法师并同学诸师，乞为致候。

因即有工人出外，托彼带此信，故潦草书之，乞鉴谅！

前借用座下之夹袄一件，乞即惠赐后学，恕不奉还。未知可否？

二

（一九三一年阴历八月初二，金仙寺）

性公老法师慈鉴：

前月承惠寄至法界寺一函，数日前乃转到。近又获诵七月廿一日所发之尊简，敬悉一一。法体近想已大愈。后学数月以来，时有小疾。倘将来身体康健，当趋侍座下，以聆教益也。寺中诸师、诸居士等，均乞代为致候。

五月移居时，曾奉上一明信片，奉告地址。想金鸡亭遗失矣。

拙辑并书写《华严集联三百》（共有百页上下），已由开明书店印刷（样本二张附奉呈）。后学大约可得百册。俟出版时，敬以十数册呈奉慈座，以便转赠缁素诸道侣。上海佛学书局，近印拙书对联，又经数种（一个月后可印出五种）。因赠与后学者仅一二份或数份，不能广赠道侣，乞谅之。顺叩

法安！

后学演音稽首 八月初二日

（若有欲得者，于一个月后，向佛学书局请购。）

三

（一九三二年阴历四月三十日，镇海）

性老法师慈鉴：

近日屡拟上书奉候，今晨得接诵手谕两通，至用欢慰。《同戒录》亦收到。法会隆盛，甚深赞喜。兹答陈各事如下：

△《圆觉经》签条跋语，数日后写好（挂号），迳寄至南京。

△傅、蒋二居士联件，紫云寺佛号及结缘之横直小幅等，半月后寄至厦门，托广洽法师转呈。

△附挂号寄上一包，内有木夹板《梵网经》及其他《华严》、《八大人觉》等五册，敬赠法座。又有布画《梵网经》一册，乞转奉广洽法师。又有日本书二册及信片画三套，乞转奉芝峰法师。此次佛学书局所印各种拙书，印工未精，装拓亦参差不齐。又因资本不足，未曾另赠与末学，故未能分送诸友人耳。

△以前末学与各处关系各事，悉已料理清楚。秋凉时，拟来闽亲近法座也。谨复，顺颂

禅安！

末学演音稽首 旧四月三十日

依邮章，印刷品宜与信函分寄，末可合并。附白。

四

（一九三二年阴历十一月十六日，厦门）

性公老法师慈鉴：

前，法驾莅厦，诸承慈护，惠施种种，至用感谢。承命书匾额之字，系用朱色。乃写时忽促，未能忆及，遂用墨书。至半夜睡醒之时，始想起应用朱书之事。至为抱歉！谨此陈谢，诸希慈谅。兹有恳者，末学前存在友人处经书两大箱，拟即运厦。乞座下暇时，到开元访陈敬贤居士，乞为致候，并请彼写介绍书，托上海陈嘉庚公司代为运厦。附陈者有三事：

一、介绍书请写两封，一封于送书箱时随交。又一封，在送书前数日寄去，预告此事，俾免临时唐突冒昧。此两封信皆乞寄交末学转付。

一、上海陈嘉庚公司之详细住址，乞写明。俾便友人访觅。

一、上海之友人，写刘质平君。乞向公司主任代为介绍。以后刘君或再有物件托带厦者，亦乞慈悲许诺。至为感激！谨恳，顺叩

法安！

末学演音稽首 旧十一月十六日

以后惠函，乞寄妙释寺转交至妥。因末学每数日必往一次也（无须寄至山边岩，若恐遗失也）。

五

（一九三三年阴历四月十一日，厦门）

性公老法师慈鉴：

昨奉惠书，敬悉一一。承介绍往草庵息暑，至用感谢！但学律诸师之意，谓有五六人（或不止此）随往者。草庵床具、斋粮或未能具备。

诸师意欲往雪峰。但未知转解和尚之意如何？拟请座下先为函询，俟得回信后乃能动身。倘雪峰不能容多众者，仍乞座下慈愍，代为设法介绍他处。因厦门气候较热，暑季三四月内不能讲律，虚度光阴。现欲觅山中凉爽之处，居住四个月以上，结"后安居"，继续讲律也。

惠示，乞寄妙释寺转交最为妥迅。勿由文灶社转（甚迟缓且易遗失也）。谨恳，顺请

法安！

末学演音稽首 四月十一日

末学近辑《灵峰警训略录》一卷，名曰《寒笳集》，仅三十页，可以作佛学校国文教科书用也。不久即送至佛学书局印行。附白。

六

（一九三四年阴历八月十三日，厦门）

性公法师慈座：

前承询问学社幼年僧众教育方法，谨陈拙见如下，以备采择。应分三级：

丙级年不满二十岁者，以学劝善及阐明因果报应之书为主，兼净土宗大意，大约二年学毕。

乙级二十岁以上，学律为主。兼学浅近易解之经论，大约三年学毕。

甲级学经论为主，精微之教义，大约三年学毕。今且就丙级，详记办法如下：

每日五课：

（一）读背经。（二）讲《安士全书》（全部）。

（三）选读四书及讲解。（四）国语，应用材料，如《法味》、《谈因》、《弥陀经白话解》等，即依此练习语言，兼获法益。（五）习字。又随时于课外演讲因果事迹及格言等，并选《印光法师嘉言录》随时讲之。

讲经背诵经，所用之经，可以随时酌定。如《地藏经》、《普门品》、《行愿品》等。

《安士全书》，印老法师尽力提倡，未可以其前有《阴骘文》而轻视之。

四书中《论语》全读，先读，其余依次选读之。

苏州弘化社目录中，所应用之书，以朱圈记之（此社为印老法师所办）。

以上之办法，与印老法师之主张多相合。二年之中，如此教授，可以养成世间君子之资格。既有此根基，然后再广学出世之法，则有次第可循矣。

以上所陈拙见，敬乞教正。惟乞勿传示寺外之人。因上所陈者，不敢自谓为尽善，不过姑作此说耳。

匾联已写就，先以奉上。顺颂

法安！

末学演音稽首 八月十三日午后

石印用之蜡纸，他日如交下时，乞于纸之正面写一记号，俾免误书于背面，致不能付印也。附白

七

（一九三五年阴历四月十二日，惠安）

性公老法师慈鉴：

前承远送，并惠多珍，慈爱殷渥，感谢何已。后学居净山甚安，广洽师亦赞同也。前借承天《频伽大藏经》三帙，已带至净山，临行匆促，未及奉陈，乞亮之。冬季戒期能下山否未定，届时当预陈也（若老体颓唐，未能步行长途者，当书六尺大联二对为纪念。六尺宣纸近有人赠来。净业寺碑俟画格后，亦可托人带碑石至净峰书写也）。净业寺碑文，不久润色奉上，得便必为书写。附书小联十对，若承天学僧有欲得者（又"戒香"五页），乞随意赠之。谨陈，顺颂

慈安！

后学演音稽首

尘老和尚、寿山法师暨诸法师前乞代问安。

八

（一九四〇年阴历十二月十二日，南安）

性公老人慈座：

久未奉候，惟道履贞吉，为祝。后学于初冬移居灵应寺后，辞谢见客通信等事，习静养疴，已近三月矣。兹因有关系法门重大之事，必须奉陈座下，故特破例通信，详述由致，诸希慈察为祷。

近闻人云，慈座拟辞却信愿寺职务，俟有妥人继位时，即可辞职返国云云。后学久违慈范，时以萦怀。今闻慈座返国之消息，不胜庆忭。又望仙、普济诸刹，皆待慈座莅临，兴建整顿。时节因缘，盖非偶然。

但信愿寺后任住持之人选，后学不揣冒昧，拟以推荐性常师负此重任。乞慈座与诸护法董事商之。性常师与后学相交多年，道念坚固，任事精勤。以前学律诸师之中，应推常师为第一。近为兴复望仙寺事，诸方奔走，任劳任怨，尤为人所难能。慈座能返国兴建望仙，请常师在菲岛遥为护法，辅助一切，尤为适宜。但常师于任职之事，非其所愿。必须请慈座与诸董事商酌，宜以最隆重之典礼，至诚聘请，彼或可破格允诺。应具聘书，命僧众一二位专诚返国，殷勤劝驾，并陪伴常师偕往菲岛。至于护照等事，宜早为准备也。拙见如是，是否有当，希裁酌之。顺颂法安。不宣。

十二月十二日 后学演音稽首

九

（一九四二年阴历四月十三日，泉州）

性公老法师慈鉴：

去秋方拟启程，变乱忽起，致负旅菲缁素诸公厚望，至用歉然！兹有陈者，觉圆法师近来道心坚固，拟放下一切，追随后学专心用功。百源主持一席，已交与其弟子妙兴师暂为代理，并托诸护法为照顾指导一切。觉圆法师于数日后，即随后学往闽东居住，暂不返泉。百源寺务，俟时局稍定，泉、菲之间能通信时，即请诸居士代寄此信，呈奉慈座。以后寺务如何规定，敬乞慈座核酌。即赐复音，仍交与诸居士依教奉行。后学前曾闻李秉传居士谈及，慈座有将百源完全改为居士林之意。后学等甚为赞成。诸居士亦极欢忭。并谓若改作居士林时，则经费决无困难云云。今据大众公意，附陈慈照。敬乞复示，俾便遵循。

至于妙兴师，本是暂时代理，若改为居士林后，彼即退位，专心用功。因后学亦曾劝妙兴师不可任职，应放下一切，专心用功云。以后慈

座专书，乞寄泉城诸居士先为披阅，暂存居士处。因后学所居荒僻之地，未便通信也。谨陈，顺叩

慈安！

后学音稽首 旧历壬午四月十三日